中等职业教育机电类专业"十一五"规划教材

电 子 技 术

中国机械工业教育协会

全国职业培训教学工作指导委员会机电专业委员会　组编

杨　敏　主编

机 械 工 业 出 版 社

本教材是为适应"工学结合、校企结合"培养模式的要求，根据中国机械工业教育协会和全国职业培训教学工作指导委员会机电专业委员会组织制定的中等职业教育教学计划大纲编写的。本教材主要内容包括：二极管及其应用、晶体管及其应用、晶闸管及其应用、数字电子技术基础。

　　本教材可供中等职业技术学校、技工学校、职业高中使用。

图书在版编目（CIP）数据

电子技术/杨敏主编 . —北京：机械工业出版社，2010.8
中等职业教育机电类专业"十一五"规划教材
ISBN 978-7-111-31504-9

Ⅰ.①电…　Ⅱ.①杨…　Ⅲ.①电子技术－专业学校－教材　Ⅳ.①TN

中国版本图书馆 CIP 数据核字（2010）第 151865 号

机械工业出版社（北京市百万庄大街 22 号　邮政编码 100037）
策划编辑：荆宏智　陈玉芝　责任编辑：林运鑫
版式设计：张世琴　责任校对：张　媛
封面设计：马精明　责任印制：乔　宇
北京机工印刷厂印刷（三河市南杨庄国丰装订厂装订）
2010 年 10 月第 1 版第 1 次印刷
184mm×260mm · 11.25 印张 · 276 千字
0 001—3 000 册
标准书号：ISBN 978-7-111-31504-9
定价：24.00 元

凡购本书，如有缺页、倒页、脱页，由本社发行部调换

电话服务　　　　　　　　　　网络服务

社服务中心：（010）88361066　　门户网：http：//www.cmpbook.com
销 售 一 部：（010）68326294
销 售 二 部：（010）88379649　　教材网：http：//www.cmpedu.com
读者服务部：（010）68993821　　**封面无防伪标均为盗版**

序

为贯彻《国务院关于大力发展职业教育的决定》精神，落实文件中提出的中等职业学校实行"工学结合、校企合作"的新教学模式，满足中等职业学校、技工学校和职业高中技能型人才培养的要求，更好地适应企业的需要，为振兴装备制造业提供服务，中国机械工业教育协会和全国职业培训教学工作指导委员会机电专业委员会共同聘请有关行业专家制定了中等职业学校6个专业10个工种新的教学计划、大纲，并据此组织编写了这6个专业的"十一五"规划教材。

这套新模式的教材共近70个品种。为体现行业领先的策略，编出特色，扩大本套教材的影响，方便教师和学生使用，并逐步形成品牌效应，我们在进行了充分调研后，才会同行业专家制定了这6个专业的教学计划，提出了教材的编写思路和要求。共有22个省（市、自治区）的近40所学校的专家参加了教学计划大纲的制定和教材的编写工作。

本套教材的编写贯彻了"以学生为根本，以就业为导向，以标准为尺度，以技能为核心"为理念，以及"实用、够用、好用"为原则。本套教材具有以下特色：

1. 教学计划大纲、教材、电子教案（或课件）齐全，大部分教材还有配套的习题集和习题解答。

2. 从公共基础课、专业基础课，到专业课、技能课全面规划，配套进行编写。

3. 按"工学结合、校企合作"的新教学模式重新制定了教学计划、教学大纲，在专业技能课教材的编写时也进行了充分考虑，还编写了第三学年使用的《企业生产实习指导》。

4. 为满足不同地区、不同模式的教学需求，本套教材的部分科目采用了"任务驱动"形式和传统编写方式分别进行编写，以方便大家选择使用；考虑到不同学校对软件的不同要求，对于《模具 CAD/CAM》课程，我们选用三种常用软件各编写了一本教材，以供大家选择使用。

5. 贯彻了"实用、够用、好用"的原则，突出"实用"，满足"够用"，一切为了"好用"。教材每单元中均有教学目标、本章小结、复习思考题或技能练习题，对内容不做过高的难度要求，关键是使学生学到干活的真本领。

本套教材的编写工作得到了许多学校领导的重视和大力支持以及各位老师的热烈响应，许多学校对教学计划大纲提出了很多建设性的意见和建议，并主动推荐教学骨干承担教材的编写任务，为编好教材提供了良好的技术保证，在此对各个学校的支持表示感谢。

由于时间仓促，编者水平有限，书中难免存在某些缺点或不足，敬请读者批评指正。

中国机械工业教育协会
全国职业培训教学工作指导委员会
机电专业委员会

前　言

　　电子技术是把由电子元器件组成的电子电路应用到科学、技术、生产、生活等领域的应用技术。

　　电子技术虽然是专业理论基础，但它具有很强的实践性。学习时一定要以实践为基础，从实际出发，对基本概念、基本器件、典型电路务必搞清楚，并且要把握住问题是如何提出的，如何引申的，如何解决的，在实践中又是如何应用的等几个主要环节。一定要重视实验课，在试验中要注意观察、分析现象，正确读数，增强动手能力，从而加深对课堂理论知识的认识和理解。有条件的可以到厂矿企业现场参观。

　　本书共有四个模块，其主要内容包括二极管及其应用；晶体管及其应用（交流放大器、直流放大器、集成运算放大器、正弦波振荡器、直流稳压电源）；晶闸管及其应用；数字电子技术基础（门电路与组合逻辑电路、触发器与时序逻辑电路）。为强化学生的动手能力，每一个模块前（后）附有实训（实验）内容。本书在文字叙述上，力图做到通俗易懂。为了帮助学生掌握所学的内容，每章后配有小结和相应的习题，使学生对所学的知识能更进一步的了解和掌握。

　　读者可根据具体情况对逆变和斩波等内容进行适当地删减，以便于更加有利地进行学习。

　　本书中模块一和模块三由杨敏（西安技师学院）编写，模块二由左文雅、赵霞（西安航空技术学院）编写，模块四由龙艳婷（西安技师学院）编写。

编　者

目　　录

绪　论

半导体器件是近代电子学的重要组成部分，是构成电子电路的基本元件。半导体器件是由经过特殊加工且性能可控的半导体材料制成的。

一、本征半导体

自然界中存在着各种各样的物质。早期，人们按物质导电能力的强弱将它们分成导体和绝缘体两大类。

所谓的导体就是可以导电的物体，如铜、铝、银等。

导体一般为低价元素，这些元素的最外层电子很容易挣脱原子核的束缚而成为游离在晶格中的自由电子，这些自由电子在外电场的作用下，将作定向移动形成电流。导体导电能力的大小，主要取决于晶格中自由电子数目的多少。晶格中自由电子数目多的物质，导电能力就强；自由电子数目少的物质，导电能力就小。

所谓的绝缘体就是不能导电的物体，如橡胶、陶瓷、塑料等。

绝缘体是高价元素或由高分子材料组成，这些物质共同的特点是最外层电子受原子核的束缚力很强，很难成为晶格中的自由电子，所以晶格中自由电子的数目非常少，导电能力极差。

随着科学技术的进步，人们发现自然界中还有一种物质，它的导电能力介于导体和绝缘体之间，这就是半导体。目前，制作半导体器件的主要材料是硅（Si）和锗（Ge）。它们均是四价元素，且最外层电子既不像在导体中容易挣脱原子核的束缚成为自由电子，又不像在绝缘体中被原子核束缚的那样紧，即内部没有自由电子，所以半导体的导电能力介于导体和绝缘体之间。硅原子核外的电子排列如图 0-1 所示。硅原子的结构示意图如图 0-2 所示。

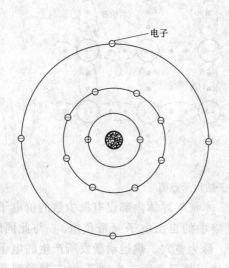

图 0-1　硅原子核外的电子排列

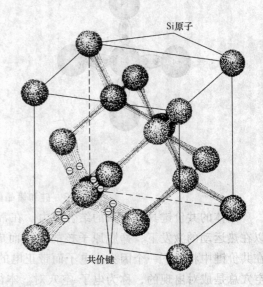

图 0-2　硅原子的结构示意图

半导体被重视的主要原因是它的导电能力在不同的条件下有显著的差异。

1. 半导体的敏感特性

1）纯净半导体的导电能力随着温度的升高，导电能力也随之增强，称为热敏特性。

2）半导体的导电能力对光照、磁场及其承受的电压也很敏感，称为光敏、磁敏和压敏特性。人们就是利用半导体的热敏、光敏、磁敏和压敏的特性来制作半导体热敏元件、光敏元件、磁敏元件和压敏元件。

2. 半导体的掺杂特性

在纯净的半导体中掺入微量的"杂质"元素，半导体的导电能力将猛增到几千、几万甚至上百万倍。利用半导体的掺杂特性制造了种类繁多、不同用途的半导体器件，常见的半导体材料及应用见表 0-1。

表 0-1　常见的半导体材料及应用

材　　　料	应　　　用
硅（Si）	二极管、晶体管、晶闸管、集成电路（IC）、光敏元件
锗（Ge）	高频晶体管、辐射探测器
砷化镓（GaAs） 磷化镓（GaP）	发光二极管、高频晶体管、激光
锑化铟（InSb）	磁敏电阻
硫化镉（CdS）	光敏电阻、光敏元件
碳化硅（SiC）	热敏元件、压敏电阻、发光二极管

纯净的半导体称为本征半导体。本征半导体均为四价元素，其原子核最外层轨道上有 4 个价电子，与周围的 4 个原子的价电子形成共价键。图 0-3 所示为本征半导体硅和锗晶体的原子结构示意图。

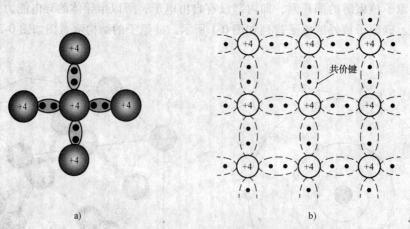

图 0-3　硅和锗晶体的原子结构示意图

晶体的共价键具有很强的结合能力。在常温下，本征半导体内部仅有极少数的价电子可以在热运动的激发下，挣脱原子核的束缚而成为晶格中的自由电子（带负电）。与此同时，在共价键中将留下一个因失去电子而带正电的空位，称为空穴。热运动激发所产生的电子和空穴总是成对出现的，称为电子-空穴对。本征半导体因热运动而产生电子-空穴对的现象称为本征激发，如图 0-4 所示。

本征激发所产生的电子-空穴对在外电场的作用下都会作定向移动而形成电流。自由电子的定向移动将形成一个与自由电子移动方向相反的电子电流，如图0-5所示。

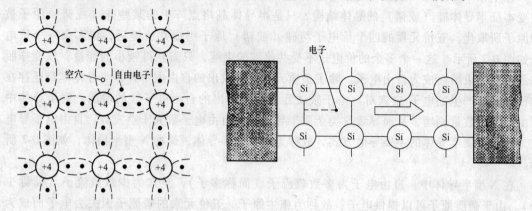

图0-4　本征激发和两种载流子　　　　　　　　　　图0-5　电子电流

空穴的移动可以看成是自由电子定向依次填充空穴而形成的。这种填充方式相当于教室的第一排有一个空位，后排的同学依次往前移来填充空位。若以人为参照物，人填充空位的作用等效于人不动，空位往后移动。因空穴带正电，空穴的定向移动会形成与空穴运动方向相同的空穴电流，如图0-6所示。

半导体内部存在着自由电子的定向移动所形成的电子电流和由自由电子引起空穴的定向移动所形成的空穴电流，是半导体导电方式的最大特点，也是半导体与导体在导电机理上本质的区别。

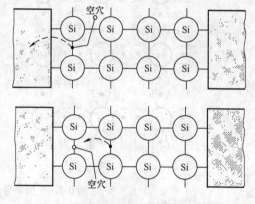

在电子技术中，把参与导电的物质称为载流子。因为本征半导体内部参与导电的物质有自由电子和空穴，所以本征半导体中有两种载流子，一种是带负电的自由电子，另一种是带正电的空穴。

图0-6　空穴电流

本征半导体本征激发的现象与原子的结构有关。硅的最外层电子离原子核的距离比锗的近，所以硅最外层电子受原子核的束缚力较锗的强，本征激发现象比较弱，所以硅的热稳定性比锗的好。

本征半导体导电能力的大小与本征激发的激烈程度有关。温度越高，由本征激发所产生的电子-空穴对越多，本征半导体内部载流子的数目也越多，本征半导体的导电能力就越强，这就是半导体随温度的变化（增加），导电能力将明显变化（增长）的直接原因。

二、杂质半导体

半导体的导电能力除了与温度有关外，还与半导体内部所含的杂质有关。在本征半导体中掺入微量的杂质，可以使杂质半导体的导电能力得到改善，并受所掺杂质的类型和浓度控制，使半导体具有重要的用途。由于掺入半导体中的杂质不同，杂质半导体可分为N型和P型半导体两大类。

1. N 型半导体——电子型半导体

在本征半导体硅（或锗）中，掺入微量的五价元素，如磷（P—15）。掺入的杂质并不改变本征半导体硅（或锗）的晶体结构，只是半导体晶格点阵中的某些硅（或锗）原子被磷原子所取代。五价元素的四个价电子与硅（或锗）原子组成共价键后，将多余一个价电子如图 0-7 所示。这一个多余的价电子不受共价键的束缚，只需获得较小的能量，就能挣脱磷原子核的束缚而成为自由电子。除了杂质元素所释放出的自由电子外，半导体本身还存在本征激发所产生的电子-空穴对。由于杂质元素所释放出的自由电子数的增加，则半导体中自由电子的数量剧增，从而导致这类杂质半导体中的自由电子数大于空穴数。自由电子导电成为此类杂质半导体的主要导电方式，故称为电子型半导体，简称 N 型半导体，如图 0-7 所示。

在 N 型半导体中，自由电子为多数载流子（简称多子），空穴为少数载流子（简称少子）。由于杂质原子可以提供电子，故称为施主原子。五价元素的磷原子因失去电子而成为正离子，但它不产生空穴，不能像空穴那样能被电子填充而移动参与导电，所以它不是载流子。在本征半导体中掺入的杂质越多，所产生的自由电子数也越多，杂质半导体的导电能力就越强。

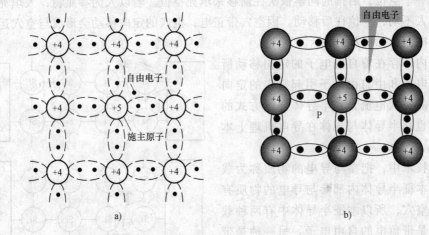

图 0-7 N 型半导体——电子型半导体

2. P 型半导体-空穴型半导体

在本征半导体中掺入微量的三价杂质元素，如硼（B）。杂质原子取代晶体中某些晶格上的硅（或锗）原子，三价元素的三个价电子与周围的四个原子组成共价键时，因缺少一个电子而产生了空位，如图 0-8 所示。此空位不是空穴，所以不是载流子，但是邻近的硅（或锗）原子的价电子很容易来填补这个空位，则在该价电子的原子上就产生了一个空穴，而三价元素硼却因多得了一个电子而成为负离子。

在室温下，价电子几乎能填满杂质元素硼上的全部空位，而使其成为负离子，与此同时，半导体中产生了与杂质元素原子数相同的空穴。除此之外，半导体中还有因本征激发所产生的电子-空穴对。所以在这类半导体中空穴的数目远大于自由电子的数目，导电是以空穴载流子为主，故称为空穴型半导体，简称 P 型半导体。

P 型半导体中的多子是空穴，少子为自由电子，主要靠空穴导电。因杂质原子硼中的空位吸收电子，故称为受主原子。掺入的杂质越多，空穴的浓度越高，导电能力就越强。

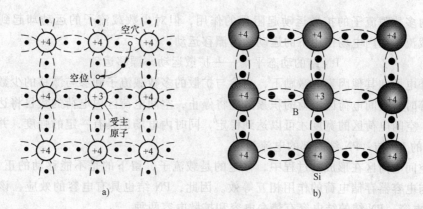

图 0-8　P 型半导体——空穴型半导体

三、PN 结

杂质半导体增强了半导体的导电能力，单个的 P 型半导体或 N 型半导体内部虽然也有空穴或自由电子，但整体是呈中性的，不带电的。

利用特殊的掺杂工艺，可以在一块晶片的两边分别生成 N 型和 P 型半导体，在两者的交界处将形成 PN 结，如图 0-9 所示。PN 结具有单一半导体所没有的特性，利用该特性可以制造出各种半导体器件。

1. PN 结的形成

（1）浓度差引起载流子的扩散运动　因为 P 区的多子是空穴，N 区的多子是自由电子，在两块半导体交界处同类载流子的浓度差别极大，这种差别将产生 P 区浓度高的空穴向 N 区扩散，与此同时，N 区浓度高的电子也会向 P 区扩散，如图 0-10a 所示。

（2）扩散运动形成空间电荷区　扩散运动的结果会使 P 型半导体的原子在交界处得

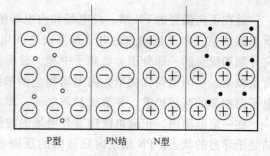

图 0-9　PN 结

到电子成为带负电的离子，N 型半导体的原子在交界处失去电子成为带正电的离子，从而形成了空间电荷区，如图 0-10b 所示。

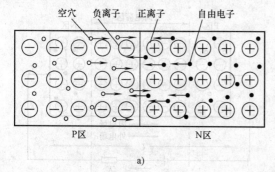
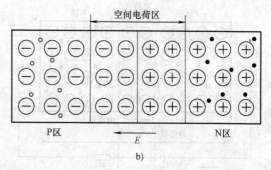

图 0-10　PN 结

a）浓度差引起载流子的扩散运动　b）空间电荷区

（3）内电场中的漂移运动　空间电荷区随着电荷的积累将建立起一个内电场 E，该电场对半导体内多数载流子的扩散运动起阻碍的作用，但对少数载流子的运动却起到促进的作用，少数载流子在内电场作用下的运动称为漂移运动。

PN 结的动态平衡——扩散运动⇔漂移运动

在无外电场和其他因素的激励下，当参与扩散的多数载流子和参与漂移的少数载流子在数目上相等时，空间电荷区电荷的积累效应将停止，空间电荷区内电荷的数目将达到一个动态的平衡，空间电荷区的宽度才可以达到稳定，同时内电场也具有一定的强度，并形成如图 0-10b 所示的 PN 结，PN 结内部的电流为零。

由于空间电荷区在形成的过程中，移走的是载流子，留下的是不能移动的正、负离子，这种作用与电容器存储电荷的作用相互等效。因此，PN 结也具有电容的效应，该电容称为 PN 结的结电容，PN 结的结电容有势垒电容和扩散电容两种。

2. PN 结的单向导电性

处于平衡状态下的 PN 结没有使用的价值，PN 结的使用价值只有在 PN 结上外施电压时才能显现出来。

（1）外加正向电压 在 PN 结上外加正向电压时的导电情况，如图 0-11 所示，在这种连接方式下的 PN 结称为正向偏置（简称正偏）。

由图 0-11 可知，当 PN 结处在正向偏置时，P 型半导体接高电位，N 型半导体接低电位。

处在正向偏置的 PN 结，外电场和内电场的方向相反，如图 0-11 所示。在外电场的作用下 P 区的空穴和 N 区的自由电子都要向空间电荷区移动，进入空间电荷区的自由电子和空穴分别和原有的一部分正、负离子中和，破坏了空间电荷区的平衡状态，使空间电荷区的电荷量减少，空间电荷区变窄，内电场相应的被削弱，这种情况有利于 P 区空穴和 N 区自由电子向相邻的区域扩散，并形成扩散电流，即 PN 结的正向电流。

在一定范围内，正向电流随着外电场的增强而增大，此时，PN 结呈现低电阻态，且 PN 结处于导通的状态。PN 结正向导通时的压降很小，理想情况下，可认为 PN 结正向导通时的电阻为 0，所以导通时的压降也为 0。

PN 结的正向电流包含空穴电流和电子电流两部分，外加电源不断向半导体提供电荷，使电路中电流得以维持。正向电流的大小主要由外加电压 E 和电阻 R 的大小来决定。

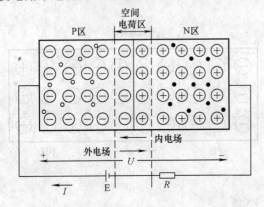

图 0-11 PN 结的正向偏置时的导电情况

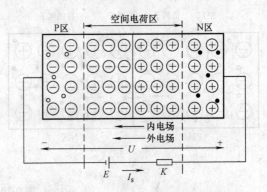

图 0-12 PN 结的反向偏置的导电情况

（2）外加反向电压 在 PN 结上外加反向电压时的导电情况，如图 0-12 所示，在这种连接方式下的 PN 结称为反向偏置（简称反偏）。

由图 0-12 可知，当 PN 结处在反向偏置时，P 型半导体接低电位，N 型半导体接高电位。处在反向偏置的 PN 结，外电场和内电场的方向相同。当 PN 结处在反向偏置时，PN 结内部扩散和漂移运动的平衡被破坏了。P 区的空穴和 N 区的自由电子由于外电场的作用都将背离空间电荷区，结果使空间电荷量增加，空间电荷区变宽，内电场变强，内电场的加强进一步阻碍了多数载流子扩散运动的进行，但对少数载流子的漂移运动却很有利，少数载流子的漂移运动所形成的电流称为 PN 结的反向电流。

由于少数载流子的数目有限，在一定范围内，反向电流极微小，该电流又被称为反向饱和电流，用符号 I_S 来表示。反向偏置时的 PN 结呈现高电阻态，理想情况下，反向电阻为 ∞。此时，PN 结的反向电流为 0，PN 结不导电，即 PN 结处在截止的状态。

由于少数载流子与半导体的本征激发有关，而本征激发又与温度有关，所以 PN 结的反向饱和电流会随着温度的上升而增大。

由以上的分析可知，PN 结的导电能力与外加在 PN 结上电压的极性有关。当外加电压使 PN 结处在正向偏置时，则 PN 结会导电；当外加电压使 PN 结处在反向偏置时，则 PN 结不导电。PN 结的这种导电特性称为 PN 结的单向导电性。

PN 结的单向导电性可用符号 ⇥ 来表示，其中形似箭头所在的那一侧表示 P 型半导体，形似箭头所指的方向就是 PN 结处在正向偏置时电流的方向。

3. PN 结的伏安特性曲线（见图 0-13）

$U > 0$ 的部分称为正向特性。当 $U > U_T$ 时，PN 结的正向电流迅速增加，PN 结导通。导通时，PN 结呈现低电阻态。此时，PN 结的正向电流很大，PN 结正向导通时的压降很小，理想情况下，可认为 PN 结正向导通时的电阻为 0，所以导通时的压降也为 0。

$U < 0$ 的部分称为反向特性。当 PN 结处在反向偏置时，PN 结截止。PN 结呈现高电阻态，理想的情况下，反向电阻为 ∞，PN 结不导电。此时，PN 结的反向电流为 0。

由图 0-13 可知，当反向电压超过 U_{BR} 后，PN 结的反向电流急剧增加，这种现象

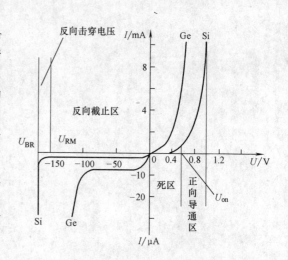

图 0-13　PN 结的伏安特性曲线

称为 PN 结反向击穿。PN 结的反向击穿有雪崩击穿和齐纳击穿两种。当掺杂溶度比较高时，击穿通常为齐纳击穿；当掺杂溶度比较低时，击穿通常为雪崩击穿。无论哪种击穿，若对电流不加限制，都可能造成 PN 结的永久性损坏。

习　题

一、填空

1. 导电能力介于导体和绝缘体之间的一类物质称为＿＿＿＿＿＿＿。

2. 在半导体中，不仅有＿＿＿＿＿＿＿载流子，还有＿＿＿＿＿＿＿载流子，这是半导体

8

导电区别于导体导电的重要特征。

3. 最常用的半导体材料有_____和_____等。

4. P型半导体主要靠_____导电，N型半导体主要靠_____导电。

5. 所谓 PN 结的正向偏置，是将电源的正极与_____区相连接，负极与_____区相连接。在正向偏置电压大于死区电压的条件下，PN 结将_____，这种特性称为 PN 结的_____。

二、判断题

1. 在硅或锗晶体中掺入五价元素形成 P 型半导体。　　　　　　　　　　　（　）

2. 在硅或锗晶体中掺入三价元素形成 N 型半导体。　　　　　　　　　　　（　）

3. PN 结正向偏置时电阻小，反向偏置时电阻大。　　　　　　　　　　　　（　）

4. PN 结正向偏置时导通，反向偏置时截止。　　　　　　　　　　　　　　（　）

5. PN 结反向偏置时，反向电流随反向电压的增大而增大。　　　　　　　　（　）

6. PN 结形成以后，它的最大特点是具单向导电性。　　　　　　　　　　　（　）

模块一 二极管及其应用

第一章 二 极 管

应知：1. 掌握用万用表检测二极管的方法。
　　　2. 能用万用表识别二极管的类型。

一、二极管的结构

将 PN 结用外壳封装起来，并加上电极引线后就构成半导体二极管，简称二极管。由 P 区引出的电极称为二极管的阳极（或正极），由 N 区引出的电极称为二极管的阴极（或负极），常用二极管的外形如图 1-1 所示。其符号与 PN 结的符号相同，文字符号用 VD 来表示。

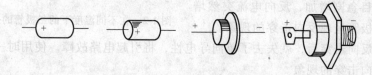

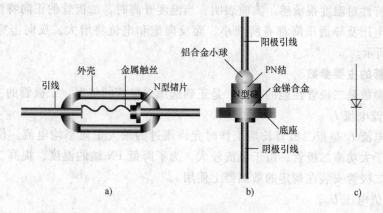

图 1-1 常用二极管的外形

a）点接触型 b）面接触型 c）符号

二、二极管的伏安特性曲线

用实验的方法，在二极管的阳极和阴极两端加上不同极性和不同数值的电压，同时测量流过二极管的电流值，就可得到二极管的伏安特性曲线即 PN 结的伏安特性曲线。该曲线为非线性的，如图 0-13 所示。

正向特性和反向特性的特点是

1. 正向特性（P 区接高电位，N 区接低电位）

当正向电压很低时，正向电流几乎为零，这是因为外加电压所形成的电场还不能克服 PN 结内部的内电场，内电场阻挡了多数载流子扩散运动的缘故。此时，二极管呈现高电阻态，基本上还是处在截止的状态，该区域称为死区。

当正向电压超过如图 0-13 所示的二极管开启电压（死区电压）U_{on} 时，二极管才呈现低电阻态，处于正向导通的状态。开启电压与二极管的材料和工作温度有关。通常硅管的开启电压为 0.5V，锗管为 0.2V。二极管导通后，二极管两端的导通压降（管压降）很低，硅管为 0.5 ~ 0.7V，锗管为 0.2 ~ 0.3V。

2. 反向特性（P 区接低电位，N 区接高电位）

在分析 PN 结加上反向电压时，已知少数载流子的漂移运动形成反向电流。因少数载流子数量少，且在一定温度下数量基本维持不变。因此，反向电压在一定范围内增大时，反向电流极微小且基本保持不变，等于反向饱和电流 I_S。该区域称为截止区。

当反向电压增大到 U_{BR} 时，外加电场能把原子核外层的电子强制拉出来，使半导体内载流子的数目急剧增加，反向电流突然增大，从而使二极管呈现反向击穿的现象。

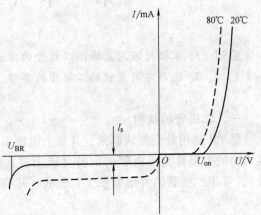

图 1-2　在不同温度下的二极管的伏安特性曲线

二极管被反向击穿后，就失去了单向导电性，将引起电路故障。使用时一定要注意避免二极管发生反向击穿的现象。

二极管的特性对温度很敏感。实验表明，当温度升高时，二极管的正向特性曲线将向纵轴移动，开启电压及导通压降都有所减小，而反向饱和电流将增大，反向击穿电压也将减小，如图 1-2 所示。

三、二极管的主要参数

二极管的参数是二极管性能的指标，是正确选用二极管的依据。二极管的主要参数有：

1. 最大整流电流 I_F

最大整流电流 I_F 是指二极管长期工作时允许流过的最大正向平均电流。使用时不允许超过此值。对于大功率二极管，由于电流较大，为了降低 PN 结的温度，提高二极管的负载能力，通常将二极管安装在规定的散热器上使用。

2. 反向峰值电压 U_{RM}

反向峰值电压 U_{RM} 是指二极管工作时允许外加的最大反向电压。通常 U_{RM} 为二极管反向击穿电压 U_{BR} 的 1/2。

3. 反向峰值电流 I_R

反向峰值电流 I_R 是指二极管未击穿时的最大反向电流。I_R 越小，二极管的单向导电性越好。

4. 最高工作频率 f_M

最高工作频率 f_M 是二极管工作时的上限频率。超过此值，由于二极管结电容的作用，二极管将不能很好地实现单向导电性。

以上这些参数都是使用和选择二极管的依据。使用时应根据实际需要，通过产品手册查到参数，并选择满足条件的产品。

四、二极管的分类及其主要特点

1. 按材料分类

硅二极管：温度性能好，但管压降大。

锗二极管：温度性能较差，但管压降小。

2. 按结构分类

点接触型：主要用于开关电路。

面接触型：主要用于整流电路。

3. 按用途分类

普通二极管（P）：用于信号检测和小电流整流。

整流二极管（Z）：用于各种电源设备中的整流电路。

开关二极管（K）：用于控制和开关电路。

稳压二极管（W）：用于稳压电源和晶闸管电路。

五、二极管的型号和意义

二极管的型号及其意义如下：

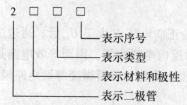

例如：2CP10 表示 N 型用硅材料制作的普通二极管；2AK4 表示 N 型用锗材料制作的开关二极管；2CZ14 表示 N 型硅材料制作的整流二极管。

六、二极管极性的简易判别法

使用二极管时，首先应注意它的极性，不能接错了，否则，电路不能正常工作，甚至会引起二极管及电路中其他元件的损坏。一般二极管的管壳上标有极性的记号。若没有记号，可用万用表来判别二极管的阳极和阴极，并能检验它单向导电性能的好坏。

判别的方法是利用万用表的 $R \times 10$ 或 $R \times 100$ 挡测量二极管的正、反向电阻。万用表测电阻时，万用表的红表笔应插在 "＋" 插孔上，黑表笔应插在 "－" 插孔上，相当于红表笔与万用表内电池的负极相连接，黑表笔与万用表

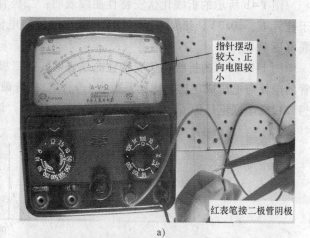

指针摆动较大，正向电阻较小

红表笔接二极管阴极

a)

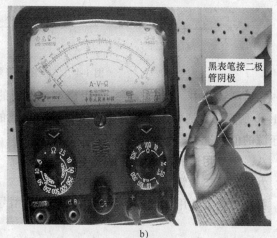

黑表笔接二极管阴极

b)

图 1-3 二极管极性的简易判别法

内电池的正极相连接。当万用表的黑表笔接至二极管阳极，红表笔接至阴极时，二极管处在正向偏置，会导电，电阻很小；当万用表的黑表笔接至二极管阴极，红表笔接至阳极时，二极管处在反向偏置，不导电，电阻很大。根据上述测量的结果就可以判别二极管的好坏和管脚的极性，如图 1-3 所示。

七、二极管的等效电路

二极管的伏安特性是非线性的，这给二极管应用电路的分析带来一定的困难。为了方便分析计算，常在一定条件下，用线性元件所构成的电路来近似模拟二极管的特性，并用它来取代电路中的二极管。能够模拟二极管特性的电路称为二极管等效电路模型。二极管的等效模型主要有伏安特性折线化和微变等效电路模型两类。

二极管的伏安特性是非线性的曲线，分析计算很不方便，在一定的条件下，可以用折线替代曲线实现二极管伏安特性曲线的折线化。根据折线化的伏安特性曲线所模拟的电路称为伏安特性曲线折线化等效电路，如图 1-4 所示。

图 1-4a 所示的折线化伏安特性曲线表明：二极管导通时的正向压降为零，截止时反向电流为零，称为理想二极管。

图 1-4b 所示的折线化伏安特性曲线表明：二极管导通时的正向压降为一个常量 U_{on}，对于硅管 $U_{on} = 0.7V$，锗管 $U_{on} = 0.3V$，截止时反向电流为零。因而等效电路是理想二极管串联电压源 U_{on}。

图 1-4c 所示的折线化伏安特性曲线表明：当二极管的正向电压 U 大于 U_{on} 后，通过二极管的电流与电压成正比，比例系数为 $1/r_D$，二极管截止时反向电流为零。因而等效电路是理想二极管串联电压源 U_{on} 和电阻 r_D，且 $r_D = \Delta U / \Delta I$。该模型也称为二极管微变等效电路模型。

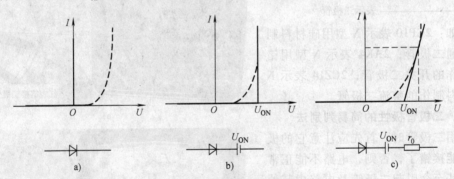

图 1-4   二极管的等效电路模型

在后续课程中，根据需要来使用模型，但用的较多的模型如图 1-4b 所示。在用模型如图 1-4b 所示时，通常电压源不画出来，而简化成的模型如图 1-4a 所示，待分析计算时再将电压源的值加进去。

八、特殊用途的二极管 （见表 1-1）

九、稳压二极管

稳压二极管常用作直流稳压电源，常用的型号为 IN 系列，其伏安特性曲线如图 1-5 所示。

工作在反向击穿区时的特点为：当电流在较大范围内变化时，稳压二极管两端的电压变化很小，从而达到稳定输出电压的目的。如果工作电压低于击穿电压，稳压二极管就不能起稳压作用。另外，稳压二极管的工作电流必须限制在安全值以内，否则稳压二极管会因过热而损坏。

表 1-1　特殊用途的二极管

项目	发光二极管（LED）	光敏二极管	变容二极管
常见外形		受光面	黄色环　红色环
符号			
作用	将电能转化为光能的半导体器件	光敏二极管能将光信号转化为电信号	PN 结电容随反向电压的变化而变化
工作电压	正向电压	反向电压	反向电压
特性	在二极管两端加上正向电压，二极管导通，产生热和光，使一层粘附着的磷化物受激励而发出可见光。发光二极管根据所用的发光材料不同，可以发出绿、黄、蓝、橙等不同颜色的光	在管壳上开设有一个玻璃窗口，以便接收光线的照射。在二极管两端外加反向电压，无光线照射时，二极管不导通；当受到光线照射时，光敏二极管导通。面积较大的光敏二极管可制成光电池。光敏二极管两端若外加正向电压，光敏二极管中 PN 结正偏，本身就能产生很大的电流，也就失去了它受光照时产生电流的意义	二极管的电容除了与本身的工艺有关外，还与外加反向电压有关。当外加反向电压升高时，结电容减小；当外加反向电压降低时，结电容增大
常用型号	发光二极管的型号有 2FF31、2FF201 等	光敏二极管的型号有 2CU、2AU、2DU 等系列	变容二极管的型号有 2AC、2CC、2CE 等系列
应用	由于发光二极管具有亮度高、电压低、体积小、可靠性高、使用寿命长、响应速度快、颜色鲜艳等特点，发光二极管常用来作为电路通、断及工作指示。它广泛应用于仪表、仪器中，计算机、电气设备中作电源信号指示，音响设备调谐和电平指示，广告显示屏的文字、图形、符号显示等	光敏二极管常用于可见光接收、红外光接收及光电转换的自动控制、报警、计数等设备	变容二极管常用在高频电路中，例如：在高频收音机的自动频率控制电路中，通过改变其反向偏置电压来自动调节收音机的机震荡频率；在电视机电调谐高频头的调谐电路中，通过改变反向偏置电压来选择电视频道

14

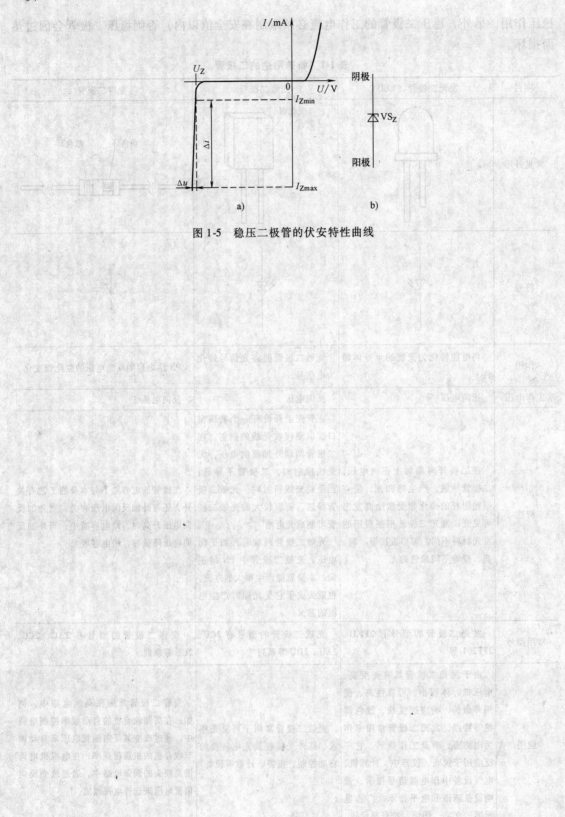

图 1-5 稳压二极管的伏安特性曲线

第二章 二极管的应用

应知： 1. 熟练掌握二极管的单相桥式整流滤波电路。
2. 会判断各种整流电路和滤波电路。
3. 了解二极管的限幅电路、开关电路。
4. 了解并联型稳压电路的工作原理。

应会： 二极管在电子电路中主要起整流、限幅、开关的作用。

实训 1　二极管桥式整流滤波电路

一、实训目的

1. 加深对二极管单向导电性能的理解。
2. 研究单相桥式整流、电容滤波电路的特性。

二、实训内容

按图 1-6 所示连接实训电路。取可调工频电源电压为 16V，作为整流电路输入电压 u_2。

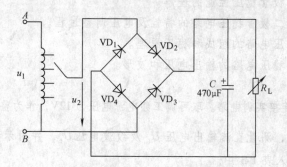

图 1-6　桥式整流滤波电路

1. 取 $R_L = 240\Omega$，不加滤波电容，测量直流输出电压 U_L 及纹波电压 $\tilde{U}_L$，并用示波器观察 u_2 和 u_L 波形，将测得的数据填入表 1-2 中。

2. 取 $R_L = 240\Omega$，$C = 470\mu F$，重复内容 1 的要求，将测得的数据填入表 1-2 中。

3. 取 $R_L = 120\Omega$，$C = 470\mu F$，重复内容 1 的要求，将测得的数据填入表 1-2 中。

三、思考

1. 整流输出电压波形与滤波电容的大小有什么关系？
2. 整流输出电压的高低与负载电流有什么关系？为什么？

表 1-2 数据记录表

电路形式		U_L/V	$\tilde{U}_L/V$	u_L 波形
$R_L = 240\Omega$	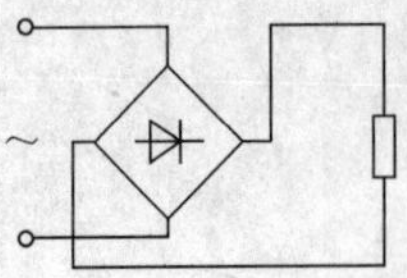			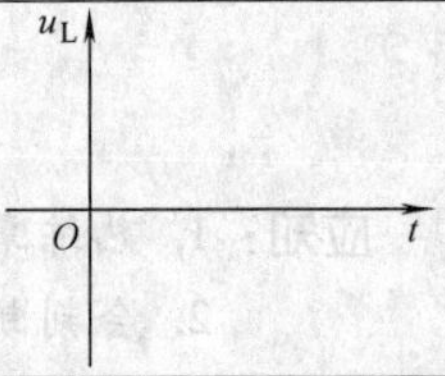
$R_L = 240\Omega$ $C = 470\mu F$	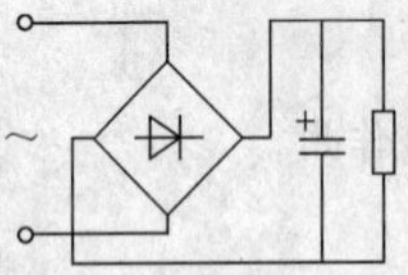			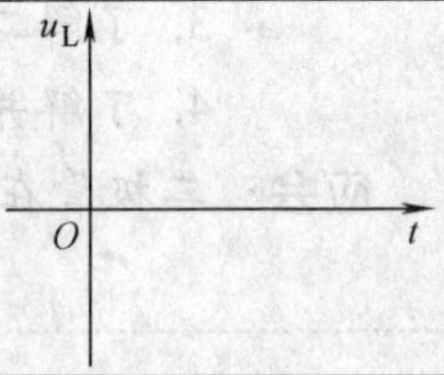
$R_L = 120\Omega$ $C = 470\mu F$	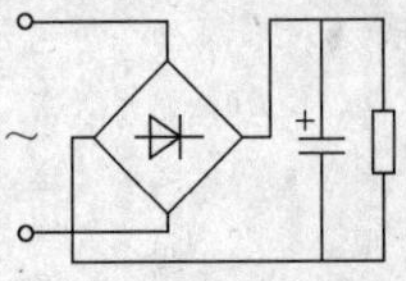			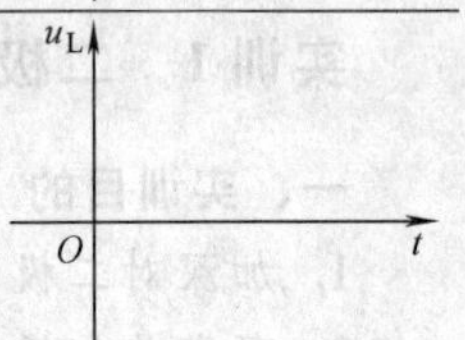

实训 2 单相桥式整流滤波稳压电路（并联型稳压电路）

一、实训目的

1. 加深对稳压二极管稳压性能的理解。
2. 研究单相稳压二极管稳压电路的特性及电压调整过程。
3. 理解并联型稳压电路的组成和稳压原理。
4. 能测量并联型稳压电路的输出电压和波形。

二、实训内容

1. 按图 1-7 所示连接实训电路。取可调工频电源电压为 12V，作为整流电路输入电压 u_2。

2. 取 $R_L = 240\Omega$，测量直流输出电压 U_L 及纹波电压 $\tilde{U}_L$，并用示波器观察 u_2 和 u_L 波形，将测得的数据填入表 1-3 中。

3. 取 $R_L = 180\Omega$，重复内容 1 的要求，将测得的数据填入表 1-3 中。

4. 取 $R_L = 100\Omega$，重复内容 1 的要求，将测得的数据填入表 1-3 中。

表 1-3 数据记录表

电路形式	U_L/V	$\tilde{U}_L/V$
$R_L = 240\Omega$		
$R_L = 180\Omega$		
$R_L = 100\Omega$		

三、思考

1. 稳压输出电压波形与负载大小有什么关系？
2. 稳压输出电压的调整率与串联调整电阻成什么关系？为什么？

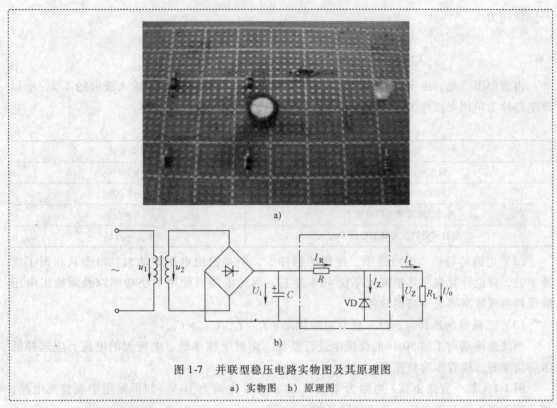

图 1-7　并联型稳压电路实物图及其原理图

a) 实物图　b) 原理图

一、二极管的整流电路

利用二极管的单向导电性可以将交流信号变换为单向脉动直流信号，这个过程称为整流。它可分为单相整流和三相整流。在这里我们仅介绍简单的单相整流电路。

1. 单相半波整流电路（见图 1-8）

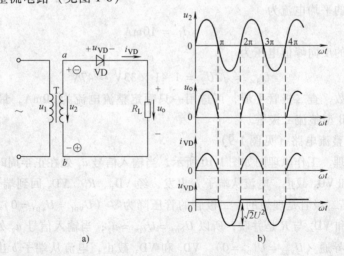

图 1-8　单相半波整流电路

（1）工作原理　设输入信号 $u_2 = \sqrt{2}U_2\sin\omega t$。当 $u_2 > 0$ 时，二极管 VD 导通，有正向电流流过负载 R_L，输出电压 $u_L = i_{VD}R_L$；若二极管是理想的，则二极管的管压降 u_{VD} 为零，即 $u_o = u_2$；当 $u_2 < 0$ 时，二极管 VD 截止，没有电流流过负载 R_L，输出电压 $u_o = 0$。

18

结论为

$$u_o = \sqrt{2}U_2\sin\omega t \qquad (0 \leqslant \omega t \leqslant \pi)$$
$$u_o = 0 \qquad (\pi \leqslant \omega t \leqslant 2\pi)$$

由波形图可见，由于二极管的单向导电性的作用，输出只剩下了输入波形的 1/2，所以该电路称为单相半波整流电路。单相半波整流电路的计算公式见表 1-4。

表 1-4　单相半波整流电路的计算公式

电路参数	计算公式
输出电压的平均值 U_o	$U_o = 0.45U_2$
输出电流的平均值 I_o	$I_o = U_o / R_L$
通过二极管的平均电流 I_F	$I_F = I_o$
二极管承受的反向峰值电压 U_{RM}	$U_{RM} = \sqrt{2}U_2$

（2）电路的特点　电路简单，使用的器件少，但是输出电压脉动大。由于只利用了电源半波，理论计算表明其整流效率仅 40% 左右。因此电路只能用于小功率以及对输出电压波形和整流效率要求不高的设备。

（3）二极管的选择　选择二极管时应满足：$I_F > I_f$，$U_{RM} > U_{Rm}$。

半波整流是对工频 50Hz 的交流电进行整流。而对于频率低、电流大的电流，应选择低压高功率的二极管作为整流管。

例 1-1　某一直流负载，电阻为 1.5Ω，要求工作电流为 10A。如果采用半波整流电路，试求整流变压器二次电压，并选择适当的二极管。

解　因为

$$U_L = I_L R_L = 10 \times 10^{-3}\text{A} \times 1.5 \times 10^3 \Omega = 15\text{V}$$

所以

$$U_2 \approx \frac{1}{0.45}U_L = \frac{15}{0.45}\text{V} = 33\text{V}$$

流过二极管的平均电流为

$$I_F = I_L = 10\text{mA}$$

二极管承受的反向峰值电压为

$$U_{RM} = \sqrt{2}U_2 = 1.41 \times 33\text{V} \approx 47\text{V}$$

根据以上参数，查二极管手册，可选用一只额定整流电流为 10mA，最高反向工作电压为 50V 的 2CZ82B 型整流二极管。

2. 单相桥式整流电路（见图 1-9）

（1）工作原理　工作原理图如图 1-10 所示，当输入信号 u_2 处在正半周时，二极管 VD_1 和 VD_3 导通，VD_2 和 VD_4 截止，电流从端子 a 出发，经 VD_1、R_L、VD_3 回到端子 b，并产生输出电压 $u_L = i_1 R_L$；若二极管是理想的，二极管的管压降为零（$U_{VD1} = U_{VD3} = 0$），则 $u_o = U_L = u_2$，由于二极管 VD_2 和 VD_4 与 R 是并联，所以 $U_{VD2} = U_{VD4} = u_2$；当输入信号 u_2 处在负半周时，二极管 VD_2 和 VD_4 导通（$U_{VD2} = U_{VD4} = 0$），VD_1 和 VD_3 截止，电流从端子 b 出发，经 VD_2、R、VD_4 回到端子 a，同样产生输出电压 $u_o = i_2 R$，同理 $u_o = U_L = u_2$，$U_{VD1} = U_{VD3} = u_2$。

由输入和输出信号的波形可知，单相桥式整流电路在输入交流电压的正、负半周时，在负载电阻 R 上始终有同一方向的电流流过，达到将负半周输入信号翻转 180° 的目的，所以在负载电阻 R 上得到全波脉动的直流电压和电流，使整流的效率提高了，该电路称为全波

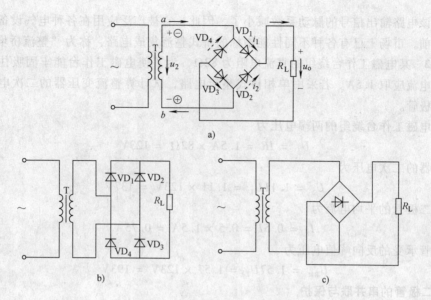

图 1-9　单相桥式整流电路

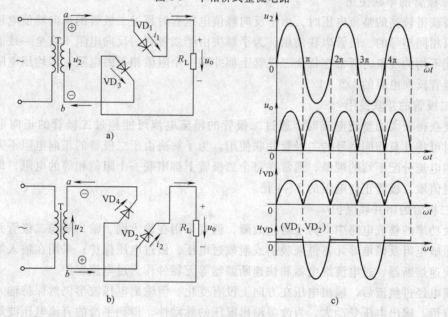

图 1-10　工作原理图

整流电路。单相桥式整流电路的计算公式见表 1-5。

表 1-5　单相桥式整流电路的计算公式

电路参数	计算公式
输出电压的平均值 U_o	$U_o = 0.9U_2$
输出电流的平均值 I_o	$I_o = U_o/R$
通过二极管的平均电流 I_F	$I_F = 1/2 I_o$
二极管承受的反向峰值电压 U_{RM}	$U_{RM} = \sqrt{2}U_2$

（2）二极管的选择　实际选择二极管时应满足：$I_{FM} > I_F$，$U_{RM} > U_{rm}$。

由于该电路输出信号的脉动系数减小了，因此，它被广泛应用在各种电气设备的电源电路中。目前，市场上已有各种不同性能指标的桥式整流集成电路，称为"整流桥堆"。

例 1-2 某电磁工作台绕组的直流电阻为 82Ω，为了使电磁工作台能牢固吸住工件，通入的直流电流应取 1.5A。若采用单相桥式整流电路，试计算整流变压器的二次电压，并选择整流二极管。

解 电磁工作台绕组的两端电压为

$$U_L = IR = 1.5\text{A} \times 82\Omega = 123\text{V}$$

变压器的二次电压为

$$U_2 = 1.11U_L = 1.11 \times 123\text{V} = 137\text{V}$$

流过二极管的平均电流为

$$I_F = 0.5I = 0.5 \times 1.5\text{A} = 0.75\text{A}$$

二极管承受的反向峰值电压为

$$U_{RM} = 1.57U_L = 1.57 \times 123\text{V} = 193\text{V}$$

二、二极管的串并联与保护

1. 二极管的串联使用

当要获得较高的整流电压时，由于反向峰值电压有时超过二极管的反向峰值电压，这时可用几只相同型号的二极管串联使用。为了解决由于二极管的反向电阻不完全一致而出现的电压分配不均的现象，通常在每个二极管上都并联一个阻值相等的电阻，即均压电阻，其阻值取二极管反向电阻的 1/5 ~ 1/3。

2. 二极管的并联使用

当要获得较大的整流电流时，通过二极管的整流电流可能超过二极管的正向电流允许值，这时可将几只相同型号的二极管并联使用。为了解决由于二极管的正向电阻不完全一致而出现的电流分配不均的现象，通常在每个二极管上都串联一个阻值相等的电阻，即均流电阻，其阻值取二极管正向电阻的 3 ~ 4 倍。

3. 二极管的串并联保护

在大功率的整流电路中，为了防止故障，通常采用在输入端、输出端与二极管并联阻容电路、压敏电阻及硒堆等元器件来吸引或泄放过电压，做过电压保护；采用在输入端或输出端串联快速熔断器、过电流继电器和快速断路器等元器件作为过电流保护。

交流电经过整流后，输出电压在方向上没有变化，但输出电压波形仍然保持输入半个正弦波的波形。输出电压变动大，为改善输出电压的脉动性，得到平滑的直流电压波形，必须过滤掉半个正弦波中所含的交流成分。

三、滤波电路

利用电容、电感的储能特性，把半个正弦波中所含的交流成分过滤掉的过程称为滤波。滤波电路常用的有电容滤波、电感滤波、LC 滤波和 π 型滤波。

1. 电容滤波电路

最简单的电容滤波电路是在负载 R_L 两端并联一只电容较大的电容器。单相半波整流电容滤波电路如图 1-11 所示。当负载开路（$R_L = \infty$）时，设电容无能量储存，输出电压从 0 开始增大，电容器开始充电。一般充电速度很快，当 $u_o = u_c$ 时可达到 u_2 的最大值，即 $u_o = u_c = \sqrt{2}U_2$。

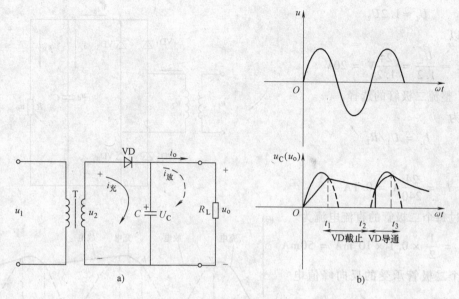

图 1-11　单相半波整流电容滤波电路

在 u_2 的正半周时，二极管 VD 导通，忽略二极管的正向压降，则 $u_o = u_2$。这个电压一方面给电容充电，另一方面产生负载电流 i_o。电容 C 上的电压与 u_2 同步增长，当 u_2 达到峰值后开始下降，$u_C > u_2$，二极管截止。之后，电容 C 以指数规律经 R_L 放电，u_C 下降。当放电时，u_2 经负半周后又开始上升；当 $u_2 > u_C$ 时，电容再次被充电到峰值；当 u_2 达到峰值后，开始下降，$u_C > u_2$，二极管截止。电容 C 再次经 R_L 放电，通过这种周期性充、放电，以达到滤波效果。

单相桥式整流电容滤波电路及其波形如图 1-12 所示，工作原理同单相半波整流电容滤波电路。

电容滤波电路的计算公式见表 1-6。滤波电容的容量的选择见表 1-7。

表 1-6　电容滤波电路的计算公式

整流电路形式	输入交流电压（有效值）	整流电路输出电压		整流器件上的电压和电流	
		负载开路时的电压	带负载时的 U（估计值）	反向峰值电压 U_{RM}	通过的电流 I_F
半波整流	U_2	$\sqrt{2}U_2$	U_2	$2\sqrt{2}U_2$	$I_F = I_L$
桥式整流	U_2	$\sqrt{2}U_2$	$1.2U_2$	$\sqrt{2}U_2$	$\frac{1}{2}I_L$

表 1-7　滤波电容的容量的选择

输出电流 I	2A	1A	0.5～1A	0.1～0.5A	<100mA	<50mA
滤波电容的容量	4000μF	2000μF	1000μF	500μF	200～500μF	200μF

例 1-3　在桥式整流电容滤波电路中，若负载电阻 R 为 240Ω，输出直流电压为 24V，试求电源变压器二次电压，并选择整流二极管和滤波电容。

解　1）电源变压器二次电压 U_2。

根据表 1-6 可知

$$U_L \approx 1.2 U_2$$

所以

$$U_2 \approx \frac{U_L}{1.2} = \frac{24}{1.2}\text{V} = 20\text{V}$$

2）整流二极管的选择。

因为

$$I_L = U_L/R_L$$

所以

$$I_L = \frac{24}{240}\text{A} = 0.1\text{A}$$

通过每个二极管的直流电流为

$$I_F = \frac{1}{2}I_L = \frac{1}{2} \times 0.1 \times 10^3 \text{mA} = 50\text{mA}$$

每个二极管承受的反向峰值电压为

$$U_{RM} = \sqrt{2}U_2 \approx 1.41 \times 20\text{V} \approx 28\text{V}$$

查二极管手册，可选用额定正向电流为 100mA，最大反向电压为 100V 的整流二极管 2CZ82C。

3）滤波电容的选择。

根据表 1-7 及 $I_L = 0.1\text{A}$，可选用 500μF 的电解电容器。

根据电容器耐压公式可知

$$U_C \geqslant \sqrt{2}U_2 \approx 1.41 \times 20\text{V} \approx 28\text{V}$$

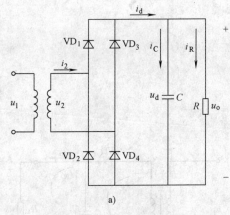

图 1-12　单相桥式整流电容滤波电路
a）电路　b）波形

因此，可选用容量为 500μF，耐压为 50V 的电解电容器。

电容滤波电路具有结构简单、使用方便等特点，缺点是负载电流不能过大，否则会影响滤波效果，所以电容滤波电路适用于负载变动不大、电流较小的场合。另外，由于输出直流电压较高，整流二极管截止时间长，导通角小，故整流二极管冲击电流较大，所以在选择整流二极管时要注意选取整流电流 I_f 较大的二极管。

2. 电感滤波电路

利用电感的电抗性，同样可以达到滤波的目的。在整流电路和负载电阻 R_L 之间串联一个电感 L 就构成了一个简单的电感滤波电路，如图 1-13 所示。根据电感的特点，在整流后电压的变化引起负载的电流改变时，电感 L 上将感应出一个与整流输出电压变化相反的反电动势，两者的

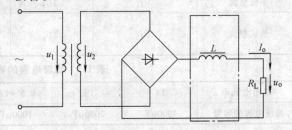

图 1-13　带电感滤波器的桥式整流电路

叠加使得负载上的电压比较平缓，输出电流基本保持不变。电感滤波电路中，R_L 越小，则负载电流越大，电感滤波效果越好。在电感滤波电路中，一般 $u_o = 0.9U_2$，二极管承受的反

向峰值电压为 $U_{RM} = \sqrt{2}U_2$。

3. 复式滤波电路

采用单一的电容或电感滤波时,虽然电路简单,但滤波效果欠佳。大多数场合要求滤波效果好,则应把前两种滤波电路结合起来,即 LC 滤波电路。LC 滤波电路最简单的形式如图 1-14 所示。

与电容滤波电路比较,LC 滤波电路的优点是外特性比较好,输出电压对负载影响小,电感元件限制了电流的脉动峰值,减小了对整流二极管的冲击。它主要适用于电流较大,要求电压脉动较小的场合。LC 滤波电路的直流输出电压和电感滤波电路一样,$u_0 = 0.9u_2$。

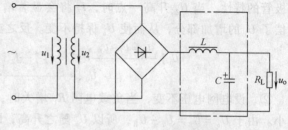

图 1-14 LC 滤波电路

4. π 型滤波电路

为了进一步减小输出的脉动成分,可在 LC 滤波电路的输入端再加上一只滤波电容就组成了 LC-π 型滤波电路,如图 1-15a 所示。这种 π 型滤波电路的输出电流波形更加平滑,适当选择电路参数,同样可以达到 $u_0 = 1.2U_2$。当负载电阻 R_L 较大,负载电流较小时,可用电阻代替电感,组成 RC-π 型滤波电路,如图 1-15b 所示。

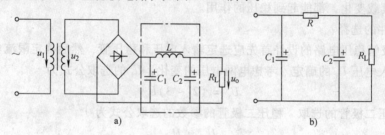

图 1-15 Ⅱ 型滤波电路

a) LC-π 型滤波电路 b) RC-π 型滤波电路

经过滤波后的直流电压仍然受电网电压波动或负载变化的影响,因而还需要有稳定电压的措施。

四、稳压电路

1. 硅稳压二极管的稳压电路(见图 1-16)

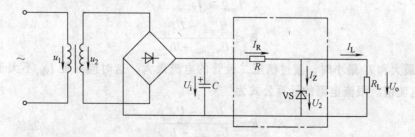

图 1-16 并联型稳压电路

(1)稳压原理 这种电路主要是利用硅稳压二极管元件工作在反向击穿时的特点,即当电流在较大范围内变化时,稳压二极管两端的电压变化很小,从而达到稳定输出电压的目的。

（2）电路的特点　　电路中只有一个硅稳压二极管和一个限流电阻，结构简单。因此，在一些电子设备中常被采用。

在并联型稳压电路中，无论是电网电压波动还是负载电阻 R_L 的变化，稳压二极管的稳压电路都能起到稳压作用，因为 U_Z 基本恒定，而 $U_o = U_Z$。下面从两个方面来分析其稳压原理。

① 设 R_L 不变，当电网电压升高使 U_i 升高时，U_o 也随之升高，而 $U_o = U_Z$。根据稳压二极管的特性，当 U_Z 升高一点时，I_Z 将会显著增加，这样必然使电阻 R_L 上的压降增大，抵偿了 U_i 的增加部分，从而使 U_o 保持不变。反之亦然。

$$U_i \uparrow \xrightarrow{U_o = U_i - U_R} U_o \uparrow = U_Z \uparrow \to I_Z \uparrow \xrightarrow{I_R = I_L + I_Z} I_R \uparrow \to U_R \uparrow$$
$$U_o \downarrow \longleftarrow$$

② 设电网电压不变，当负载电阻 R_L 增大时，I_L 减小，限流电阻 R 上压降 U_R 将也会减小。由于 $U_o = U_Z = U_i - U_R$，所以 U_o 随之升高，即 U_Z 升高，这样必然使 I_Z 显著增加。由于流过限流电阻 R 的电流为 $I_R = I_Z + I_L$，这样可以使流过 R 上的电流基本保持不变，从而压降 U_R 也基本保持不变，则 U_o 也就保持不变。反之亦然。

$$R_L \uparrow \to I_L \xrightarrow{I_R = I_L + I_Z} I_R \downarrow \to U_R \downarrow \xrightarrow{U_Z = U_i - U_R} U_Z \uparrow \ (U_o) \to I_Z \uparrow$$
$$I_R \uparrow \longleftarrow$$

在实际使用中，这两个过程是同时存在的，而两种调整也同样存在。因而无论是电网电压波动还是负载变化，都能起到稳压的作用。

2. 元器件的选择

稳压二极管稳压电路的设计首先应选定输入电压和稳压管，然后确定限流电阻 R。

（1）输入电压 U_i 的确定　　考虑电网电压的变化，U_i 的选取公式为

$$U_i = (2 \sim 3)U_o$$

（2）稳压二极管的选取　　稳压二极管的参数的选取公式为

$$U_Z = U_o$$
$$I_{ZMAX} = (2 \sim 3)I_{OMAX}$$

（3）限流电阻的计算　　在 U_i 最小和 I_L 最大时，流过稳压二极管的电流最小。此时，电流不能低于稳压二极管的最小稳定电流。限流电阻的计算公式为

$$I_{V_{DZ}} = \frac{U_{imin} - U_{V_{DZ}min}}{R} - I_{Lmax} \geqslant I_{V_{DZ}min}$$

$$I_{imax} \geqslant I_{V_{DZ}min}$$

即

$$R \leqslant \frac{U_{min} - U_{V_{DZ}}}{U_{V_{DZ}min} + I_{L_{max}}}$$

在 U_i 最大和 I_L 最小时，流过稳压二极管的电流最大，这时应保证 $I_{V_{DZ}}$ 不大于稳压二极管的最大电流值。限流电阻的计算公式为

$$R \leqslant \frac{U_{min} - U_{V_{DZ}}}{U_{V_{DZ}min} + I_{L_{max}}}$$

但由于这种稳压电路的输出电压取决于所选稳压二极管的参数，因而输出电压不可调，同时电网电压或负电流在大范围内变化时，这种电路就不能适应了。

在电子电路中，为了保护某些元件不会因输入电压过高而损坏，需要对该元件的输入电

压进行限制，而利用二极管就可以实现这个目的。

五、限幅电路

利用二极管限幅电路可以实现保护某些元件不会因输入电压过高而损坏的目的。二极管限幅电路和电路的输入、输出波形如图 1-17 所示。

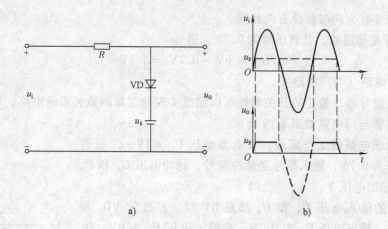

图 1-17　二极管限幅电路及其输入、输出波形

限幅电路的工作原理是：设二极管 VD 导通时的管压降为 0.7V，可忽略。当输入电压 $u_i > E$ 时，二极管 VD 导通，E 与输出端并联，即 $u_o = E$，则输出电压 u_o 被限制为 E，从而实现了限幅的目的；当输入电压 $u_i < E$ 时，二极管 VD 截止，E 从输出端断开，则输出电压 u_o 等于输入电压 u_i（$u_o = u_i$）。

例 1-4　求如图 1-18 所示电路的输出电压 U_{ab} 的值。

解

方法一：求 U_{ab} 的关键点是判断二极管 VD_1 和 VD_2 的导通、截止状态。二极管 VD_1 和 VD_2 的导通、截止状态可根据偏置状态来判断，判断的方法是先找出电路的最高和最低电位点，观察这些点与二极管阳、阴极的连接情况，即可确定二极管的偏置状态。

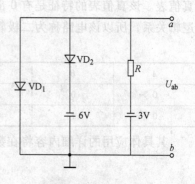

图 1-18　例 1-4 图

在如图 1-18 所示的电路中，电源的正极接地，所以接地点是电路的最高电位点。因二极管 VD_2 的阴极与电路的最低电位点 –6V 相接，所以二极管 VD_2 因正向偏置而导通，二极管 VD_1 因反向偏置而截止。设二极管导通时的管压降为 0.7V，则

$$U_{ab} = -6V + 0.7V = -5.3V$$

方法二：假设 VD_1 导通，电流方向如 VD_1 箭头所示，VD_2 截止。根据基尔霍夫电压定律，列回路电压方程式为

$$IR = -3V$$

则

$$I < 0$$

说明电流实际方向与假设方向相反。

故 VD_1 是截止的。

同理，假设 VD_2 导通，电流方向如 VD_2 箭头所示，VD_1 截止。

根据基尔霍夫电压定律，列回路电压方程式为

$$IR = 6V - 3V$$

则

$$I > 0$$

说明电流实际方向与假设方向相同。

故 VD_2 管是导通的，其管压降为 0.7V，则

$$U_{ab} = 6V - 0.7V = 5.3V$$

六、开关电路（与门电路）

利用二极管导通、截止的开关特性可以组成实现与逻辑函数关系的电路，该电路称为与门电路，二极管与门电路如图 1-19 所示。

为了讨论该电路的工作原理，设电源电压 $U_{cc} = 5V$，二极管导通的管压降为 0.7V，输入信号是脉冲信号，脉冲电压 U_A 和 U_B 均为 3V，求输出电压 Y。

当 A、B 的输入电压 U_A 和 U_B 都是 0V 时，二极管 VD_1 和 VD_2 同时导通，输出电压 U_Y 为 0.7V；当输入电压 U_A 为 0V，U_B 为 3V 时，二极管 VD_1 两端将承受比 VD_2 大的电压，二极管 VD_1 导通，输出电压 U_Y 被钳制在 0.7V，二极管 VD_2 因反偏而截止；同理当输入电压 U_B 为 0V，U_A 为 3V 时，二极管 VD_2 导通，二极管 VD_1 截止，输出电压 U_Y 为 0.7V；当 A、B 的输入电压 U_A 和 U_B 都是 3V 时，二极管 VD_1 和 VD_2 同时导通，输出电压 U_Y 为 3.7V。

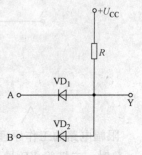

图 1-19　二极管与门电路

在规定高电位用 1 来表示，低电位用 0 来表示的前提下，上述的关系可表示成表 1-8 的真值表。该真值表的特征是有 0 出 0，这正是与逻辑关系的特征，即利用该电路可以实现与逻辑关系，所以该电路称为二极管与门电路，真值表见表 1-8。

表 1-8　与门电路真值表

A	B	Y	A	B	Y
0	0	0	1	0	0
0	1	0	1	1	1

其具体应用的详细内容将在数字电子技术基础中讲述。

小　结

1. 二极管的伏安特性。应重点理解二极管的非线性特性。所谓非线性是指外加在二极管的两端电压与流过二极管的电流两者不成比例关系。该特性曲线可分为四个不同的工作区：死区、正向导通区、反向截止区和反向击穿区。要理解四个工作区的不同特性及用途。

2. 单相半波整流电路。应首先理解如何利用二极管的单向导电特性，通过合适的电源来实现将交流电转换成脉动直流电的原理，建立整流的概念。着重解决两个问题：

1）负载所获得的电压、电流是正弦半波，其电压平均值 $U_0 = 0.45U_2$。

2）整流二极管的极限参数选择，应使整流管处于安全工作状态下。

3. 单相桥式整流电路应注意:

1) 电源电压在正、负半周时各自的电流回路,并搞清电路接线的规律,即负载端必须获得极性固定的直流电压。因此,负载必定接在二极管桥路的共阴极端或共阳极端。电流流入负载的一端为阳极。交流电源端的极性因随时变化,因此,交流输入端必为二极管阳、阴极混接端。

2) 单相桥式整流电路为全波整流电路。在电源正、负半周时,两组电路轮流工作,所以二极管中的电流平均值仅为负载电流的1/2。

3) 理解电源、负载和二极管之间的电压、电流关系,即 $U_o = 0.9U_2$。

4. 滤波电路应着重理解:

1) 滤波的目的在于过滤掉脉动电流中的交流成分。滤波的方法是利用对频率比较敏感的电路元件去抑制脉动量中的交流成分。

2) 电容滤波是将电容器与负载并联,使交流成分以电容器作为回路,而不流经负载。由于滤波电容接在直流电路部分,它向电源吸取能量并贮存电能,而向负载释放能量,所以它能影响负载的电压,使之平稳。

3) 电感滤波是将电感线圈与负载串联连接以增大回路的交流阻抗,限制交流分量通过负载。由于电感线圈在流过变化电流时,能产生自感电动势,它总是阻碍电流的变化,从而抑制电流脉动,所以负载电流越大,或负载变化越大时,其滤波效果越显著。

5. 稳压电路应着重理解:

稳压二极管的接线方式及限流电阻的作用。

6. 限幅电路:利用二极管的导通特性。

7. 开关电路:利用二极管导通、截止的开关特性。

习　题

一、填空

1. 二极管实质上就是一个_____,P 区的引出端叫做_____极或_____极,N 区的引出端叫做_____极或_____极。

2. 二极管的正向接法是_____接电源的正极,_____接电源的负极,反向接法时,则相反。

3. 二极管的主要特性是_____,硅二极管的死区电压约为_____V,锗二极管的死区电压约为_____V。

4. 硅二极管导通时的正向压降约为_____V,锗二极管导通时的正向压降约为_____V。

5. 电路中流过二极管的正向电流过大,二极管将会_____;如果加在二极管两端的反向电压过高,二极管将会_____。

6. 现用万用表的欧姆挡测量二极管的极性时,测得的电阻很小,则黑表笔接的是二极管的_____极;红表笔接的是二极管的_____极。

7. 用万用表欧姆挡测量二极管的好坏时,两次对调黑红表笔时,所测的两个电阻值都很大,则二极管出现了_____故障;若所测得的两个电阻值都很小,则二极管出现了_____故障;若所测得的两个电阻值一大一小,则表明二极管是_____

的。

8. 将_____变成_____过程叫做整流。

9. 整流器一般由_____、_____、_____和_____四部分组成。

10. 选用整流二极管主要考虑的两个参数是_____和_____。

11. 单相半波整流电路中，若变压器二次电压的有效值 $U_2 = 100V$，则负载两端电压为_____ V；二极管承受的反向峰值电压为_____ V。

12. 在单相半波整流电路中，如果负载电阻为 10Ω，负载电流为 20A，则电源变压器二次电压的有效值是_____ V，流过二极管的电流是_____ A。

13. 在单相桥式整流电路中，如果负载电流是 20A，则流过每个二极管的电流是_____ A，如果负载电阻为 100Ω，则负载两端电压为_____ V。二极管承受的反向峰值电压为_____ V。

14. 所谓滤波就是保留脉动直流电中的_____成分，尽可能滤除其中_____成分，把脉动直流电变成_____直流电的过程。

15. 滤波电路一般接在_____电路的后面。常用的滤波电有_____、_____、_____等几种。

16. 滤波电路中，滤波电容和负载应_____联，电感滤波电路和负载应_____联。

17. 电容滤波是利用电路中电容充电速度_____，放电速度_____的特点，使脉动直流电压变得_____，从而实现滤波的。单相桥式整流电容滤波电路的输出电压随负载电流增大而_____。

18. 电感滤波是利用电感线圈电流不能_____，从而使流过负载的电流变得_____来实现滤波的，滤波电感越_____，电感滤波效果越好。

19. 电容滤波适用于_____场合，电感滤波适用于_____场合。

二、判断题

1. 二极管加反向电压一定截止。 （ ）

2. 单相桥式整流电路在输入交流电压的每个半周内都有两个二极管导通。 （ ）

3. 直流负载电压相同时，单相半波整流电路中二极管所承受的反向电压比单相桥式整流高一倍。 （ ）

4. 因为桥式整流电路中有四个整流二极管，所以每个二极管中电流的平均值等于负载电流的 1/4。 （ ）

5. 流过整流二极管的电流一定等于负载电流。 （ ）

6. 在单相整流电路中，输出直流电压的大小与负载大小无关。 （ ）

7. 电容滤波时，若电容太大，可能会损坏整流二极管。 （ ）

8. 电感滤波的效果肯定比电容滤波效果更好些。 （ ）

9. 单相整流电容滤波中，电容器的极性不能反接。 （ ）

10. 整流电路接入电容滤波后，输出直流电压降低。 （ ）

11. 单相桥式整流电路采用电容滤波后，每个二极管承受的反向峰值电压降低。（ ）

三、选择题（将正确答案的序号填入括号中）

1. 把电动势为 1.5V 的干电池的正极直接连接到一个硅二极管的阳极，干电池的负极直接连接到硅二极管的阴极，则该二极管（ ）。

A. 基本正常   B. 击穿   C. 烧坏

2. 如果二极管的正、反向电阻都很大，则该二极管（   ）。

A. 正常   B. 已被击穿   C. 内部开路

3. 当硅二极管外加上 0.4V 正向电压时，该二极管相当于（   ）。

A. 很小的电阻   B. 很大的电阻   C. 短路

4. 面接触型二极管比较适用于（   ）。

A. 高频检波   B. 大功率整流   C. 大电流开关

5. 某二极管反向击穿电压为 150V，则其反向峰值电压（   ）。

A. 约等于 150V   B. 略大于 150V   C. 等于 75V

6. 某单相桥式整流电路，变压器二次电压为 U_2，当负载开路时，输出电压为（   ）。

A. $0.9U_2$ B. U_2 C. $\sqrt{2}U_2$

7. 单相整流电路中，二极管承受的反向峰值电压出现在二极管（   ）。

A. 截止时   B. 导通时   C. 由导通转截止时

8. 单相桥式整流电路中，每个二极管的平均电流等于（   ）。

A. 输出平均电流的 1/4   B. 输出平均电流的 1/2   C. 输出平均电流

9. 交流电通过单相整流电路后，得到的输出电压是（   ）。

A. 交流电压   B. 稳定的整流电压   C. 脉动直流电压

10. 在单相桥式整流电路中，如果电压变压器二次电压的有效值是 U_2，则每个整流二极管所承受的反向峰值电压是（   ）。

A. U_2 B. $\sqrt{2}U_2$ C. $2\sqrt{2}U_2$

11. 利用电抗元件的（   ）特性能实现滤波。

A. 延时   B. 储能   C. 稳压

12. 在整流电路的负载两端并联一个大电容，其输出电压波形脉动的大小将随着负载电阻和电容量的增加而（   ）。

A. 增大   B. 减小   C. 不变

13. 单相桥式整流电容滤波电路中，如果电源变压器二次电压为 100V，则负载电压为（   ）。

A. 100V   B. 120V   C. 90V

14. 单相桥式整流电路接入滤波电容后，则二极管的导通时间（   ）。

A. 变长   B. 变短   C. 不变

四、问答题

1. 在单相半波、单相桥式整流电路中，加不加滤波电容，二极管承受的反向工作电压有无区别？为什么？

2. 单相桥式整流电容滤波电路如图 1-12 所示，

（1）试问输入电压 u_2 是正还是负？电容 C 的极性如何？

（2）若要求输出电压 u_o 为 25V，u_2 的有效值是多少？

（3）如果负载电流为 200mA，试求每个二极管流过的电流和反向峰值电压。

（4）电容 C 开路或短路时，试问对电路会产生什么后果？

3. 一个单相桥式整流电容滤波电路，变压器二次电压为 10V，如果（1）空载电压 14V，满载 12V，是否正常？（2）空载电压低于 10V 是否正常？为什么？（3）无论是空载还是满载，输出电压变化很小，是否正常？估计是什么原因？

五、计算题

1. 在单相半波整流电路中，已知变压器一次电压 $u_1 = 220$V，电流比 $n = 10$，负载电阻 $R = 10\Omega$，试计算整流输入直流电压 U 及选择合适的二极管。

2. 在单相桥式整流电路中，已知负载上的直流电压 $u_L = 6$V，直流电流 $I_L = 0.4$A，试计算变压器二次电压 u_2 及选择合适的二极管。

3. 若将题 2 中桥式整流电路中四个二极管的极性全部反接，对输出有何影响？若其中一个二极管断开、短路或接反时对输出又有何影响？

4. 某单相桥式整流电容滤波电路，负载 $R = 1\mathrm{k}\Omega$，若负载两端的电压 $u_L = 100$V，试确定：（1）所用二极管的参数；（2）所用电容器的容量和耐压。

六、综合题

1. 在图 1-20 所示电路中，设二极管的正向压降为 0.7V，当 U_a 分别为 +5V、−5V、0V 时，求电压 U_b。

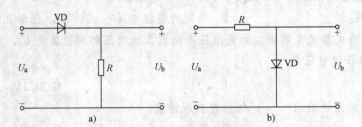

图 1-20

2. 在图 1-21 所示的电路中，$E_1 = 3$V，$E_2 = 6$V，VD 为理想二极管，求电压 U_{ab}。

3. 在图 1-22 所示电路中，$R_1 = R_2 = 1\mathrm{k}\Omega$，$R_3 = 9\mathrm{k}\Omega$，$\mathrm{VD}_1$、$\mathrm{VD}_2$ 为理想二极管，当 $U_a = +10$V，$U_b = 0$V 时，求输出端电压 U_o 及各元件中通过的电流。

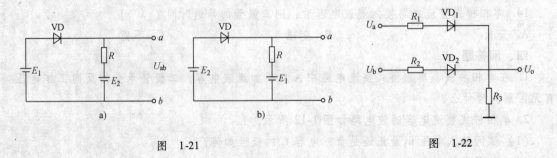

图 1-21   图 1-22

4. 已知输入电压 u_i 的波形，如图 1-23a 所示，V 为理想二极管，试在图 1-23a 中，画出图 1-23b、图 1-23c 所示的输出电压 u_1、u_2 的波形。

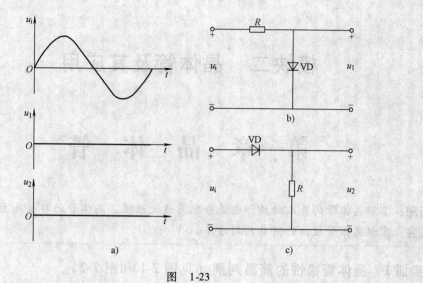

图　1-23

模块二 晶体管及其应用

第一章 晶 体 管

应知：了解晶体管的基本结构，电流分配与放大原理，晶体管的特性及主要参数。
应会：掌握晶体管极性的简易判别方法。

实训 1 晶体管极性的简易判别（见图 2-1 和图 2-2）。

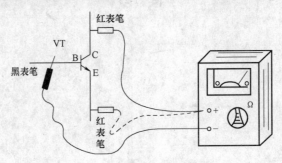

图 2-1 晶体管基极的测试

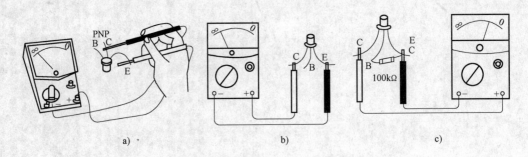

a)   b)   c)

图 2-2 晶体管集电极、发射极的判别

实训 2 晶体管的特性曲线

一、实训目的

1. 通过用万用表测试晶体管的特性曲线，加深理解其特性曲线的物理意义。

2. 了解被测晶体管各极间的电压和电流在数值上的关系和特点。

二、实训原理

1. 晶体管共发射极组态伏安特性的测试

晶体管共发射极组态的伏安特性有输入特性和输出特性两种。输入特性可用函数式 $I_B = f(U_{BE})/U_{CE} = $ 常数 来表示，即在电压 U_{CE} 保持不变情况下，基极输入电路中 U_{BE} 和 I_B 之间的关系。一般当 $U_{CE} > 1V$ 后，输入特性基本重合。

输出特性可用函数式 $I_C = f(U_{CE})/I_B = $ 常数 来表示，即在基极电流 I_B 保持不变的情况下，在集电极输出回路中 U_{CE} 和 I_C 之间的关系。

2. 实验电路

实验电路如图 2-3 所示。

3. 晶体管输入特性的测量

1）按实验图 2-3 接线，在开启电源前，将 E_{BB} 调至 3V，E_{CC} 置于零位，然后开启电源，仍使 $E_{CC} = 0V$，并维持不变，即 $U_{CE} = 0V$，然后调节 R_P，使 U_{BE} 由 0V 开始逐渐增大，读取并记录与 U_{BE} 各点相对应的 I_B，填入表 2-1 中。

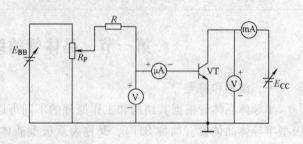

图 2-3　晶体管特性的测试电路

2）调节 E_{CC}，使 $U_{CE} = 2V$，然后再使 U_{BE} 由 0V 开始逐渐增大，读取并记录 I_B，填入表 2-1 中相应栏中。

表 2-1　晶体管的输入特性

U_{BE}/V		0	0.10	0.3	0.5	0.55	0.60	0.65	0.70	0.75	0.80
$U_{CE} = 0V$	$I_B/\mu A$										
$U_{CE} = 2V$											

4. 晶体管输出特性的测量

1）调节 E_{BB}，使 $I_B = 0\mu A$，并维持不变，然后再使 U_{CE} 由 0V 开始逐渐增大，读取并记录与 U_{CE} 各点相对应的 I_C，填入表 2-2 中。

2）依次使 $I_B = 0\mu A$、$20\mu A$、$40\mu A$、$60\mu A$、$80\mu A$、$100\mu A$、$120\mu A$，测量方法同上，读取并记录数据，将其填于表 2-2 中。

表 2-2　晶体管的输出特性

$I_B/\mu A$ ＼ I_C/mA	$U_{CE} = 0V$	$U_{CE} = 0.20V$	$U_{CE} = 0.50V$	$U_{CE} = 1V$	$U_{CE} = 5V$	$U_{CE} = 10V$
0						
20						
40						
60						
80						
100						
120						

三、实训报告

1. 整理数据，填好表格。

2. 根据测试结果，用方格坐标描绘晶体管的输入、输出特性曲线。

3. 通过输出特性曲线，在 $U_{CE}=6V$，$I_B=60\mu A$ 的工作点上求取共发射极直流电流放大系数和交流电流放大系数 β。

四、思考

测试 PNP 型晶体管时，电源应如何连接？

第一节　晶体管的结构及类型

一、结构和符号

半导体晶体管根据其结构和工作原理的不同可以分为双极型和单极型半导体晶体管。双极型半导体晶体管（简称 BJT），又称为双极型晶体管或晶体管。之所以称为双极型管，是因为它由空穴和自由电子两种载流子参与导电。而单极型半导体晶体管只有一种载流子导电。晶体管的构成是在一块半导体上用掺入不同杂质的方法制成两个紧挨着的 PN 结，并引出三个电极。晶体管有三个区：发射区——发射载流子的区域，基区——载流子传输的区域，集电区——收集载流子的区域。各区引出的电极依次为发射极（E 极）、基极（B 极）和集电极（C 极）。发射区和基区在交界处形成发射结，基区和集电区在交界处形成集电结。晶体管的基区很薄，一般仅有一微米至几十微米的厚度，发射区浓度很高，集电结的横截面积大于发射结的横截面积。

根据半导体各区的类型不同，晶体管可分为 NPN 型和 PNP 型两大类，如图 2-4a 和图 2-4b 所示。

注意：PNP 型和 NPN 型晶体管表示符号的区别是发射极的箭头方向不同，这个箭头方向表示发射结加正向偏置时的电流方向。

目前，NPN 型管多数为硅管，PNP 型管多数为锗管。因为硅 NPN 型晶体管的应用最为广泛，故本书以硅 NPN 型晶体管为例来分析晶体管及其放大电路的工作原理。

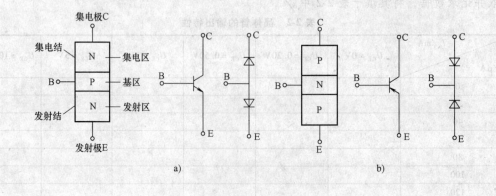

图 2-4　晶体管的组成与符号

a）NPN 型　b）PNP 型

二、晶体管的外形结构

常见晶体管的外形结构如图 2-5 所示。

小功率管　　　　塑封管　　　硅钢塑料晶体管　　　　　低频大功率晶体管

图 2-5　常见晶体管的外形结构

三、晶体管的电流分配和放大作用

什么是放大作用呢？在电子电路中，放大有两方面的含义：一是放大的对象是变化量，二是对能量的控制作用。即在输入端用一个小的变化量去控制输出量产生一个大的，与输入变化相对应的变化量，称为放大。例如，人讲话一般只有毫瓦级的功率，而经过放大器后送到扬声器的功率可达到几十瓦甚至上千瓦。

1. 晶体管的工作电压和基本连接方式

众所周知，把两个二极管背靠背地连接在一起，是没有放大作用的，要想使它具有放大作用，必须做到以下几点：

1）发射区的掺杂浓度远大于基区的掺杂浓度，以便于有足够的载流子提供"发射"。

2）基区的厚度很薄，掺杂浓度很低，以减少载流子在基区的复合机会，这就是晶体管具有放大作用的关键所在。

3）集电区比发射区体积大且掺杂少，以利于收集载流子。

晶体管电源的接法如图 2-6 所示，其中 VT 为晶体管，E_{CC} 为集电极电源电压，E_{BB} 为基极电源电压，两类晶体管外部电路所接电源极性正好相反，R_B 为基极电阻，R_C 为集电极电阻。若以发射极电压为参考电压，则晶体管发射结正偏，集电结反偏的外部条件也可用电压关系来表示。对于 NPN 型：$U_C > U_B > U_E$；对于 PNP 型：$U_E > U_B > U_C$。

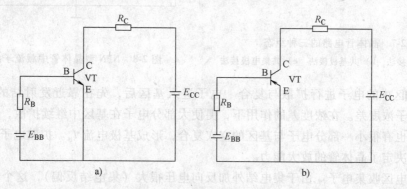

图 2-6　晶体管电源的接法

a）NPN 型　b）PNP 型

晶体管有三个电极，而在连接成电路时必须有两个电极接输入回路，两个电极接输出回路，这样必定有一个电极作为输入和输出回路的公共端。根据公共端的不同，有以下三种基本连接方式。

（1）共发射极接法（简称共射接法）　共射接法是以基极为输入端的一端，集电极为输出端的一端，发射极为公共端，如图 2-7a 所示。

（2）共基极接法（简称共基接法）　共基接法是以发射极为输入端的一端，集电极为输出端的一端，基极为公共端，如图 2-7b 所示。

（3）共集电极接法（简称共集接法）　共集接法是以基极为输入端的一端，发射极为输出端的一端，集电极为公共端，如图 2-7c 所示。

2. 电流放大原理

晶体管各个电极上的电流具有怎样的关系呢？下面通过晶体管内部载流子的运动规律来解释。

（1）发射区向基区发射电子　由图 2-8 可知，电源 U_{BB} 经过电阻 R_B 外加在发射结上，发射结正偏，发射区的多数载流子——自由电子不断地越过发射结而进入基区，形成电子电流。与此同时，基区的多数载流子——空穴也向发射区扩散，形成了空穴电流。但由于基区的厚度很薄且空穴的浓度远低于发射区电子的浓度，可以不考虑这个电流。因此，可以认为发射区向基区发射电子形成了晶体管发射极电流 I_E。

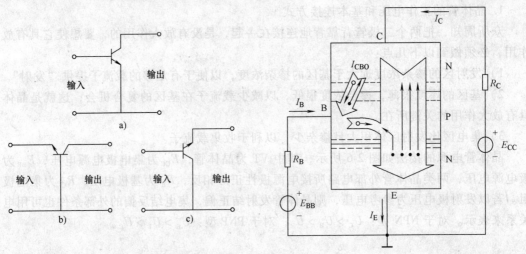

图 2-7　晶体管电路的三种组态

a）共发射极接法　b）共基极接法　c）共集电极接法

图 2-8　NPN 型晶体管中载流子的运动

（2）基区中的电子进行扩散与复合　电子进入基区后，先在靠近发射结的附近密集，渐渐形成电子浓度差。在浓度差的作用下，促使大部分电子在基区中继续扩散，到达集电结的边缘。但也有很小一部分电子与基区的空穴复合，形成基极电流 I_B。扩散电子流与复合电子流的比例决定了晶体管的放大能力。

（3）集电区收集电子　由于集电结外加反向电压很大（集电结反偏），这个反向电压产生的电场力将阻止集电区电子向基区扩散，却有利于将基区中扩散到集电结附近的电子被收集到集电区而形成集电结电流 I_C。

以上分析了晶体管中多数载流子的运动过程。由于集电结反偏，所以集电区的少数载流子——空穴和基区中的少数载流子——电子在外电场作用下，进行漂移运动而形成反向电流，用 I_{CBO} 表示。I_{CBO} 数值很小，但受温度影响很大，是晶体管工作不稳定的原因之一。

综上所述，可得出以下结论：

① 在发射结正偏，集电结反偏的条件下具有电流放大作用。

② 晶体管的电流放大作用，其实质是 I_B 对 I_C 的控制作用。

③ 晶体管各个电极电流的大小均符合以下关系

$$I_E = I_B + I_C$$

$$I_C \approx I_E$$

例 2-1 某晶体管的基极电流 $I_B = 10\mu A$，$I_C = 20mA$，$I_E = ?$。

解 因为

$$I_E = I_B + I_C = 10\mu A + 20mA = 10 \times 10^{-3}mA + 20mA = 20.01mA$$

故

$$I_C \approx I_E \approx 20mA$$

第二节 晶体管的特性曲线

晶体管的特性曲线是指各个电极之间的电压和电流之间的关系曲线。一些重要参数均可以从特性曲线上反映出来。使用晶体管时，了解其特性曲线是很重要的。晶体管的特性曲线主要有输入特性曲线和输出特性曲线两种。

一、输入特性曲线

晶体管的输入特性曲线是指当集电极-发射极电压 U_{CE} 为常数时，输入回路中基极电流 I_B 与基极-发射极电压 U_{BE} 之间的关系曲线，如图 2-9a 所示。

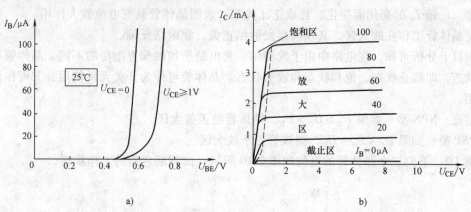

图 2-9 晶体管的特性曲线

a）输入特性曲线 b）输出特性曲线

1. $U_{CE} = 0V$ 时

从输入端看进去，相当于两个 PN 结并联且正向偏置，此时的特性曲线类似于二极管的正向伏安特性曲线。

2. $U_{CE} \geq 1V$ 时

从图 2-9a 中可见，$U_{CE} \geq 1V$ 的曲线比 $U_{CE} = 0V$ 时的曲线稍向右移。当 $U_{CE} \geq 1V$ 时，集电结已经反向偏置，反偏电压可以把从发射区扩散到基区的电子中的绝大部分收集到集电区。$U_{CE} \geq 1V$ 后的输入特性曲线基本上是重合的。

在实际的放大电路中，晶体管的 U_{CE} 一般都大于零。因此，$U_{CE} \geq 1V$ 的输入特性更有实用意义。输入特性曲线有一段死区，只有在 U_{BE} 大于死区电压时，才有 I_B 产生。常温下，硅管的死区电压约为 0.5V，锗管约为 0.2V。另外，当发射结完全导通后，晶体管发射结也具有恒压特性。常温下，硅管的导通电压为 0.6 ~ 0.7V，锗管为 0.2 ~ 0.3V。

二、输出特性曲线

输出特性曲线是指当基极电流 I_B 为常数时，输出回路中的集电极电流 I_C 与集电极-发射极电压 U_{CE} 之间的关系曲线，如图 2-9b 所示。从输出特性曲线看，它可以划分为三个区域。

1. 截止区

$I_B = 0$ 曲线以下的区域称为截止区。此时，晶体管发射结和集电结都处于反向偏置，没有放大作用。集电极电流近似为零，晶体管的集电极与发射极之间的电压 U_{CE} 等于电源电压，晶体管的 C-E 之间几乎相当于开路，类似于开关断开。

2. 饱和区

当 $U_{CE} = U_{BE}$，即 $U_{CB} = 0$ 时，晶体管达到临界饱和状态。图 2-9b 中所示的虚线为临界饱和线。临界饱和线与纵轴之间的区域称为饱和区。在此区域内 $U_{CE} < U_{BE}$，所以晶体管的发射结和集电结都处于正向偏置。晶体管处于饱和状态，无放大作用，此时集电极电流 I_C 由外部电路决定，与 I_B 无关。集电极与发射极之间的电压称为饱和压降，对硅管而言，$U_{CE} = 0.3V$。晶体管的 C-E 之间可看成短路，类似于开关闭合。

3. 放大区

输出特性曲线的近于水平部分是放大区。在此区域内重要特征是：

① 当 I_B 一定时，I_C 值基本上不随 U_{CE} 而变化。

② I_C 随 I_B 的变化而变化，且成正比关系，表明晶体管具有电流放大作用。

使晶体管工作在放大区，必须满足发射结正偏，集电结反偏。

由以上分析可知，在电路中由于发射结、集电结所加的偏置电压的不同，晶体管有三种工作状态，即截止状态、饱和状态和放大状态。晶体管可作为开关元件使用，又可作放大元件使用。

结论：NPN 型　如果 $U_C > U_B > U_E$，则该管处于放大区。

PNP 型　如果 $U_C < U_B < U_E$，则该管处于放大区。

例 2-2　下列三个晶体管的电位如图 2-10 所示，试判断它们的工作状态。

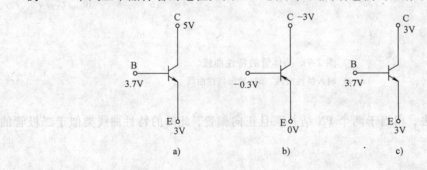

图 2-10　例 2-2 图

解　图 2-10a 为 NPN 型，因为 $U_C > U_B > U_E$，所以该管处于放大区。

图 2-10b 为 PNP 型，因为 $U_C < U_B < U_E$，所以该管处于放大区。

图 2-10c 为 NPN 型，因为 $U_C < U_B > U_E$，所以晶体管的发射结和集电结都处于正向偏置，该管处于饱和状态。

第三节　晶体管的主要参数

晶体管的参数是表征晶体管的性能和安全运用范围的物理量，是正确使用和合理选择晶体管的依据。晶体管的参数较多，这里只介绍主要的参数。

一、电流放大系数

电流放大系数的大小反映了晶体管放大能力的强弱。

1. 动态（交流）电流放大系数 β

当集电极电压 U_{CE} 为定值时，集电极电流变化量 ΔI_C 与基极电流变化量 ΔI_B 之比，即

$$\beta = \frac{\Delta I_C}{\Delta I_B}$$

2. 静态（直流）电流放大系数 $\bar{\beta}$

晶体管为共发射极接法，在集电极-发射极电压 U_{CE} 一定的条件下，由基极直流电流 I_B 所引起的集电极直流电流与基极电流之比，称为共发射极静态（直流）电流放大系数，记作

$$\bar{\beta} = \frac{I_C - I_{CEO}}{I_B} \approx \frac{I_C}{I_B}$$

二、极间反向电流

1. 集电极-基极间的反向电流 I_{CBO}

I_{CBO} 是指发射极开路时，集电极-基极间的反向电流，也称为集电结反向饱和电流。温度升高时，I_{CBO} 急剧增大，温度每升高 $10℃$，I_{CBO} 就增大一倍。

2. 集电极-发射极间的反向电流 I_{CEO}

I_{CEO} 是指基极开路时，集电极-发射极间的反向电流，也称为集电结穿透电流。它反映了晶体管的稳定性，其值越小，受温度的影响也越小，晶体管的工作就越稳定。

3. 极限参数

晶体管的极限参数是指在使用时不得超过的极限值，以此保证晶体管的安全工作。

（1）集电极最大允许电流 I_{CM}　集电极电流 I_C 过大时，β 将明显减小，I_{CM} 为 β 减小到规定允许值（一般为额定值的 1/2～2/3）时的集电极电流。使用中若 $I_C > I_{CM}$，晶体管不一定会损坏，但 β 明显减小。

（2）集电极最大允许损耗功率 P_{CM}　晶体管工作时，U_{CE} 的大部分压降加在集电结上，它将使集电结温度升高而使晶体管发热致使管子损坏。工作时的集电极损耗功率 P_C 必须小于 P_{CM}。

（3）反向击穿电压 $U_{(BR)CEO}$、$U_{(BR)CBO}$、$U_{(BR)EBO}$　$U_{(BR)CEO}$ 为基极开路时集电结不击穿，施加在集电极-发射极之间允许的反向峰值电压。$U_{(BR)CBO}$ 为发射极开路时集电结不击穿，施加在集电极-基极之间允许的反向峰值电压。$U_{(BR)EBO}$ 为集电极开路时发射结不击穿，施加在发射极-基极之间允许的反向峰值电压。

根据三个极限参数 I_{CM}、P_{CM}、$U_{(BR)CEO}$ 可以确定晶体管的安全工作区，如图 2-11 所示。晶体管工作时必须保证工作在安全区内，并留有一定的余量。

三、参数与温度的关系

由于半导体的载流子受温度影响，因此，晶体管的参数也受温度影响。温度升高，输入特性曲线向左移，基极的电流不变，基极与发射极之间的电压降低；温度升高输出特性曲线上移，放大系数也增加。

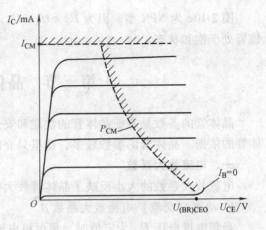

图 2-11　晶体管的安全工作区

四、晶体管的判别及手册的查阅方法

要准确地了解一个晶体管的类型、性能与参数，可用专门的测量仪器进行测试，但一般粗略判别晶体管的类型和管脚，可直接通过晶体管的型号简单地去判断，也可利用万用表测量的方法去判断。

晶体管的管型及管脚的判别是电子技术初学者的一项基本功。三句口诀可以迅速地掌握判别方法："三颠倒，找基极；PN 结，定管型；顺箭头，偏转大。"下面让我们逐句来进行解释。

1. 三颠倒，找基极

众所周知，晶体管是含有两个 PN 结的半导体器件。根据两个 PN 结连接方式的不同，可以分为 NPN 型和 PNP 型两种不同导电类型的晶体管。

测试晶体管要使用万用表的欧姆挡，并选择 $R \times 100$ 或 $R \times 1k$ 挡。红表笔所连接的是表内电池的负极，黑表笔则连接着表内电池的正极。假定我们并不知道被测晶体管是 NPN 型还是 PNP 型，也分不清各管脚是什么电极。测试的第一步是判断哪个管脚是基极。这时，可任取两个电极（如这两个电极为 1、2），用万用表两根指笔颠倒测量正、反向电阻，观察指针的偏转角度；接着，再取 1、3 两个电极和 2、3 两个电极，分别颠倒测量正、反向电阻，观察指针的偏转角度。在三次颠倒测量中，必然有两次测量结果相近：即颠倒测量中指针一次偏转大，一次偏转小。剩下一次必然是颠倒测量前后指针偏转角度都很小，这次没测的那只管脚就是基极，如图 2-1 所示。

2. PN 结，定管型

找出晶体管的基极后，我们就可以根据基极与另外两个电极之间 PN 结的方向来确定晶体管的导电类型了。将万用表的黑表笔接基极，红表笔接另外两个电极中的任意个电极。若指针偏转角度很大，则被测晶体管为 NPN 型管；若指针偏转角度很小，则被测管即为 PNP 型。

3. 顺箭头，偏转大

找出了基极 B，其他两个电极哪个是集电极 C，哪个是发射极 E 呢？这时，我们可以用测穿透电流 I_{CEO} 的方法来确定集电极 C 和发射极 E。

1）根据这个原理，用万用表的黑、红表笔颠倒测量两极间的正、反向电阻 R_{CE} 和 R_{EC}。虽然两次测量中万用表指针偏转角度都很小，但仔细观察就会发现，总有一次偏转角度稍大的。此时，电流的流向一定是：黑表笔→C 极→B 极→E 极→红表笔，电流的流向正好与晶体管符号中的箭头方向一致（"顺箭头"），所以黑表笔所接的一定是集电极 C，红表笔所接的一定是发射极 E。

2）对于 PNP 型的晶体管，方法也类似于 NPN 型，其电流的流向一定是：黑表笔→E 极 →B 极→C 极→红表笔，其电流的流向也与晶体管符号中的箭头方向一致，所以以黑表笔所接的一定是发射极 E，红表笔所接的一定是集电极 C，如图 2-2 所示。

下面具体介绍其型号的意义。

晶体管的型号一般由五大部分组成，如 3AX31A、3DG12B、3CG14G 等。下面以 3DG110B 为例来说明其各部分的含义。

$$\underset{1)}{3}\ \underset{2)}{D}\ \underset{3)}{G}\ \underset{4)}{110}\ \underset{5)}{B}$$

1）第一部分由数字组成，表示电极数。"3"代表晶体管。

2）第二部分由字母组成，表示晶体管的材料与类型。如 A 表示 PNP 型锗管，B 表示 NPN 型锗管，C 表示 PNP 型硅管，D 表示 NPN 型硅管。

3）第三部分由字母组成，表示晶体管的类型，即表明晶体管的功能。

4）第四部分由数字组成，表示晶体管的序号。

5）第五部分由字母组成，表示晶体管的规格号。

小　结

1. 晶体管是一种电流控制器件。晶体管有三个区：发射区、基区、集电区。最主要的功能是电流放大作用即用基极电流 I_B 的变化去控制集电极电流 I_C 的变化。晶体管各个电极上电流之间的关系为 $I_E = I_B + I_C$。

2. 晶体管的输出特性可分为三个区：放大区、截止区、饱和区。必须满足发射结正偏，集电结反偏，晶体管工作在放大状态。在放大状态时满足 $I_C = \beta I_B$。

习　题

一、填空题

1. 晶体管有两个 PN 结，即_____结和_____结，在放大电路中_____结必须正偏，_____结必须反偏，晶体管的三个电极分别是_____、_____、_____。

2. 为了使晶体管能有效地起放大作用，要求晶体管的发射区掺杂浓度_____，基区宽度_____，集电结的结面积比发射结的结面积_____，其理由是_____。

3. 工作在放大状态的晶体管，通过发射结的电流主要是_____，通过集电结的电流主要是_____。

4. 晶体管放大的实质是_____。

5. 工作在放大状态的晶体管，当 I_B 从 $20\mu A$ 增大到 $40\mu A$ 时，I_C 从 $1mA$ 变成 $2mA$。它的 β 约为_____。

第二章 交流放大电路

应知：1. 掌握交流放大器基本电路的组成及其工作原理。

2. 熟悉温度对静态工作点的影响。

3. 了解多级放大电路的耦合方式及其特点。

应会：1. 低频小信号电压放大电路故障判断。

2. 分压式电流负反馈偏置电路放大器的组装与测试。

实训 1　低频小信号电压放大电路故障判断

一、实训目的

1. 根据图 2-12 所示连接共发射极低频电压放大电路。

2. 掌握放大电路静态工作点的调试和测量，通过示波器观察工作点对放大器工作的影响。

3. 测量电压放大倍数。

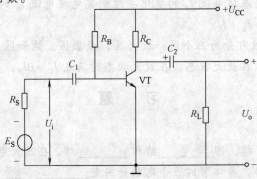

图 2-12　低频电压放大电路

二、实训内容

1. 检查电路及仪表连接是否正确。

2. 待仪器预热后（约 15min），将稳压电源调至 6V，信号发生器输出频率为 1kHz，电压为 10mV。

3. 调整静态工作点。将低频信号发生器的输出信号送到放大器的输入端，放大器的输出信号送到示波器的 Y 输入端。观察输出信号的波形，增大 U_i（由毫伏表监测），若出现波形失真，则调整 R，使波形恢复正弦波形。然后再增大 U_i，重复上述步骤，只到输出波形最大而又保持正弦波形为止。这就是放大器的最合适的静态工作点。

4. 测量静态工作点。断开信号源，将放大器输入端对地短接，用万用表测出 U_{CE}、U_{BE} 及 I_C 值。

5. 测算放大器的电压放大倍数。重新将信号输入放大器，保持波形不失真，用毫伏表测得输入与输出电压大小，由公式 $A_u = U_o / U_i$ 测算出放大器的电压放大倍数。

三、思考

1. 为什么按步骤 3 调试的工作点是合适的静态工作点？

2. 集电极负载电阻变大时对电压放大倍数有何影响？

3. 负载 R_L 阻值变小时对电压放大倍数有何影响？

实训 2　分压式电流负反馈偏置电路放大器的组装与测试

一、实训目的

1. 初步接触电子电路，学会连接电路。

2. 学会测量静态工作点电压。

3. 学会用示波器观测波形。

4. 了解失真。

二、实训原理

图 2-13 所示是分压式电流负反馈偏置电路放大器电路示意图及其原理图。U_{cc} 是电源，C_1、C_2 是隔直流电容，R_{B1}、R_{B2} 为晶体管提供偏置电流，U_S 是信号源，输出正弦波小信号。R_E 是反馈电阻，R_L 是负载电阻。如果静态工作点合适，输入信号将被不失真地放大输出。

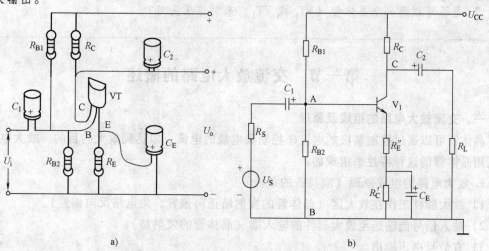

图 2-13　分压式偏置放大电路示意图及其原理图

三、实训内容

1. 按图 2-13 所示连接电路，调节 R_{B2}，使 AB 间电阻为 0。用示波器分别观察 A、C 两点波形及相位。

2. 慢慢调节 R_{B2}，使 AB 间电阻增加，同时观察 A、C 两点波形及相位。

3. 当输出波形不失真后，用万用表直流电压挡检测晶体管 B、C、E 三个极的电压值。

4. 保持 R_{B2} 不变，调节 R_L，看波形变化。

四、实训报告

1. 整理每次检测的数据，自己列表进行分析。

2. 根据波形、波幅变化，谈谈自己的想法。

实训 3 使用方便的床头灯的组装与测试

一、实训目的

1. 根据图 2-14 所示连接床头灯电路。

2. 掌握复合管静态工作点的调试和测量。

二、实训内容

1. 按图 2-14 所示连接电路，调节可变电阻 R，使可变电阻为 0，并观察灯泡的亮度。

2. 慢慢调节可变电阻 R，使可变电阻 R 增加，观察灯泡的亮度，同时用万用表直流电压挡检测晶体管 B、C、E 三个极的电压值。

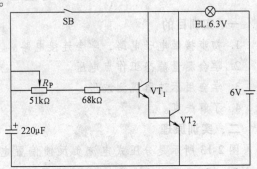

图 2-14 使用方便的床头灯电路

三、思考

1. 复合管有什么特点？

2. 是否可以用一个晶体管（VT_1 或 VT_2）来制作床头灯？

第一节 交流放大电路的概述

一、交流放大电路的组成及原理

晶体管可以通过控制基极的电流来控制集电极的电流，以达到放大的目的。放大电路就是利用晶体管的这种特性来组成的。

1. 放大电路的组成原理（应具备的条件）

1）放大器件工作在放大区（晶体管的发射结正向偏置，集电结反向偏置）。

2）输入信号能输送至放大器件的输入端（晶体管的发射结）。

3）有信号电压输出。

判断放大电路是否具有放大作用，就是根据这三点，并且必须同时具备。

放大电路可以由正弦波信号源 E_s，晶体管 VT，输出负载 R_L 及电源偏置电路（U_{BB}、R_B、U_{CC}、R_C）组成。由于电路的输入端口和输出端口有四个接头，而晶体管只有三个电极，所示必然有一个电极是共用的，因而就有共发射极（简称共射极）、共基极、共集电极三种组态的放大电路。图 2-15 所示为最基本的共射极放大电路，图 2-16 为放大电路的习惯画法。

2. 基本放大电路中各元件的作用

（1）集电极电源 U_{CC} 为整个电路提供电源，保证晶体管的发射结正向偏置，集电结反向偏置。

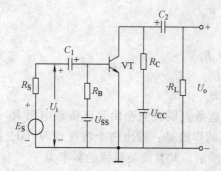

图 2-15　最基本的共射极放大电路

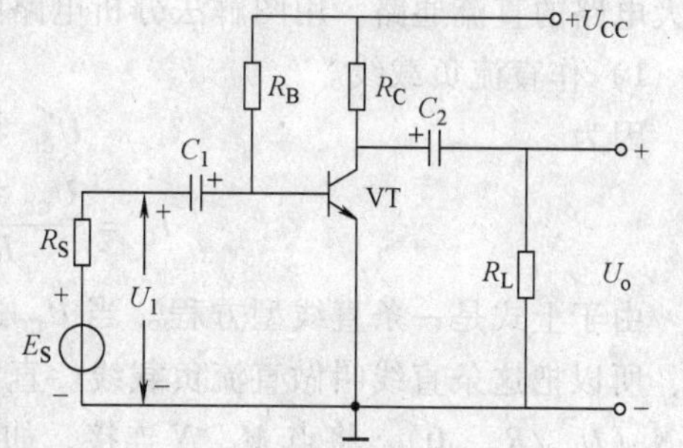

图 2-16　放大电路的习惯画法

（2）基极偏置电阻 R_B　为基极提供合适的偏置电流。

（3）集电极电阻 R_C　将集电极电流的变化转换为电压的变化。

（4）耦合电容 C_1、C_2　隔直流、通交流。

（5）符号"⊥"为接地符号，是电路中的零参考电位。

二、放大电路的分析

对一个放大电路进行定量分析，应该做两个方面工作：第一，确定静态工作点；第二，计算放大电路在有信号输入时的放大倍数、输入阻抗、输出阻抗等。常用的分析方法有两种：图解法和微变等效电路法。图解法适用于分析大信号的输入情况，而微变等效电路法适用于微小信号的输入情况。在分析放大电路时，为了简便，往往把直流分量和交流分量分开处理，这就需要分别画出直流通路和交流通路。分析静态时用直流通路，分析动态时用交流通路。

在画直流通路和交流通路（见图 2-17）时，应遵循的原则为：

1）对于直流通路，电感可视为短路，电容可视为开路。

2）对于交流通路，若直流电源内阻很小，则交流压降很小，可视为短路；若电容有交流电通过时，交流压降很小，可视为短路。

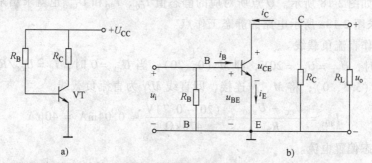

图 2-17　基本共射放大电路的交、直流通路

a）直流通路　b）交流通路

三、放大电路的分析方法

1. 图解法

在晶体管特性曲线上，用作图的方法来分析放大电路的工作情况，称为图解法。其优点是直观，物理意义清楚。

（1）用图解法确定静态工作点　在分析静态值时，只需研究直流通路，如图 2-17a 所示放大电路的直流通路。用图解法分析电路的步骤如下：

1）作直流负载线。

因为
$$U_{CE} = U_{CC} - I_C R_C$$

$$I_C = \frac{U_{CC} - U_{CE}}{R_C} = \frac{U_{CC}}{R_C} - \frac{U_{CE}}{R_C}$$

由于上式是一条直线型方程。当 U_{CC} 选定后，这条直线就完全由直流负载电阻 R_C 确定了，所以把这条直线叫做直流负载线。直流负载线的作法是：找出两个特殊点 M（0，U_{CC}）和 N（U_{CC}/R_C，0），将点 M、N 连接，如图 2-18a 所示。其直流负载线的斜率为

$$k = \tan\alpha = \frac{-1}{R_C}$$

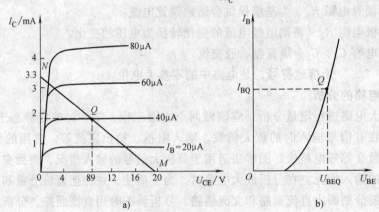

图 2-18　静态工作点

2）确定静态工作点，即找出 Q 点。

利用 $I_{BQ} = (U_{CC} - U_{BEQ})/R_B$，求得 I_{BQ} 的近似值（对于 U_{BEQ}，硅管一般取 0.7V，锗管取 0.3V）。在输出特性曲线上，确定 $I_B = I_{BQ}$ 的一条曲线。该曲线与直线 MN 的交点 Q 就是静态工作点，如图 2-18 所示。Q 点所对应的静态值 I_{CQ}、I_{BQ} 和 U_{CEQ} 也就求出来了。

例 2-3　求图 2-18a 所示电路的静态工作点。

解　①　作直流负载线。

当 $I_C = 0$ 时，$U_{CE} = U_{CC} = 20V$，即 M（0，20）；当 $U_{CE} = 0$ 时，$I_C = U_{CC}/R_C = 20V/6k\Omega = 3.3mA$，即 N（3.3，0）；将 M、N 连接，即直线 MN 为直流负载线。

$$I_{BQ} = \frac{U_{CC} - U_{BEQ}}{R_B} = \frac{(20 - 0.7)V}{470k\Omega} \approx 0.04mA = 40\mu A$$

②　求静态偏置电流。

如图 2-18b 所示，$I_{BQ} = 40\mu A$ 的输出特性曲线与直流负载线 MN 交于 Q（9，1.8），即静态值为 $I_{BQ} = 40\mu A$，$I_{CQ} = 1.8mA$。

（2）放大电路的非线性失真　在使用放大电路时，一般要求输出信号要尽可能的大，但受到晶体管非线性的限制。有时输入信号过大或者工作点选择不恰当，输出电压波形就会产生失真。这种失真是由于晶体管的非线性引起的，所以它被称为非线性失真。在图 2-19 中，设正常情况下静态工作点位于 Q 点，可以得到失真很小的 I_C 和 U_{CE} 波形。当调节 R_B，

使静态工作点设置在 Q_1 点或 Q_2 点时，输出波形将产生严重地失真。

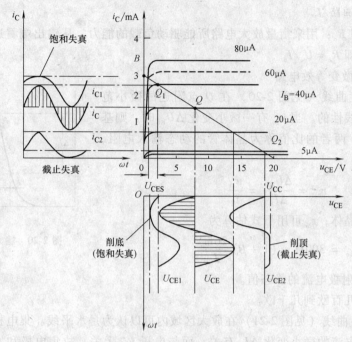

图 2-19　静态工作点对输出波形失真的影响

1）饱和失真。静态工作点设置在 Q_1 点，这时虽然 I_B 正常，但 I_C 的正半周和 U_{CE} 的负半周出现了失真。这种失真是由于 Q 点过高，使其动态工作进入饱和区而引起的失真，因此称作"饱和失真"。

2）截止失真。当静态工作点设置在 Q_2 点时，I_B 严重失真，使 I_C 的负半周和 U_{CE} 的正半周进入截止区而造成失真，因此称作"截止失真"。

适当调整电路参数使 Q 点合适，可降低非线性失真的程度。

2. 微变等效电路法

通过上面的学习，我们已经了解了图解法分析放大电路的基本知识，但是它对电压的放大倍数、输入电阻、输出电阻的计算有很多不足之处。下面我们学习另外一种分析方法——微变等效电路法。它的思想是：当信号变化的范围很小（微变）时，可以认为晶体管电压、电流变化量之间的关系是线性的。通过上述思想可以把含有非线性元件（如晶体管）的放大电路，转换为线性电路，这样就可以利用电路分析的各种方法来求解了。放大电路的性能是通过性能指标来衡量的。

放大电路的性能指标如下：

1）电压放大倍数 A_u：用来衡量放大电路的电压放大能力。它可定义为输出电压的幅值与输入电压的值之比，即 $A_u = U_o / U_i$

2）电压源放大倍数 A_{us}：表示输出电压与信号源电压值比，它考虑了信号源内阻 R_s 对电路的影响，则 $A_{us} = U_o / U_S$

3）电流放大倍数 A_i：用来衡量放大电路的电流放大能力，值越大表明放大能力越好。它可定义为输出电流 I_o 和输入电流 I_i 之比，即 $A_i = I_o / I_i$

4）输入电阻 R_i：用来衡量放大电路对输入信号源的影响。它可表示为输入电压与输入电流之比，即 $R_i = U_i / I_i$

5）输出电阻 R_o：用来衡量放大电路所能驱动负载的能力。从输出端看进去的等效电阻就是输出电阻，即 $R_o = \dot{U}_o / I_o$

（1）晶体管微变等效电路

1）输入特性曲线（见图 2-20）在 Q 点附近的微小范围内可以认为是线性的。当 u_{BE} 有一微小变化 ΔU_{BE} 时，则基极电流变化 ΔI_B，两者的比值称为晶体管的动态输入电阻，用 r_{be} 表示，即

$$r_{be} = \frac{\Delta U_{BE}}{\Delta I_B} = \frac{u_{be}}{i_b}$$

对于小功率晶体，r_{be} 可用下式估算为

$$r_{be} = 300\Omega + (1 + \beta)\frac{26\mathrm{mV}}{I_{EQ}}$$

式中　I_{EQ}——发射极电流的静态值。

r_{be} 值一般为几百欧到几千欧。

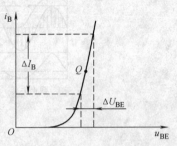

图 2-20　输入特性曲线

2）输出特性曲线（见图 2-21）在放大区域内可以认为是水平线。集电极电流的微小变化 ΔI_C 仅与基极电流的微小变化 ΔI_B 有关，而与电压 u_{CE} 无关，故集电极和发射极之间可等效为一个受 i_b 控制的电流源，即

$$i_c = \beta i_b$$

综上所述，可画出晶体管在交流小信号条件下的微变等效电路如图 2-22b 所示。

（2）放大电路的微变等效电路　用微变等效电路法分析放大电路的关键在于正确地画出放大电路的微变等效电路。具体方法是：先画出放大电路的交流通路，然后用晶体管的微变等效电路代替交流通路中的晶体管，并标明电压、电流的参考方向，便得到了放大电路的微变等效电路。据此，可画出基本共射极放大电路的微变等效电路如图 2-23 所示。

（3）参数的计算

1）电压放大倍数。

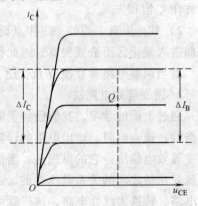

图 2-21　输出特性曲线

$$A_u = \frac{\dot{U}_o}{\dot{U}_i} = \frac{-R_L'\dot{I}_c}{r_{be}\dot{I}_b} = \frac{-R_L'\beta\dot{I}_b}{r_{be}\dot{I}_b} = -\frac{\beta R_L'}{r_{be}}$$

$$A_u = -\frac{\beta R_C}{r_{be}}$$

式中　R_L——等效负载电阻，$R_L' = R_C /\!/ R_L$。

若不接负载（即 $R_L = \infty$）时，则有

$$A_u = -\beta\frac{R_c}{r_{be}}$$

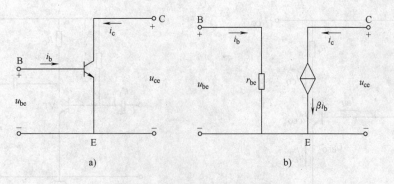

图 2-22　晶体管微变等效电路

a）晶体管　b）晶体管的微变等效电路

2）输入电阻。

输入电阻 r_i 的大小决定了放大电路从信号源取得电流（输入电流）的大小，即

$$r_i = R_B /\!/ r_{be}$$

为了减轻信号源的负担，总希望 r_i 越大越好。另外，较大的输入电阻 r_i，也可以降低信号源内阻 R_s 的影响，使放大电路获得较高的输入电压。在公式中由于 R_B 比 r_{be} 大得多，所以 r_i 近似等于 r_{be}。

3）输出电阻。

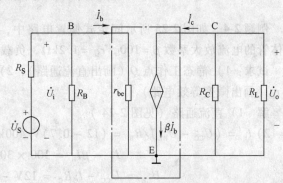

图 2-23　基本共射极放大电路的微变等效电路

$$r_o \approx R_C$$

对于负载而言，放大器的输出电阻 r_o 越小，负载电阻 R_L 的变化对输出电压的影响就越小，表明放大器带负载能力越强。因此，总希望 r_o 越小越好。

3. 放大电路的偏置分析

放大电路只有设置了合适的静态工作点 Q，才能不失真地放大交流信号。因此，设置直流偏置电路是实现对交流信号放大的前提。在设置偏置电路时应考虑两个方面：第一，偏置电路能给放大器提供合适的静态工作点；第二，温度及其他因素改变时，能使静态工作点稳定。放大电路中常见的直流偏置电路有以下几种。

（1）固定式偏置电路

1）电路的组成。

如图 2-24 所示，U_{CC} 经电阻 R_B 为发射结提供正偏电压，经电阻 R_C 为集电结提供反偏电压。固定偏置式电路的结构简单，但静态工作点不稳定。例如，当 I_{BQ} 固定时，温度升高，β 值增大，I_{CQ} 增大，U_{CEQ} 减小，使 Q 点变化。

2）静态工作点的估算。

$$I_{BQ} = \frac{U_{CC} - U_{BEO}}{R_B}$$

$$I_{CQ} = \beta I_{BO}$$

$$U_{CEQ} = U_{CC} - I_{CQ} R_C$$

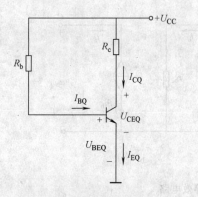

图 2-24　固定式偏置电路

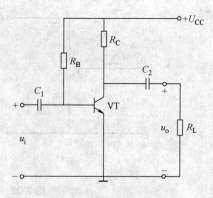

图 2-25　例 2-4 图

例题 2-4　如图 2-25 所示固定式偏置电路中，已知 $U_{CC} = 12V$，$R_B = 400k\Omega$，$R_C = 3k\Omega$，晶体管的电流放大系数 $\beta = 100$，$r_{be} = 1.2k\Omega$，负载电阻 $R_L = 3k\Omega$。

试求：1）静态工作点 Q（画出直流通路）；2）电压放大倍数 A_u、输入电阻 r_i 和输出电阻 r_o（画出微变等效电路）。

解　1）直流通路（见图 2-24）

2）$I_B = (U_{CC} - U_{BE})/R_B = (12 - 0.7)V/400k\Omega = 30\mu A$

$$I_C = \beta I_B = 100 \times 30\mu A = 3mA$$

$$U_{CE} = U_{CC} - I_C R_C = 12V - 3mA \times 3k\Omega = 3V$$

$$A_u = -\beta R_L'/r_{be} = -\beta(R_c // R_L)/r_{be} = -125$$

$$R_i = R_B // r_{be} = 1.2k\Omega$$

$$R_o = R_C = 3k\Omega$$

（2）分压式偏置电路

1）电路的组成（见图 2-26）。

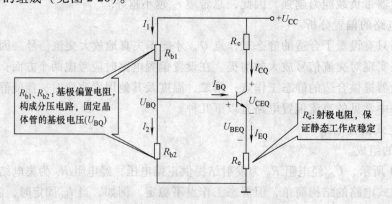

R_{b1}、R_{b2}：基极偏置电阻，构成分压电路，固定晶体管的基极电压(U_{BQ})

R_e：射极电阻，保证静态工作点稳定

图 2-26　分压式偏置电路

2）静态工作点的估算。

$$U_{BQ} \approx \frac{R_{b2}}{R_{b1} + R_{b2}}U_{CC}$$

$$I_{CQ} \approx I_{EQ} = \frac{U_{BQ} - U_{BE}}{R_e}$$

$$I_{BQ} = \frac{I_{CQ}}{\beta}$$

$$U_{CEQ} \approx U_{CC} - I_{CQ}(R_c + R_e)$$

例题 2-5 如图 2-27 所示的分压式偏置电路，已知 $R_{b2} = 3.3\text{k}\Omega$，$R_{b1} = 20\text{k}\Omega$，$R_c = 3\text{k}\Omega$，$R_e = 1\text{k}\Omega$，$\beta = 80$，$U_{cc} = 12\text{V}$，$R_L = 3\text{k}\Omega$（设图 2-27 中晶体管 $U_{BE} = 0.7\text{V}$）。

1）计算静态工作点 I_{BQ}、I_{CQ} 和 U_{CEQ}；

2）画出放大电路的微变等效电路；

3）计算电压放大倍数 A_u、输入电阻 r_i 和输出电阻 r_o。

解 注意：在工程上常采用近似的方法以简化计算步骤，所以本题可按下列简化步骤进行：

$$U_B \rightarrow U_E \rightarrow I_{EQ} \rightarrow I_{CQ} \rightarrow U_{CEQ}$$
$$\quad\quad \searrow r_{be} \rightarrow A_u$$

由图 2-27 可以分别画出放大电路的直流通路（见图 2-28a）、交流通路（见图 2-28b）和微变等效电路（见图 2-28c）。

① 基极直流电位。一般流过 R_{b1} 及 R_{b2} 的直流电流远大于 I_{BQ}，故

$$U_B \approx \frac{R_{b2}}{R_{b1} + R_{b2}} U_{CC} = 1.7\text{V}$$

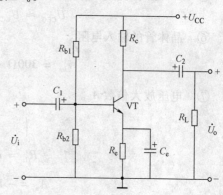

图 2-27 例 2-5 图

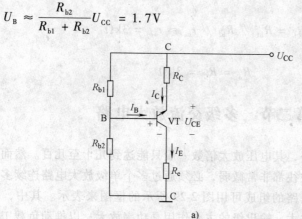

a)

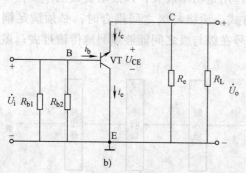

b)

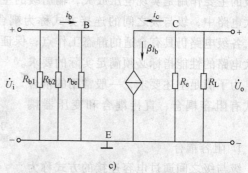

c)

图 2-28 三种电路

a）直流通路　b）交流通路　c）微变等效电路

② 发射极直流电位。

$$U_E = U_B - U_{BEQ} = (1.7 - 0.7)V = 1V$$

③ 发射极电流的静态值。

$$I_{EQ} = \frac{U_E}{R_E} = \frac{1V}{1k\Omega} = 1mA$$

④ 集电极电流的静态值。

$$I_{CQ} \approx I_{EQ} = 1mA$$

⑤ CE 之间的静态电压。

$$U_{CEQ} \approx U_{CC} - I_{CQ}(R_E + R_C) = 8V$$

⑥ 晶体管的输入电阻。

$$r_{be} = 300\Omega + (1 + \beta)\frac{26mV}{I_{EQ}} \approx 3k\Omega$$

⑦ 电压放大倍数 A_u。

$$A_u = -\beta\frac{R'_L}{r_{be}}$$

$$R'_L = R_L \ /\!/ \ R_C = 1.5k\Omega$$

$$A_u = -100 \times \frac{1.5k\Omega}{3k\Omega} = -50$$

⑧ 输入电阻 r_i。

$$R_i = R_{b1} \ /\!/ \ R_{b2} \ /\!/ \ r_{be} \approx r_{be} = 3k\Omega$$

⑨ 输出电阻 r_o。

$$R_o = R_C = 3k\Omega$$

第二节　多级交流放大电路

前面讲过的基本放大电路，其电压放大倍数一般只能达到几十至几百。然而在实际工作中，放大电路所得到的信号往往都非常微弱，必须通过多个单级放大电路连续多次放大，才可满足实际要求。多级放大电路的组成可用图 2-29 所示的框图来表示。其中，输入级与中间级的主要作用是实现电压放大，输出级的主要作用是功率放大，以推动负载工作。在多级放大电路中，级与级之间的连接方式称为耦合方式。而级与级之间耦合时，必须满足耦合后，各级电路仍具有合适的静态工作点；保证信号在级与级之间能够顺利地传输过去；多级放大电路的性能指标必须满足实际的要求。

为了满足上述要求，一般常用的耦合方式有阻容耦合、直接耦合和变压器耦合。

1. 阻容耦合

级与级之间通过电容连接的方式称为阻容耦合方式。两级阻容耦合放大电路如图 2-30 所示。由图 2-30 可得出阻容耦合

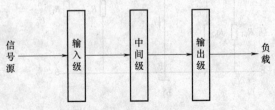

图 2-29　多级放大电路的结构框图

放大电路的特点为：

（1）优点　因电容具有"隔直"作用，所以各级电路的静态工作点相互独立，互不影响。这给放大电路的分析、设计和调试带来了很大的方便。此外，电路还具有体积小、重量轻等优点。

（2）缺点　因电容对交流信号具有一定的容抗，在信号传输过程中，会受到一定的衰减。尤其对于变化缓慢的信号容抗很大，不便于传输。此外，在集成电路中，制造大容量的电容很困难，所以这种耦合方式下的多级放大电路不便于集成。

2. 直接耦合

为了避免电容对缓慢变化信号的影响，可直接把两级放大电路连接在一起，这就是直接耦合法。它的特点是能放大交流信号，也能放大直流信号，便于集成，存在零漂现象。

3. 变压器耦合

变压器耦合主要用于功率放大电路，它的优点是可变换电压和实现阻抗变换，工作点相对独立。缺点是体积大，不能实现集成化，频率特性差。

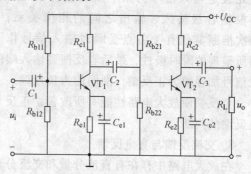

图 2-30　两级阻容耦合放大电路

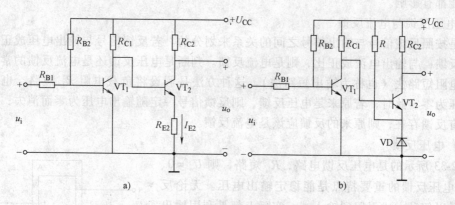

图 2-31　直接耦合放大电路

a）串联连接发射极电阻　b）串联连接硅稳压二极管

第三节　负反馈放大电路

1. 反馈的含义

在实际中放大电路是多种多样的，前面所学的基本放大电路是不能满足要求的。为此，在放大电路中常应用负反馈的方法来改善放大电路的性能。将放大电路输出量（电压或电流）的一部分或全部，通过某些元件或网络（称为反馈网络）反向送回到输入端来影响原输入量（电压或电流）的过程，称为反馈。

有反馈的放大电路称为反馈放大电路，其组成框图如图 2-32 所示。

2. 反馈极性（正、负反馈）

在反馈放大电路中，反馈量使放大电路净输入量得到增强的反馈称为正反馈，使净输入量减弱的反馈称为负反馈。正反馈多用于振荡电路和脉冲电路，而负反馈多用于改善放大电路的性能。判别反馈的正、负，通常采用瞬时极性法。这种方法是先假定输入信号为某一瞬时极性，然后再根据各级输入、输出之间的相位关系，依次推断其他有关各点受瞬时输入信号作

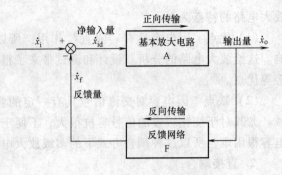

图 2-32　反馈放大电路的组成框图

用所呈现的瞬时极性，最后看反馈到输入端的作用是加强了还是削弱了净输入信号。使净输入信号加强的为正反馈，削弱的为负反馈。

负反馈使放大电路性能有所改善，正反馈使放大电路的性能变坏，因此，要掌握好正、负反馈的判断。

3. 交流反馈与直流反馈

在放大电路中存在有直流分量和交流分量。若反馈信号是交流分量，则称为交流反馈，它影响电路的交流性能；若反馈信号是直流分量，则称为直流反馈，它影响电路的直流性能，如静态工作点。若反馈信号中既有交流分量又有直流分量，则反馈对电路的交流性能和直流性能都有影响。

4. 电压反馈与电流反馈

这是按照反馈信号与输出信号之间的关系来划分的。若反馈信号与输出电压成正比，则是电压反馈；与输出电流成正比，则是电流反馈。判断是电压反馈还是电流反馈的常用办法是负载电阻短路法（也称为输出短路法）。这种方法是假设将负载电阻 R_L 短路，也就是使输出电压为零。此时，若原来是电压反馈，则反馈信号一定随输出电压为零而消失；若电路中仍然有反馈存在，则原来的反馈应该是电流反馈。

（1）电压反馈

图 2-33 所示的是电压反馈电路，R_L 短路，则 $U_o = 0$、$U_f = 0$。电压反馈的重要特点是能稳定输出电压。无论反馈信号是以何种方式引回到输入端，实际上都是利用输出电压本身通过反馈网络来对放大电路起自动调整作用的，这就是电压反馈的实质。

在图 2-33 中，若负载电阻 R_L 增加引起 $\dot{U}_o$ 的增加，则电路稳压的自动调节过程如下：

$$\dot{U}_o \uparrow \rightarrow \dot{U}_f \uparrow \rightarrow \dot{U}_{id} \downarrow$$
$$\dot{U}_o \downarrow \longleftarrow _____$$

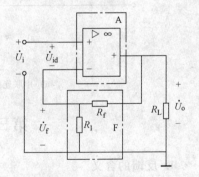

图 2-33　电压反馈电路

（2）电流反馈

在判断电流反馈时，根据电流反馈的定义——反馈信号与输出电流成比例，可以假设将负载 R_L 两端开路（$\dot{I}_o = 0$，但 $\dot{U}_o \neq 0$），反馈量是零，就是电流反馈。图 2-34 所示的就是电流反馈电路，R_L 开路，则

$$\dot{I}_o = 0 \rightarrow \dot{I}_f = 0 \rightarrow \dot{U}_f = 0$$

电流反馈的重要特点是能稳定输出电流。无论反馈信号是以何种方式引回到输入端，实际上都是利用输出电流 $\dot{I}_o$ 本身通过反馈网络来对放大电路起自动调整作用的，这就是电流反馈的实质。图 2-34 所示的电路稳流的自动调节过程如下：

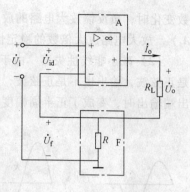

$$\dot{I}_o \uparrow \rightarrow \dot{U}_f \uparrow \rightarrow \dot{U}_{id} \downarrow$$

$$\dot{I}_o \downarrow \longleftarrow$$

图 2-34　电流反馈电路

5. 串联反馈与并联反馈

这是按照反馈信号在输入回路中与输入信号相叠加的方式不同来分类的。如果反馈信号与输入信号是串联连接在基本放大电路的输入回路中，则为串联反馈，其信号是以电压的形式相叠加的，电路如图 2-35a 所示。如果反馈信号与输入信号是并联连接在基本放大电路的输入回路中，则为并联反馈，其信号是以电流的形式相叠加的，电路如图 2-35b 所示。因此，是以电压形式还是以电流形式相叠加，也是区分串联反馈与并联反馈的依据。

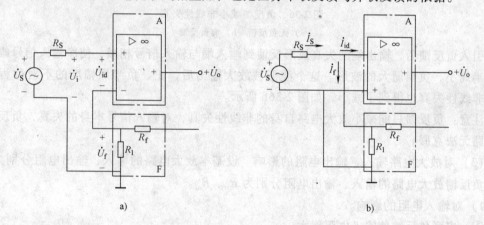

图 2-35　串联接法和并联接法

a）串联反馈　b）并联反馈

由上述分析可以看出，若反馈信号与信号源连接在不同的端子上，则为串联反馈。若连接在同一个端子上，则为并联反馈。

根据输出端的取样方式和输入端的连接方式，可以组成四种不同类型的负反馈电路分别为：

1）电压串联负反馈。

2）电压并联负反馈。

3）电流串联负反馈。

4）电流并联负反馈。

6. 负反馈对放大电路性能的影响

负反馈会对放大电路的哪些性能产生影响呢？下面就来解决这个问题。

（1）提高了放大倍数的稳定性　引入负反馈以后，由于某种原因造成放大电路放大倍数变化时，负反馈放大电路的放大倍数变化量只有基本放大电路放大倍数变化量的 $1/(1 + A_f)$，放大电路放大倍数的稳定性大大提高了。

（2）减小非线性失真 由于放大电路中存在着晶体管等非线性器件，所以即使输入的是正弦波，输出也不是正弦波，从而产生了波形失真，如图 2-36a 所示。输入的正弦波在输出端输出时，变成了正半周幅度大、负半周幅度小的失真波形。

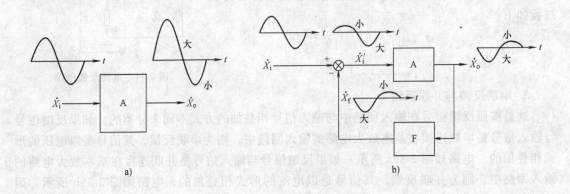

图 2-36 负反馈减小非线性失真

a）无负反馈 b）有负反馈

引入负反馈后，输出端的失真波形反馈到输入端与输入信号相减，使净输入信号幅度成为正半周小、负半周大的波形。这个波形被放大输出后，正、负半周幅度的不对称程度减小，非线性失真也得到了减小，如图 2-36b 所示。

注意：负反馈只能减小放大电路自身的非线性失真，对输入信号本身的失真，负反馈放大电路无法克服。

（3）对放大电路输入、输出电阻的影响 设基本放大电路的输入、输出电阻分别为 R_i、R_o，负反馈放大电路的输入、输出电阻分别为 R_{if}、R_{of}。

1）对输入电阻的影响。

① 串联负反馈使输入电阻增大。

由于负反馈网络与基本放大电路串联，使得放大电路的输入电阻增大。根据推算，串联负反馈时，$R_{if} = (1 + A_f)R_i$。

② 并联负反馈使输入电阻减小。

由于负反馈网络与基本放大电路并联，使得放大电路的输入电阻减小。根据推算，并联负反馈时，$R_{if} = R_i/(1 + A_f)$。

2）对输出电阻的影响。

① 电压负反馈使输出电阻减小。

由于负反馈网络与基本放大电路并联，使得放大电路的输出电阻减小。根据推算，并联负反馈时，$R_{of} = R_o/(1 + A_f)$。

② 电流负反馈使输出电阻增大。

由于负反馈网络与基本放大电路串联，使得放大电路的输出电阻增大，增大情况与具体电路有关。

第四节　功率放大电路

功率放大电路则是多级放大电路的最后一级，它要带动一定的负载，如扬声器、电动机、仪表、继电器等，所以功率放大电路要求获得一定的不失真输出功率。

1. 功率放大电路的特点及分类

（1）特点

1）输出功率足够大。为获得足够大的输出功率，功放管的电压和电流变化范围应很大。

2）效率高。功率放大电路的效率是指负载上得到的信号功率与电源供给的直流功率之比。

3）非线性失真小。功率放大电路是在大信号状态下工作，电压、电流摆动幅度很大，极易超出管子特性曲线的线性范围而进入非线性区，从而造成输出波形的非线性失真。因此，功率放大电路比小信号的电压放大电路的非线性失真问题严重。

4）保护及散热。功放管承受高电压、大电流，因而功放管的保护及散热问题也应该重视。

（2）功率放大电路的分类　功率放大电路一般是根据功放管工作点选择的不同来进行分类的，所以可分为甲类、乙类及甲乙类功率放大电路。当静态工作点 Q 设置在交流负载线的中点，整个信号周期内都有电流 I_c 通过时，如图 2-37a 所示，这类工作方式称为甲类功放。这种电路的优点是在输入信号的整个周期内晶体管都处于导通状态，输出信号失真较小，缺点是晶体管有较大的静态电流 I_{CQ}，管耗 P_c 较大，电路能量转换效率较低。若将静态工作点 Q 设在横轴上，则电流 I_c 仅在半个信号周期内通过，其输出波形被滤掉 $1/2$，如图 2-37b 所示，这类工作方式称为乙类功放。乙类放大电路的工作点设置在截止区，晶体管的静态电流 $I_{CQ}=0$，所以能量转换效率较高，缺点是只能对半个周期的输入信号进行放大，非线性失真较大（交越失真较大）。若将静态工作点设在线性区的下部且靠近截止区，则电流 I_c 的流通时间为多半个信号周期，输出波形被滤掉一部分，如图 2-37c 所示，这类工作方式称为甲乙类功放。甲乙类放大电路的工作点设在放大区但接近截止区，即晶体管处于微导通状态，这样可以有效克服乙类放大电路的失真问题，且能量转换效率也较高。目前，甲乙类功率放大电路使用得较广泛。

2. 乙类基本互补对称功率放大电路（OCL）

如果电路处在甲类放大状态，则静态工作电流较大，因而效率较低。若用一个管子组成甲乙类或乙类放大电路，就会出现严重的失真现象。乙类互补对称功放，既可保持静态时功耗较小，又可减小失真，电路如图 2-38 所示。

图 2-38 中，VT_1 和 VT_2 是两个特性一致的 NPN 型和 PNP 型晶体管。两管基极连接输入信号，发射极连接负载 R_L。两管均工作在乙类状态。这个电路可以看成由两个工作于乙类状态的射极输出器组成。

（1）静态分析　当输入信号 $u_i=0$ 时，两个晶体管都工作在截止区。此时，I_{BQ}、I_{CQ}、I_{EQ} 均为零，负载 R_L 上无电流通过，输出电压 $u_o=0$。

（2）动态分析

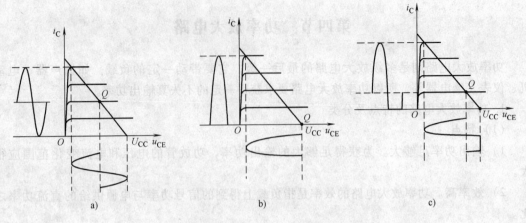

图 2-37 功率放大电路的分类

a) 甲类功放　b) 乙类功放　c) 甲乙类功放

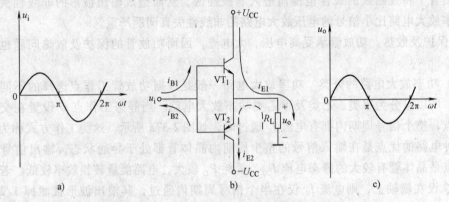

图 2-38 双电源乙类互补对称功率放大电路

1) 当输入信号为正半周时，$u_i > 0$，晶体管 VT$_1$ 导通，VT$_2$ 截止，VT$_1$ 管的射极电流 i_{E1} 经 $+U_{CC}$ 自上而下流过负载 R_L，并在 R_L 上形成正半周输出电压，即 $u_o > 0$。

2) 当输入信号为负半周时，$u_i < 0$，晶体管 VT$_2$ 导通，VT$_1$ 截止，VT$_2$ 管的射极电流 i_{E2} 经 $-U_{CC}$ 自下而上流过负载 R_L，并在 R_L 上形成负半周输出电压，即 $u_o < 0$。

由此可见，在输入电压 u_i 作用下，互补对称电路利用了两个不同类型晶体管发射结偏置的极性正好相反的特点，自行完成了反相作用，使两个管子交替导通和截止。

在乙类互补对称功率放大电路中，没有施加偏置电压，静态工作点设置在零点，则 $U_{BEQ} = 0$，$I_{BQ} = 0$，$I_{CQ} = 0$，晶体管工作在截止区。由于晶体管存在死区电压，当输入信号 u_i 小于死区电压时，晶体管 VT$_1$ 和 VT$_2$ 仍不导通，输出电压 u_o 为零。这样，在输入信号正、负半周的交界处，无输出信号，使输出波形失真，这种失真叫做交越失真。

3. 甲乙类互补对称功率放大电路

乙类互补对称功率放大电路效率比较高，但由于晶体管的输入特性存在死区，而形成交越失真。采用甲乙类互补对称功率放大电路（见图 2-39），可以克服交越失真的问题。其原理是静态时，在 VD$_1$ 和 VD$_2$ 上产生的压降为 VT$_1$ 和 VT$_2$ 提供了一个适当的正偏电压，使其处于微导通状态。由于电路对称，静态时，$I_{C1} = I_{C2}$，$I_o = 0$，$u_o = 0$。有信号时，由于电路工作在甲乙类，即使 u_i 很小，也基本上可以线性放大。

4. 集成功率放大器（选修）

随着集成技术的不断发展，集成功率放大器产品越来越多。由于集成功放成本较低，使用方便，因而被广泛地应用在收音机、录音机、电视机及直流伺服系统中的功率放大部分。下面介绍一种常用的集成功率放大器——单片音频功率放大器5G37。

5G37是一块集成音频功率放大器，其最大不失真输出功率为 2～3W，可作为收音机、录音机、电唱机的功率放大器，也可用于电视机的输出电路，应用非常广泛。其内部电路如图 2-40 所示。图 2-40 中，VT_1、VT_2 管互补组成 PNP 型复合管，构成整个放大器的前置输入级；VT_3、VT_4 管组成 PNP 型复合管，构成放大器的激励级；VT_8、VT_9、VT_{10}、VT_{11} 和

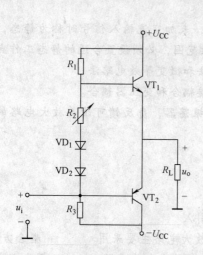

图 2-39　甲乙类互补对称功率放大电路

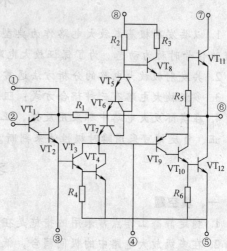

图 2-40　5G37 的内部电路

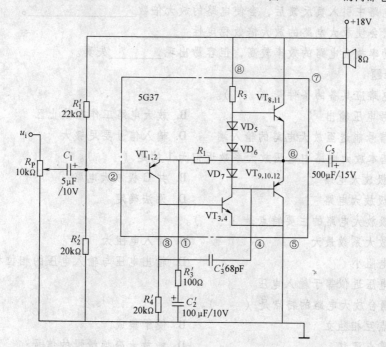

图 2-41　5G37 的典型应用电路

VT_{12}管构成准互补推挽输出级。VT_5、VT_6和VT_7管是消除小信号交越失真而设置的二极管偏置电路。

图 2-41 为 5G37 的典型应用电路。②脚为输入端，经耦合电容 C_1 输入信号。⑦脚连接电源正极，电阻 R_1' 和 R_2' 的作用是决定中点电位。调节 R_P，可使加到两个推挽管子上的集电极与发射极之间电压相等，即使⑥脚的直流电位值等于 $U_{CC}/2$。负载 R_L 为 8Ω 的扬声器，其一端经耦合电容 C_5 连接⑥脚，另一端连接电源正极。C_1' 为消振电容，用来防止高频自激。R_3' 和 C_2' 支路与片内的反馈电阻共同构成交流负反馈网络，改变 R_3' 可以调节放大器的增益。

小 结

1. 以共发射极基本放大电路作为典型电路来分析，未加交流输入信号时称为静态，加入交流信号时称为动态。为了保证放大电路工作在线性范围，必须设置合适的静态工作点。

2. 共发射极放大电路的分析方法通常可以用图解法和微变等效电路法。

3. 多级放大电路有三种耦合方式：阻容耦合、直接耦合和变压器耦合。

4. 在实际反大电路中都采用反馈，正反馈可组成振荡器，负反馈可改善放大电路的性能，正、负反馈可采用瞬时极性法来判断。

习 题

一、填空题

1. 稳定静态工作点常采用的措施是在放大电路中引入＿＿＿＿＿＿＿＿＿。

2. 在多级放大电路中的极间耦合，低频交流电压放大电路主要采用＿＿＿＿＿耦合方式；功率放大电路一般采用＿＿＿＿＿耦合方式；直流和低频的放大电路采用＿＿＿＿＿耦合方式。

3. 放大电路中引入负反馈后，会使电路的放大倍数＿＿＿＿＿＿＿＿＿。

4. 负反馈会使放大电路的放大倍数稳定性＿＿＿＿＿。

5. 乙类功率放大电路的效率较高，但容易出现＿＿＿＿＿失真。

二、选择题

1. 放大电路应具备的条件是（　　　）。

A. 有信号电压输出　　　　　　　　　B. 放大电路工作在截止区

C. 输入信号能送至放大电路的输入端　　D. 输入信号要足够大

2. 三种基本放大电路中电压放大系数近似为 1 的是（　　　）。

A. 共 E 极放大电路　　　　　　　　　B. 共 C 极放大电路

C. 共 B 极放大电路　　　　　　　　　D. 无法确定

3. 共 C 极放大电路的主要特点是（　　　）。

A. 电压放大系数最大　　　　　　　　B. 输入电阻大

C. 输出电阻小　　　　　　　　　　　D. 输出电压与输入电压的相位相同

E. 输出电压近似等于输入电压

4. 直接耦合放大电路的特点是（　　　）。

A. 工作点互相独立　　　　　　　　　B. 便于集成

C. 存在零点漂移　　　　　　　　　　D. 能放大变换缓慢的信号

E. 不便调整

第三章 直流放大电路

应知：1. 掌握典型差动放大电路的结构、工作原理和抑制零漂原理。
 2. 了解直流放大电路的特点和存在的问题。

第一节 直流放大电路的适用范围及特点

在实际应用中，对于信号的放大，一般都采用多级放大电路，以达到较高的放大倍数。对于频率较高的交流信号进行放大时，常采用阻容耦合或变压器耦合。但是，在生产实际中，需要放大的信号往往是变化非常缓慢的信号，甚至是直流信号。对于这样的信号，不能采用阻容耦合或变压器耦合，而只能采用直接耦合。

所谓直接耦合，就是放大电路的前级输出端与后级输入端与放大电路、信号源或负载直接连接起来，或者经电阻等能通过直流的元件连接起来。由于直接耦合放大电路可用来放大直流信号，所以也称为直流放大电路。在集成电路中要制作耦合电容和电感元件相当困难，所以近些年来发展起来的很多集成电路（如集成运算放大器），其内部电路多采用直接耦合方式。实际上，直接耦合放大电路不仅能放大直流信号，也能放大交流信号。因此，随着集成电路的发展，直接耦合放大电路正得到越来越广泛的应用。然而，在多级放大电路中采用直接耦合存在两个特殊问题必须加以解决。一是级间直流分量的相互影响，二是零点漂移。

一、级间直流分量的相互影响

如图 2-42 所示，后级输入端（VT_2 的基极）直接连接在前级的输出端（VT_1 的集电极）。在这种电路中就存在前后级间直流分量相互影响的问题。首先，两级放大电路的静态工作点是相互影响的。当 VT_1 的静态工作点发生偏移时，这个偏移量会经过 VT_2 放大，使 VT_2 的静态工作点发生更大的偏移。其次，由于 VT_1 的集电极与 VT_2 的基极为同一电位，因而 VT_1 的 U_{CE1} 受到 VT_2 的 U_{BE2} 的钳制而只有 0.7V 左右，致使信号电压的动态范围很小。为了克服这一不足，可将 VT_2 发射极连接电阻，使 VT_2 的发射极电位升高，则其基极（VT_1 的集电极）电位也可以升高。

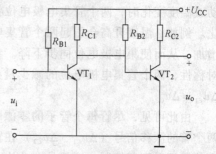

图 2-42 直接耦合放大电路

二、零点漂移现象

所谓零点漂移，就是当输入信号为零时，输出信号不为零，而是一个随时间漂移不定的信号。零点漂移简称零漂。产生零漂的原因有很多，如温度变化、电源电压波动、晶体管参数变化等。其中，温度变化是主要的，因此，零漂也称为温漂。在阻容耦合放大电路中，由于电容有隔直作用，因而零漂不会造成严重的影响。但是，在直接耦合放大电路中，由于前级的零漂会被后级放大，因而将会严重干扰正常信号的放大和传输。例如，图 2-42 所示的直接耦合电路中，输入信号为零时（即 $\Delta u_i = 0$），输出端应有固定不变的直流电压 $u_o = U_{CE2}$。但是由于温度变化等原因，VT₁和VT₂的静态工作点会随之改变，于是使输出端电压发生变化，也就是有了输出信号。特别是对 VT₁ 工作点的变化影响最大，它会像信号一样直接耦合到 VT₂，并被 VT₂ 放大。因此，直接耦合放大电路的第一级工作点的漂移对整个放大电路的影响是最严重的。显然，放大电路的级数越多，零漂越严重。由于零漂的存在，我们将无法根据输出信号来判断是否有信号输入，也无法分析输入信号的大小。

对于级间直流分量相互影响的问题，一般采用降低前级输出电压、抬高后级发射极电位或采用 NPN 与 PNP 组合电路等方法加以解决。对于零点漂移问题，不能通过增加级数或提高放大倍数的办法来解决，因为这样虽然提高了放大和分辨微弱信号的能力，但同时第一级的零漂信号也被放大了。为了减小零点漂移，常用的主要措施有：采用高稳定度的稳压电源；采用高质量的电阻或晶体管，其中晶体管选取硅管（硅管的 I_{CBO} 比锗管的小）；采用温度补偿电路；采用差动放大电路等。在上述这些措施中，采用差动放大电路是目前应用最广泛的能有效抑制零漂的方法。下面将对这种方法作重点介绍。

第二节　差动放大电路

前面提到了在多级放大电路中采用直接耦合存在着两个特殊问题，为了解决这两个问题，可采用差动放大电路。

图 2-43 所示为基本差动放大电路，它由两个完全相同的单管共射极电路组成。差动放大电路有两个输入端，两个输出端。对电路的要求是：电路对称，即 VT₁ 和 VT₂ 的特性相同，外接电阻对称相等，各元件的温度特性相同，即 $R_{B1} = R_{B2}$，$R_{C1} = R_{C2}$，$R_{S1} = R_{S2}$。输入信号从两个管的基极输入，输出信号则从两个管的集电极之间输出。

一、抑制零漂的原理

静态时，输入信号为零，即 $u_{i1} = u_{i2} = 0$，又由于电路左右对称，即 $I_{C1} = I_{C2}$，$I_{C1} R_e = I_{C2} R_e$ 或 $U_{C1} = U_{C2}$，故输出电压为 $U_o = U_{C1} = U_{C2} = 0$。当电源波动或温度变化时，两个管集电极电位将同时发生变化。例如，温度升高会引起两个管集电极电流同步增加，从而使集电极电位同步下降。考虑到电路的对称性，两个管集电极电位的减少量必然相等，即 $\Delta u_{C1} = \Delta u_{C2}$。

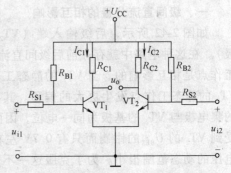

图 2-43　基本差动式放大电路

由此可见，尽管每个管子的零漂仍然存在，但两个管的漂移信号（Δu_{C1}、Δu_{C2}）在输出端恰能互相抵消，使得输出端不出现零点漂移，从而使零漂受到了抑制。这就是差动放大电路抑制零点漂移的基本原理。

由上述分析可知，差动放大电路是利用两边电路相同的零漂互相抵消的方法来抑制输出端零漂的。显然，两边电路的对称性将直接影响抵消的效果。电路对称性越好，抵消效果越好，对零漂的抑制能力越强。在集成运放等集成电路中，其输入级采用差动放大形式，由于集成工艺上可实现很高的电路对称性，因而其抑制零漂的能力都很强。

二、共模信号与差模信号

差动放大电路的输入信号可以分为两种，即共模信号和差模信号。在放大电路的两个输入端分别输入大小相等、极性相同的信号，即 $u_{i1} = u_{i2}$ 时，这种输入方式称为共模输入，如图 2-44 所示。所输入的信号称为共模（输入）信号，共模输入信号常用 u_{ic} 来表示，即 $u_{ic} = u_{i1} = u_{i2}$。在共模输入时，输出电压与输入共模电压之比称为共模电压放大倍数，用 A_c 表示。在放大电路的两个输入端分别输入大小相等、极性相反的信号，这种输入方式称为差模输入，如图 2-45 所示。所输入的信号称为差模输入信号，差模输入信号常用 u_{id} 来表示。在差模输入时，输出电压与输入差模电压之比称为差模电压放大倍数，用 A_d 表示。

$$u_{i1} = - u_{i2} = \frac{1}{2} u_{id}$$

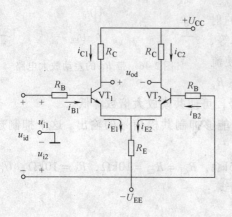

图 2-44　共模输入电路

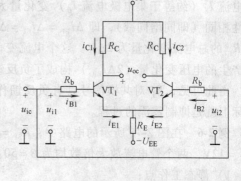

图 2-45　差模输入电路

差动放大电路对共模信号无放大，对差模信号有放大，这意味着差动放大电路是针对两个输入端的输入信号之差来进行放大的，输入有差别，输出才变动，即为"差动"。

三、共模抑制比

在理想状态下，即电路完全对称时，差动放大电路对共模信号有完全的抑制作用。实际电路中，差动放大电路不可能做到绝对对称，这时，$u_o \neq 0$，$A_c \neq 0$，即共模输出电压不等于零。共模电压放大倍数不等于零，$A_c = u_o / \Delta u_i$。为了全面衡量一个差动放大电路放大差模信号、抑制共模信号的能力，可引入一个新的量——共模抑制比，用 K_{CMRR} 表示，即

$$K_{CMRR} = \left| \frac{A_d}{A_c} \right|$$

有时，用对数形式表示为

$$K_{CMRR} = 20 \lg \left| \frac{A_d}{A_c} \right| \quad (dB)$$

共模抑制比越大，差动放大电路放大差模信号（有用信号）的能力越强，抑制共模信号（无用信号）的能力也越强。

四、实际差动放大电路

1. 带 R_E 的差动放大电路

上述基本差动放大电路是利用电路两侧的对称性来抑制零漂等共模信号的。但是，它还存在两方面的不足。首先，各个管子本身的工作点漂移并未受到抑制。若要其以单端输出，则其"两侧对称，互相抵消"的优点就没有体现出来；另外，若每侧的漂移量都比较大，此时，要使两侧在大信号范围内作到完全抵消也是相当困难的。针对上述的不足，可引入带

公共电阻 R_E 的差动放大电路如图 2-46 所示，这种电路也称为长尾式差动放大电路。

接入公共电阻 R_E 的目的是引入直流负反馈。例如，当温度上升时，由于 I_{C1} 和 I_{C2} 同时增大，稳定的过程实质上是一个负反馈的过程。

对于差模输入信号时，由于 $u_{i1} = -u_{i2}$，则 $\Delta I_{E1} = -\Delta I_{E2}$，流过 R_E 的电流 $\Delta I_E = \Delta I_{E1} + \Delta I_{E2} = 0$。对于差模信号，$R_E$ 上没有信号压降，即 R_E 对差模电压放大倍数没有影响。

对于共模输入信号，由于电路对称，两个管的射极电流 I_C（约等于集电极电流 I_C）变化量大小相等、极性相同（即同增同减），即 $\Delta I_{E1} = \Delta I_{E2} = \Delta I_E$，使流过 R_E 的总电流变化量为 $2\Delta I_E$。这个电流变化量在 R_E 上产生的电压变化量（$2\Delta I_{ERe}$）构成了负反馈信号，可使共模放大倍数降低。

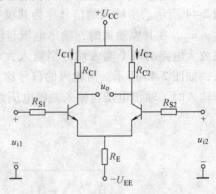

图 2-46　带 R_E 的差动放大电路

由此可见，R_E 对共模信号具有负反馈作用，能够抑制共模信号的输出。这个抑制过程实际上就是抑制零漂的过程。

例 2-6　在图 2-46 所示的电路中，$R_{S1} = R_S = 5\text{k}\Omega$，$R_{C1} = R_{C2} = 10\text{k}\Omega$，$R_E = 10\text{k}\Omega$，$U_{CC} = U_{EE} = 12\text{V}$，两个管电流放大倍数均为 $\beta = 50$。试计算：

1）静态工作点；

2）差模电压放大倍数；

3）输入、输出电阻。

解　1）计算静态工作点。

静态时，无信号输入，$u_{i1} = u_{i2} = 0$。设单管的发射极电流为 I_{EQ}，则 R_E 上流过电流为 $2I_{EQ}$。对单管的基极回路可列出如下关系

$$I_{BQ}R_S + U_{BE} + 2I_{EQ}R_E = U_{EE}$$

又由

$$I_{EQ} = (1 + \beta)I_{BQ}$$

所以

$$I_{BQ} = \frac{U_{EE} - U_{BE}}{R_S + 2(1 + \beta)R_E}$$

代入数据得

$$I_{BQ} = \frac{12\text{V} - 0.7\text{V}}{5\text{k}\Omega + 2 \times (1 + 50) \times 10\text{k}\Omega} = 0.011\text{mA} = 11\mu\text{A}$$

$$I_{CQ} = \beta I_{BQ} = 50 \times 0.011\text{mA} = 0.55\text{mA}$$

$$U_{CEQ} = U_{CC} + U_{EE} - (I_{CQ}R_{C2} + 2I_{EQ}R_E)$$

$$= 12\text{V} + 12\text{V} - (0.55\text{mA} \times 10\text{k}\Omega + 2 \times 0.55\text{mA} \times 10\text{k}\Omega) = 7.5\text{V}$$

2）差模电压放大倍数。

$$A_d = -\frac{50 \times 10\text{k}\Omega}{5\text{k}\Omega + 2.7\text{k}\Omega} = -65$$

3）计算输入输出电阻。

差模输入电阻及输出电阻的计算与基本差放电路相同。

差模输入电阻　$r_{id} = 2(R_S + r_{be}) = 2 \times (5\text{k}\Omega + 2.7\text{k}\Omega) = 15.4\text{k}\Omega$

输出电阻　$r_o \approx 2R_C = 2 \times 10\text{k}\Omega = 20\text{k}\Omega$

2. 带恒流源的差动放大电路

从上述分析中可以看到，要提高电路的共模抑制比，射极公共电阻 R_E 越大越好。

但是，R_E 变大了，维持相同工作电流所需的电源电压 U_{EE} 的值也必须相应增大。显然，使用过高的电源电压是不合适的。此外，R_E 值过大时，直流能耗也大。所以只要 R_E 的动态电阻大、静态电阻小就可以解决上述问题。由于普通线性电阻的静态电阻与动态电阻相同，无法达到要求，所以要选用一种动态电阻大、静态电阻小的非线性元件来代替 R_E。晶体管恒流源的差动放大电路就具有这种特性。

由晶体管的输出特性曲线可知，在放大区工作时，晶体管的动态电阻 R_{CE} 比静态电阻 R_{CE} 大得多。若将晶体管连接成工作点稳定的电路即具有恒流源的差动放大电路，如图 2-47 所示，由于存在电流负反馈，其输出电流 I_C 基本恒定，故这种电路称为恒流源电路。

从集电极与地之间看进去，恒流源电路的输出电阻比晶体管本身的动态电阻 R_{CE} 要大得多。由于恒流源电路输出电阻很大，因此用它代替图 2-47 中的 R_E 是相当理想的。

五、差动放大电路的输入、输出方式

由于差动放大电路有两个输入端、两个输出端，所以信号的输入和输出有四种方式，分别是双端输入双端输出、双端输入单端输出、单端输入双端输出和单端输入单端输出。根据不同需要可选择不同的输入、输出方式。

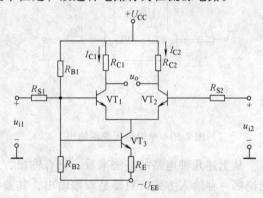

图 2-47　具有恒流源的差动放大电路

1. 双端输入双端输出

此电路适用于输入、输出不需要接地，对称输入对称输出的场合，如图 2-48 所示。

2. 双端输入单端输出

在图 2-49 中，输出信号只从一个管子 VT_1 的集电极对地输出，这种输出方式叫做单端输出。此时，由于只取出一个管子的集电极电压变化量，只有双端输出电压的 $1/2$，因而差模电压放大倍数也只有双端输出时的 $1/2$。

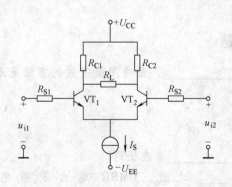

图 2-48　双端输入双端输出

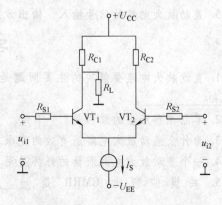

图 2-49　双端输入单端输出

3. 单端输入单端输出

图 2-50 所示为单端输入单端输出的接法。信号只从一个管子的基极与地之间接入，输出信号从一个管子的集电极与地之间输出，输出电压只有双端输出的 $1/2$，电压放大倍数 A_{ud} 也只有双端输出时的 $1/2$。

4. 单端输入双端输出

将差放电路的一个输入端接地，信号只从另一个输入端输入，这种连接方式称为单端输入，如图 2-51 所示。

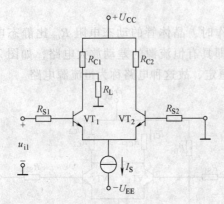

图 2-50　单端输入单端输出　　　　　图 2-51　单端输入双端输出

从上述几种电路的接法来看，只有输出方式对差模放大倍数和输入、输出电阻有影响，无论哪一种输入方式，只要是双端输出，其差模放大倍数就等于单管放大倍数，单端输出差模电压放大倍数为双端输出的 $1/2$。

小　结

1. 直接耦合放大电路及其存在的主要问题。
2. 典型差分放大电路的工作原理。
3. 差动放大电路（长尾式差动放大电路）直流工作点的计算。
4. 差动放大电路的动态性能（差模电压放大倍数、共模电压放大倍数、共模抑制比（CMRR）、输入电阻和输出电阻）的分析计算，电路参数变化对放大电路的影响。
5. 差动放大电路的信号输入、输出方式。

习　题

1. 直流放大电路要解决的主要问题是＿＿＿＿＿＿＿＿，最常用最有效的方法是采用＿＿＿＿＿＿＿＿。
2. 零点漂移产生的原因是？
3. 为什么差动放大电路能有效的克服零漂？
4. 一个差动放大电路质量的好坏是用＿＿＿＿＿＿＿＿来表征的。
5. 共模抑制比 CMRR 是 ＿＿＿＿＿＿＿ 之比，CMRR 越大表明电路＿＿＿＿＿＿＿。

第四章 集成运算放大器

应知：掌握集成运算放大器的基本原理、电路特点、主要参数及使用注意事项。

实训1 监控报警器

一、实训目的

1. 了解集成运放的工作原理。

2. 验证电压比较器的工作原理。

二、实训内容

1. 按图 2-52 所示的监控报警器电路来选择元件。

2. 在模拟实验板上焊好全部电路，并观察现象。

三、思考

1. 如果没有 VD 管，会发生什么现象？

2. 灯泡的亮度与两个输入信号的大小是否有关？

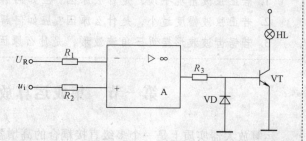

图 2-52 监控报警器电路

实训2 集成运算放大器构成波形发生器的制作（选作）

一、实训目的

1. 了解集成运放可以构成方波、三角波、锯齿波、正弦波等波形发生器。

2. 只要将这些波形发生器组合在一起，就构成了多功能的波形发生器。

二、实训原理

本实训是用一个四运放构成能产生上述四种波形的波形发生器，其电路如图 2-53 所示。

图 2-53 中，A_1、A_2 组成方波-三角波发生器，A_1、A_4

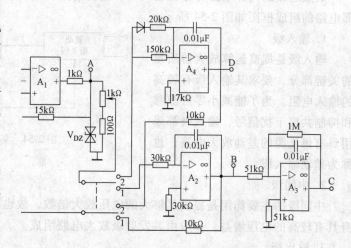

图 2-53 波形发生器电路

组成方波-锯齿波发生器。这样，在 A_1 的输出端 A 点可输出方波信号；当波段开关拨至

1 时，A_2 的输出端 B 点可输出三角波信号；当波段开关拨至 2 时，A_4 的输出端 D 点可输出锯齿波信号。在 A_2 的输出端再接一个反相积分器 A_3，可在其输出端 C 点产生正弦波输出。

三、实训内容

1. 按图 2-53 所示的电路选择元件。

2. 先在万用电路板上逐级搭建、调试电路，并观测输出信号的波形。

3. 在模拟实验板上焊好全部电路，并进行整机联调。

4. 写出实训报告，内容包括：画出实训电路及测量的波形，列出元器件明细表，总结实训中遇到的问题及其解决方法。

四、思考

1. 若正弦波出现平顶，是什么原因？应如何解决？

2. 若正弦波幅度过小，是什么原因？应如何解决？

3. 若锯齿波波形接近三角波波形，是什么原因？应如何解决？

第一节　集成运算放大器的概述

运算放大器实质上是一个多级直接耦合的高增益放大器。集成运算放大器是利用集成工艺，将运算放大器的所有元器件集成在同一块硅片上，封装在管壳内，简称集成运放。随着集成技术的迅速发展，集成运放的性能不断提高，其应用的领域远远超出了数学运算的范围。在自动控制、仪表、测量等领域，集成运放都发挥着十分重要的作用。

一、集成运放内部电路的简介

集成运放的内部电路可分为输入级、偏置电路、中间级及输出级四个部分。集成运放内部电路的组成框图如图 2-54 所示。

1. 输入级

输入级是提高运算放大器质量的关键部分，要求其输入级有较高的输入电阻。为了能减小零点漂移和抑制共模干扰信号，输入级都采用具有恒流源的差动放大电路，也称为差动输入级。

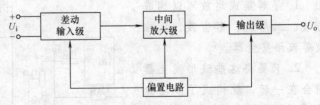

图 2-54　集成运放的组成框图

2. 中间级

中间级的主要作用是提供足够大的电压放大倍数，故也称为电压放大级。要求中间级本身具有较高的电压增益，一般由共发射级放大电路组成。

3. 输出级

输出级的主要作用是输出足够的电流以满足负载的需要，同时还需要有较低的输出电阻和较高的输入电阻，以起到将放大级和负载隔离的作用。其一般为射级输出器或互补对称电路。

4. 偏置电路

　　偏置电路的作用是为各级电路提供稳定和合适的工作电流，即决定各级合适的静态工作点，一般由各种恒流源电路组成。

　　常见的集成运算放大器有圆形、扁平型、双列直插式等，有 8 管脚、14 管脚等。

二、集成运放的组成及其图形符号

　　集成运放的外形结构示意图及其图形符号如图 2-55 所示。

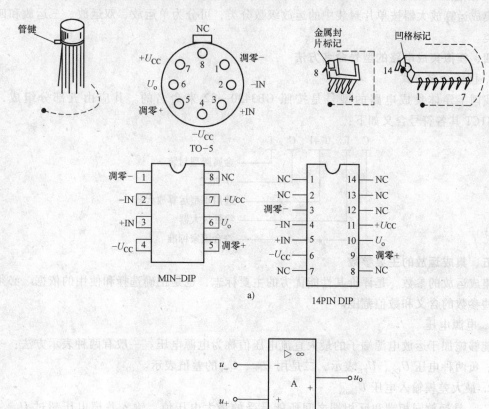

图 2-55　集成运放的外形结构示意图及其图形符号

a）外形结构示意图　b）图形符号

　　集成运放内部电路随型号的不同而不同，但基本框图相同。集成运放有两个输入端：一个是同相输入端，用"＋"表示；另一个是反相输入端，用"－"表示。若将反相输入端接地，信号由同相输入端输入，则输出信号和输入信号的相位相同；若将同相输入端接地，信号从反相输入端输入，则输出信号和输入信号相位相反。集成运放的引脚除输入、输出端外，还有正、负电源端及调零端等。

三、集成运算放大器的分类

　　集成运算放大器有四种分类方法。

1. 按其用途分类

　　集成运算放大器按其用途，可分为通用型和专用型两类。

2. 按其供电电源分类

集成运算放大器按其供电电源分类，可分为双电源和单电源型两类。

3. 按其制作工艺分类

集成运算放大器按其制作工艺分类，可分为双极型、单极型和双极-单极兼容型集成运算放大器三类。

4. 按运放级数分类

集成运算放大器按单片封装中的运放级数分类，可分为单运放、双运放、三运放和四运放四类。

四、模拟集成电路的型号命名方法

1. 国标命名方式

我国半导体集成电路的型号是按照 GB3430—82 来命名的。其应由五部分组成，如 CF0741CT 其各符号含义如下：

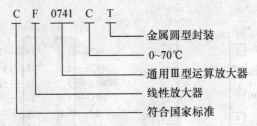

五、集成运放的主要参数

集成运放的参数，是评价其性能优劣的主要标志，也是正确选择和使用的依据。必须熟悉这些参数的含义和数值范围。

1. 电源电压

能够施加于运放电源端子的最大直流电压值称为电源电压。一般有两种表示方法：一是用正、负两种电压 U_{CC}、U_{EE} 表示，二是用 U_{CC}、U_{EE} 的差值表示。

2. 最大差模输入电压 U_{idmax}

U_{idmax} 是运放同相端和反相端之间所能承受的最大电压值。输入差模电压超过 U_{idmax} 时，可能会使输入级的管子反向击穿等。

3. 最大共模输入电压 U_{icmax}

U_{icmax} 是在线性工作范围内集成运放所能承受的最大共模输入电压。超过此值，集成运放的共模抑制比、差模放大倍数等会显著下降。

4. 开环差模电压放大倍数 A_{ud}

集成运放开环时，输出电压与输入差模信号电压之比称为开环差模电压放大倍数 A_{ud}。A_{ud} 越高，运放组成电路的精度越高，性能越稳定。

5. 输入失调电压 U_{os}

实际上，集成运放难以做到差动输入级完全对称。当输入电压为零时，为了使输出电压也为零，需在集成运放两个输入端额外加补偿电压，该补偿电压称为输入失调电压 U_{os}。U_{os} 越小越好，一般为 $0.5 \sim 5\text{mV}$。

6. 输入失调电流 I_{os}

I_{os} 是当运放输出电压为零时，两个输入端的偏置电流之差，即 $I_{os} = \left| I_{B1} - I_{B2} \right|$。它是由内部元件参数不一致等原因造成的。$I_{os}$ 越小越好，一般为 $1 \sim 10\mu\text{A}$。

7. 输入偏置电流 I_B

I_B 是输出电压为零时，流入运放两个输入端静态基极电流的平均值，即 $I_B = (I_{B1} - I_{B2})/2$。$I_B$ 越小越好，一般为 $1 \sim 100\mu A$。

8. 共模抑制比 K_{CMRR}

K_{CMRR} 是差模电压放大倍数和共模电压放大倍数之比，即 $K_{CMRR} = |A_{ud}/A_{oc}|$。$K_{CMRR}$ 越高越好。

9. 差模输入电阻 r_{id}

r_{id} 是开环时输入电压变化量与它引起的输入电流的变化量之比，即从输入端看进去的动态电阻。r_{id} 一般为兆欧级。

10. 输出电阻 r_o

r_o 是开环时输入电压变化量与它引起的输入电流的变化量之比，即从输入端看进去的电阻。r_o 越小，运放带负载的能力越强。

除了以上指标外，集成运放还有其他一些参数，如最大输出电压、最大输出电流、带宽等。近年来，各种专用集成运放不断地问世可以满足一些特殊的要求，有关具体资料可参看产品说明。

第二节 基本集成运算放大器

分析集成运放应用电路时，把集成运放看成理想运算放大器，可以使分析简化。实际集成运放绝大部分接近理想运放。

一、理想运算放大器的特点

1）开环差模电压放大倍数 $A_{ud} \to \infty$。

2）差模输入电阻 $r_{id} \to \infty$。

3）输出电阻 $R_o \to 0$。

4）共模抑制比 $K_{CMRR} \to \infty$。

5）输入偏置电流 $I_{B1} = I_{B2} = 0$;

6）失调电压、失调电流及温漂为零。

尽管理想运放并不存在，但由于实际集成运放的技术指标比较理想，在具体分析时将其理想化一般是允许的。这种分析计算所带来的误差一般不大，只是在需要对运算结果进行误差分析时才予以考虑。本书除特别指出外，均按理想运放处理。

为了便于分析集成运放的线性应用，还需要建立"虚短"与"虚断"这两个概念。

① 由于集成运放的差模开环输入电阻 $r_{id} \to \infty$，输入偏置电流 $I_B \approx 0$，不向外部吸取任何电流，所以两个输入端的电流为零，即 $I_{i-} = I_{i+} = 0$。由此可见，当集成运放工作在线性区时，两个输入端均无电流，称为"虚断"。

② 由于两个输入端无电流，则两个输入端的电位相同，即 $u_- = u_+$。由此可见，当集成运放工作在线性区时，两个输入端的电位相同，称为"虚短"。

综上所述，在分析具体的集成运放应用电路时，首先应判断集成运放工作在线性区还是非线性区，再运用线性区和非线性区的特点分析电路的工作原理。运算放大器的电压传输特性如图 2-56 所示。

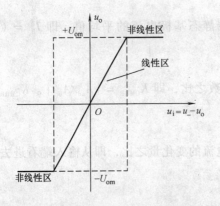

图 2-56　运算放大器的电压传输特性

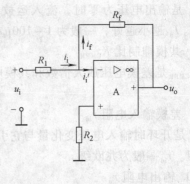

图 2-57　反相输入放大器

二、基本运算放大器

基本运算放大器包括反相输入放大器和同相输入放大器，它们是构成各种复杂运算电路的基础，是最基本的运算放大器。

1. 反相输入放大器

反相输入放大器又称为反相输入比例运算电路，如图 2-57 所示。输入信号 u_i 经过 R_1 加至集成运放的反相输入端。R_f 为反馈电阻，将输出电压 u_o 反馈至反相输入端，形成深度的电压并联负反馈。

（1）"虚地"的概念　由于集成运放工作在线性区，$u_+ = u_-$、$i_{i_+} = i_{i_-}$，即流过 R_2 的电流为零，所以 $u_+ = 0$，$u_- = u_+ = 0$。这说明反相输入端虽然没有直接接地，但其电位为零，即相当于接地，是"虚假接地"，简称"虚地"。"虚地"是反相输入放大器的重要特点。

（2）电压放大倍数

$$i_f = \frac{u_- - u_o}{R_f} = -\frac{u_o}{R_f}$$

$$i_i = \frac{u_i - u_-}{R_1} = \frac{u_i}{R_1}$$

由于 $i_{i_-} = i_i' = 0$，则 $i_f = i_i$，即

$$\frac{u_i}{R_1} = -\frac{u_o}{R_f}$$

也即

$$u_o = -\frac{R_f}{R_1} \cdot u_i$$

$$A_{uf} = -\frac{u_o}{u_i} = -\frac{R_f}{R_1}$$

式中，A_{uf} 是反相输入放大器的电压放大倍数。

（3）反相输入放大器的输入电阻

$$r_{if} = \frac{u_i}{i_i} = r_i$$

（4）输出电阻

$$r_o \approx 0$$

上式表明，反相输入放大器中，输入信号电压 u_i 和输出信号电压 u_o 的相位相反，大小成比例关系，比例系数为 R_f/R_1，可以直接作为反相输入比例运算放大电路。当 $R_f = R_1$ 时，$A_{uf} = -1$，即输出电压和输入电压的大小相等、相位相反，此电路称为反相器。同相输入端电阻 R_2 用于保持运放的静态平衡，要求 $R_2 = R_1 /\!/ R_f$，其中 R_2 称为平衡电阻。由于 $u_- = 0$，所以反相输入放大器的输入电阻为 $r_{if} = u_i/i_i = r_i$。

由于反相输入放大器采用并联负反馈，所以从输入端看进去的电阻很小，近似等于 R_1。又由于该放大电路采用电压负反馈，其输出电阻很小（$r_o \approx 0$）。

例题 2-7 如图 2-57 所示，其中 $R_1 = 5.1\text{k}\Omega$，$u_i = 0.2\text{V}$，$u_o = -3\text{V}$，计算 R_f 的阻值，电压放大倍数 A_f。

解 因为 $u_o/u_i = -R_f/R_1$

所以 $R_f = -u_o/u_i \times R_1 = -(-3\text{V}/0.2\text{V}) \times 5.1\text{k}\Omega = 76.5\text{k}\Omega$

$$A_f = -u_o/u_i = -(-3\text{V}/0.2\text{V}) = 15$$

2. 同相输入放大器

同相输入放大器又称为同相输入比例运算电路。图 2-58 所示，输入信号 u_i 经过外接电阻 R_2 连接到集成运放的同相输入端，反馈电阻连接到其反相输入端，从而构成了电压串联负反馈。

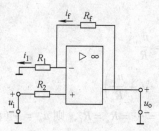

图 2-58　同相输入放大器

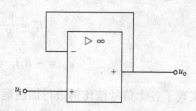

图 2-59　电压跟随器

（1）电压放大倍数

$$u_+ = u_i \qquad u_i \approx u_- = \frac{u_o R_1}{R_1 + R_f}$$

所以

$$A_{uf} = \frac{u_o}{u_i} = 1 + \frac{R_f}{R_1}$$

当 $R_f = 0$ 或 $R_1 \to \infty$ 时，如图 2-59 所示，即输出电压与输入电压大小相等、相位相同，该电路称为电压跟随器。

$$u_o = \left(1 + \frac{R_f}{R_1}\right)u_i = u_i$$

（2）同相输入放大器的输入电阻

由于同相输入比例运算电路引入的是深度电压串联负反馈，所以

$$r_{if} = (1 + A_f)r_{id} \to \infty$$

（3）输出电阻

$$r_o \approx 0$$

通过对反相输入放大器和同相输入放大器的分析，可知，输出信号是通过反馈网络反馈

到反相输入端，从而实现了深度负反馈，并且使得其电压放大倍数与运放本身的参数无关。采用了电压负反馈使得输出电阻减小，带负载能力增强。反相输入放大器采用了并联负反馈使输入电阻减小，而同相输入放大器则采用了串联负反馈使输入电阻增大。

例题 2-8 如图 2-58 所示，其中 $R_f = 100\text{k}\Omega$，$u_i = 0.1\text{V}$，$u_o = 2.1\text{V}$，计算电压放大倍数 A_f，R_1 的阻值。

解 $A_f = u_o / u_i = 2.1\text{V}/0.1\text{V} = 21$

$$A_f = 1 + R_f / R_1$$

$$R_1 = R_f / A_f - 1 = 100\text{k}\Omega/21 - 1 = 5\text{k}\Omega$$

第三节　集成运算放大器的应用

一、集成运放的线性应用

1. 加法运算

加法运算是指电路的输出电压等于各个输入电压的代数和。如图 2-60 所示的反相输入放大器中再增加几个支路便组成反相加法运算电路。

其中 $\qquad\qquad\qquad\qquad\qquad i_f = i_i$

再根据"虚地"的概念可得 $\quad i_i = i_1 + i_2 + \cdots + i_n$

$$i_1 = \frac{u_{i1}}{R_1}, i_2 = \frac{u_{i2}}{R_2}, \cdots, i_n = \frac{u_{in}}{R_n}$$

$$u_o = -R_1 i_f = -R_f\left(\frac{u_{i1}}{R_1} + \frac{u_{i2}}{R_2} + \cdots + \frac{u_{in}}{R_n}\right)$$

实现了各个信号按比例进行加法运算。如取 $R_1 = R_2 = \cdots = R_n = R_f$，则 $u_o = -(u_{i1} + u_{i2} + \cdots + u_{in})$，实现了各个输入信号的反相相加。

例题 2-9 图 2-61 中，已知 $u_{i1} = 0.4\text{V}$，$u_{i2} = -0.3\text{V}$，$R_1 = 10\text{k}\Omega$，$R_2 = 5.1\text{k}\Omega$，$R_f = 120\text{k}\Omega$，求输出电压 u_o 的值。

解 $u_o = -R_f(u_{i1}/R_1 + u_{i2}/R_2) = -120(0.4/10 - 0.3/5.1)\text{V} = 2.4\text{V}$

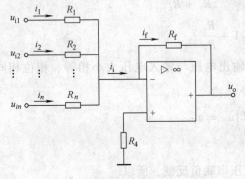

图 2-60　反相加法运算电路

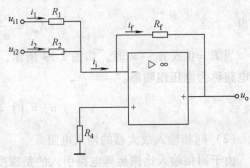

图 2-61　例 2-9 图

2. 减法运算

减法运算是指电路的输出电压与两个输入电压之差成比例，减法运算又称为差动比例运算或差动输入放大。

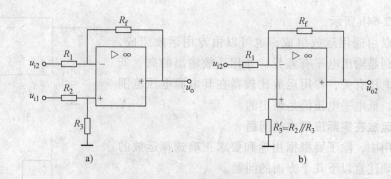

图 2-62　减法运算电路

由图 2-62a 可知，运放的同相输入端和反相输入端分别接有输入信号 u_{i1} 和 u_{i2}。从电路结构来看，它是由同相输入放大器和反相输入放大器组合而成的。

为了保持输入端平衡，应使 $R_1 = R_2$，$R_3 = R_f$

下面用叠加原理来进行分析。

1）当 $u_{i2} = 0$，仅 u_{i1} 单独作用时，该电路为反相输入放大器，其输出电压为 u_{o1}

$$u_{o1} = - R_f/R_1 \times u_{i1}$$

2）当 $u_{i1} = 0$，仅 u_{i2} 单独作用时，该电路为同相输入放大器，其输出电压为 u_{o2}

$$u_{o2} = (R_1 + R_f)/R_1 \times R_3/(R_2 + R_3) \times u_{i2}$$

因为　　　　　　　　　　　　　$R_1 = R_2$，$R_3 = R_f$

所以　　　　　　　　　　　　　$u_{o2} = R_f/R_1 \times u_{i2}$

3）u_{i1}，u_{i2} 同时作用时，

$$u_o = u_{o1} + u_{o2} = R_f/R_1 (u_{i2} - u_{i1})$$

当 $R_1 = R_2 = R_3 = R_f = R$ 时，$u_o = u_{i1} - u_{i2}$。在理想情况下，输出电压等于两个输入信号电压之差，具有很好的抑制共模信号的能力。但是，该电路作为差动放大器有输入电阻低和增益调节困难两大缺点。因此，为了满足输入阻抗和增益可调的要求，在工程上常采用多级运放组成的差动放大电路来完成对差模信号的放大。

二、集成运放的非线性应用

电压比较器的基本功能是比较两个或多个模拟输入量的大小，并将比较结果由输出状态反映出来。电压比较器工作在开环状态，即工作在非线性区。它可分为单门限电压比较器和滞回电压比较器两类。

1. 单限电压比较器

图 2-63a 所示的为简单的单限电压比较器。图 2-63 中，反相输入端接输入信号 u_i，同相输入端接基准电压 U_R。集成运放处于开环工作状态，当 $u_i < U_R$ 时，输出为高电位 $+ U_{om}$；当 $u_i > U_R$ 时，输出为低电位 $- U_{om}$，其传输特性如图 2-63b 所示。由图 2-63b 可知，只要输入电压 u_i 相对于基准电压 U_R 发生微小的正、负变化时，输出电压 u_o 就在负的最大值到正的最大值之间作相应地变化。

比较器也可以用于波形变换。例如，比较器的输入电压 u_i 是正弦波信号，若 $U_R = 0$，则每过零一次，单限电压比较器的输出状态就要翻转一次，如图 2-64a 所示。若 $U_R = 0$，当 u_i 在正半周时，当 $u_i > 0$，则 $u_o = - U_{om}$；$u_i < 0$，则 $u_o = U_{om}$。若 U_R 为恒压，只要输入电压 u_i 在基准电压 U_R 处稍有正、负变化，输出电压 u_o 就在负的最大值到正的最大值之间作相应

76

地变化，如图 2-64b 所示。

比较器可以由通用运放组成，也可以由专用运放组成，它们的主要区别是输出电平有差异。通用运放输出的高、低电平值与电源电压有关，专用运放比较器在其电源电压范围内，输出的高、低电平电压值是恒定的。

三、集成运放在实际应用中的问题

在实际应用中，除了要根据用途和要求正确选择运放的型号外，还必须注意以下几个方面的问题。

1. 调零

实际运放的失调电压、失调电流都不为零，因此，当输入信号为零时，输出信号不为零。有些运放没有调零端子，需要接上调零电位器进行调零。

2. 消除自激

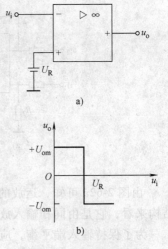

图 2-63　单限电压比较器及其传输特性

运放内部是一个多级放大电路，而运算放大电路又引入了深度负反馈，在工作时容易产生自激振荡。大多数集成运放在内部都设置了消除自激的补偿网络，有些运放引出了消振端子，用外接 RC 消除自激现象。

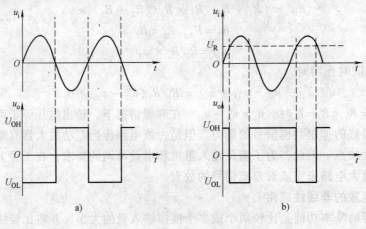

图 2-64　正弦波变换方波

a) 输入正弦波 $U_R = 0$　b) 输入正弦波 $U_R = U$

3. 保护措施

集成运放在使用时由于输入、输出电压过大，输出短路及电源极性接反等原因都会造成集成运放损坏，因此需要采取保护措施。为防止输入差模或共模电压过高损坏集成运放的输入级，可以在集成运放的输入端并联连接极性相反的两个二极管，从而使输入电压的幅度限制在二极管的正向导通电压之内。

小　结

1. 集成运放的内部电路分为输入级、偏置电路、中间级及输出级四个部分。

2. 理想运放及"虚短"、"虚断"、"虚地"的基本概念。

3. 运放的两种工作状态及特点。

4. 运放的分析计算及在实际中的应用

习　题

1. 集成运放应用于信号运算时工作在什么区域？

A. 非线性区　　　　　B. 线性区　　　　　C. 放大区　　　　　D. 截止区

2. 理想集成运放的 A_{od} = _____, r_{id} = _____, r_{od} = _____, K_{CMRR} = _____。

3. 运算放大器的 _____ 和 _____ 所能承受的最大电压值称为最大差模输入电压。

4. 为什么用集成运放组成多输入运算电路，一般采用反相输入的形式，而较少采用同相输入形式？

5. 反相输入放大器如图 2-65 所示，其中 $R_1 = 10\text{k}\Omega$，$R_f = 30\text{k}\Omega$，试估算电压放大倍数和输入电阻，并估算 R 的大小？

6. 画出输出电压 u_o 与输入电压 u_i 满足下列关系的集成运放电路。

（1）$u_o/u_i = -1$；（2）$u_o/u_i = 1$；（3）$u_o/u_i = 20$；

（4）$u_o/(u_{i1} + u_{i2} + u_{i3}) = -10$。

7. 试求如图 2-62a 和图 2-62b 所示的集成运放的输出电压 u_o。

（1）$R_1 = 50\text{k}\Omega, R_2 = 50\text{k}\Omega, R_3 = 150\text{k}\Omega, R_f = 150\text{k}\Omega, u_{i1} = 3\text{V}$，$u_{i2} = 1\text{V}$；

（2）$R_1 = 130\text{k}\Omega, R_2 = 130\text{k}\Omega, R_3 = 390\text{k}\Omega, R_f = 390\text{k}\Omega$，$u_{i1} = 3\text{V}, u_{i2} = 2\text{V}$。

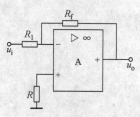

图 2-65　习题 5 图

第五章　正弦波振荡电路

应知: 1. 掌握振荡电路和自激振荡电路的振幅平衡条件、相位平衡条件。

2. 熟悉振荡电路的组成和分析方法。

3. 了解 RC 串并联网络, LC 并联回路频率特性,石英晶体结构和晶体压电效应。

应会: 掌握由 555 时基电路构成的多谐振荡器电路。

实训 1　简易电子消磁(见图 2-66)

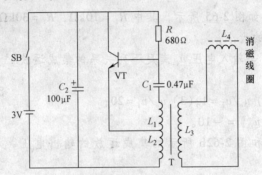

图 2-66　简易电子消磁电路

一、实训目的

1. 掌握 LC 振荡电路的组成与起振条件。

2. 了解工作原理及用途。

二、实训内容

1. 按图 2-66 所示的电路选择元件。

2. 在模拟实验板上焊接好全部电路,并观察现象。

三、思考

如果改变 C_1 或 C_2 的大小,对反馈电压有无影响?

实训 2　双响门铃(见图 2-67)

一、实训目的

1. 熟悉 555 定时器的管脚排列及各引脚功能。

2. 掌握由 555 时基电路构成的多谐振荡器电路的结构。

3. 理解双响门铃电路的工作原理。

二、实训内容

1. 测试所发课题元器件的好坏及极性(学生完成)。

2. 讲解 555 定时器的管脚排列(老师完成)。

3. 根据万用电路板的尺寸设计电路的布局(学生完成)。

a)

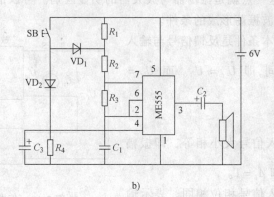

b)

图 2-67　双响门铃实物图及其原理图

a)实物图　b)原理图

要求:整个布局呈矩形且整齐、美观,同类元器件排列整齐一致。

4. 元器件引脚成型。

5. 焊接。

6. 检测调试。

二极管:VD_1、VD_2选 2CP10 型,电阻:$R_1 = 30k\Omega$、$R_2 = R_3 = 22k\Omega$、$R_4 = 47k\Omega$,电容:$C_1 = 0.047\mu F$、$C_2 = 100\mu F$、$C_3 = 47\mu F$

三、思考

1. 若扬声器发出沙哑的声音,请分析原因。

2. 若扬声器发声但没有"叮咚"的声音,请分析原因。

第一节　RC 正弦波振荡电路

振荡器在通信、广播、自动控制、仪表测量和超声探伤等方面都具有广泛地用途。

一、正弦波振荡电路的基础知识

1. 自激振荡现象

在使用中,扩音系统有时会发出刺耳的啸叫声,其形成的过程如图 2-68 所示。

2. 自激振荡形成的条件

放大器在没有输入信号情况下,就没有输出信号。而振荡器是在没有输入信号的情况下,仍有一定频率和幅值的输出信号,这种现象称为放大器的自激振荡。这种自激振荡在放大器中是不希望的,它会使放大器不能正常工作。但是在振荡器中恰恰相反,振荡器就是利用自

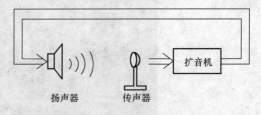

图 2-68　自激振荡形成的过程

激振荡来进行工作的,这一点就是振荡器与放大器的明显区别。可以借助图 2-69 所示振荡电路的方框图来分析正弦波振荡形成的条件。

自激振荡形成的基本条件是反馈信号与输入信号大小相等、相位相同,即 $\dot{U}_f = \dot{U}_i$。而 $\dot{U}_f = A_f \dot{U}_i$,可得 $A_f = 1$。

这包含着两层含义:

1) 反馈信号与输入信号大小相等,即振幅平衡,表示 $\dot{U}_f = \dot{U}_i$,即 $A_f = 1$。

2) 反馈信号与输入信号相位相同,表示输入信号经过放大电路产生的相移 φ_A 和反馈网络

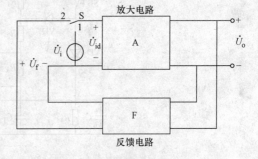

图 2-69　振荡电路的方框图

的相移 φ_F 之和为 0, 2π, π, $\cdots$, $2n\pi$。即 $\varphi_A + \varphi_F = 2n\pi(n = 0,1,2,3,\cdots)$,称为相位平衡条件。

3. 正弦波振荡的形成过程

放大电路在接通电源的瞬间,随着电源电压由零开始的突然增大,电路受到扰动,在放大器的输入端产生一个微弱的扰动电压 $\dot{U}_i$,经放大器放大、正反馈,再放大、再反馈……,如此反复循环,输出信号的幅度很快增加。这个扰动电压包括从低频到高频的各种频率的谐波成分。为了能得到所需要频率的正弦波信号,必须增加选频网络,只有在选频网络中心频率上

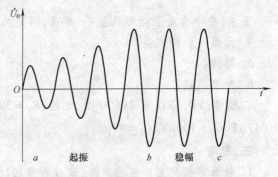

图 2-70　自激振荡的起振波形

的信号能通过,而其他频率的信号被抑制,在输出端就会得到如图 2-70 所示的 ab 段为起振

波形。

那么，振荡电路在起振以后，振荡幅度会不会无休止地增长下去了呢？这就需要增加稳幅环节，当振荡电路的输出波形达到一定幅度后，稳幅环节就会使输出波形减小，从而维持一个相对稳定的稳幅振荡，如图 2-70 所示的 bc 段。也就是说，在振荡建立的初期，必须使反馈信号大于原输入信号，反馈信号一次比一次大，才能使振荡幅度逐渐增大；当振荡建立后，还必须使反馈信号等于原输入信号，才能使建立的振荡得以维持下去。

由上述分析可知，起振条件应为 $A_f > 1$，稳幅后的幅度平衡条件为 $A_f = 1$。

4. 振荡电路的组成

要形成振荡，电路中必须包含以下几个组成部分：放大器，正反馈网络，选频网络，稳幅环节。根据选频网络组成元件的不同，正弦波振荡电路通常可分为 RC 振荡电路、LC 振荡电路和石英晶体振荡电路。

二、RC 振荡电路

RC 振荡电路一般工作在低频范围内，它的振荡频率为 20Hz ~ 200kHz。常用的 RC 振荡器有 RC 桥式和 RC 移相式振荡电路。

1. RC 桥式振荡电路

RC 桥式振荡电路如图 2-71 所示。

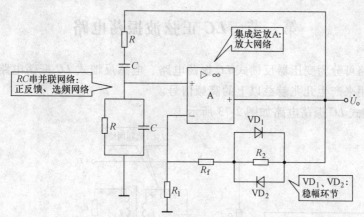

图 2-71 RC 桥式振荡电路

集成运放组成一个同相放大器，它的输出电压 $\dot{U}_o$ 作为 RC 串并联网络的输入电压，而将 RC 串并联网络的输出电压作为放大器的输入电压。当 $f = f_0$ 时，RC 串并联网络的相位移为零，放大器是同相放大器，电路的总相位移是零，满足相位平衡条件。而对于其他频率的信号，RC 串并联网络的相位移不为零，不满足相位平衡条件。由于 RC 串并联网络在 $f = f_0$ 时的传输系数 $F = 1/3$，因此要求放大器的总电压增益 $A_u > 3$。这对于集成运放组成的同相放大器是很容易满足的。由 R_1、R_f、VD_1、VD_2 及 R_2 构成负反馈支路，它与集成运放形成了同相输入比例运算放大器。

2. RC 移相式振荡电路

图 2-72 所示的放大电路为共射极分压式偏置放大电路，其输出电压与输入电压倒相，即 $\varphi_a = -180°$。图 2-72 中用三节 RC 超前移相电路，使 $\varphi_f = +180°$，那么 $\varphi = \varphi_a + \varphi_f = 0°$，满足振荡的相位条件。若用三节 RC 滞后移相电路，使其中 $\varphi_f = -180°$，即 $\varphi = \varphi_a + \varphi_f =$

$-360°$,同样可满足振荡的相位条件。调整放大倍数即可满足振荡的幅值条件。RC 移相式振荡器的振荡频率为

$$f_0 \approx \frac{1}{2\pi\sqrt{6}RC} \approx \frac{1}{15.4RC}$$

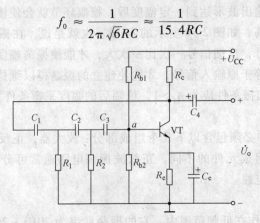

图 2-72　RC 移相式振荡电路

RC 移相式振荡器的特点是结构简单、经济、起振容易、输出幅度强，但变换频率不方便，一般适用于单一频率振荡场合。

第二节　LC 正弦波振荡电路

LC 振荡电路可分为变压器反馈式 LC 振荡电路、电感反馈式 LC 振荡电路和电容反馈式 LC 振荡电路，用来产生几兆赫兹以上的高频信号。

变压器反馈式 LC 振荡电路如图 2-73 所示。

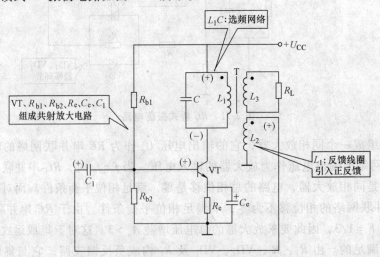

图 2-73　变压器反馈式 LC 正弦波振荡电路

一、变压器反馈式 LC 振荡电路

为了满足相位平衡条件，变压器一、二次之间的同名端必须正确连接。电路振荡时，$f = f_0$，LC 回路的谐振阻抗是纯电阻性，由图 2-73 中 L_1 及 L_2 同名端可知，反馈信号与输出电压极性相反，即 $\varphi_F = 180°$。于是 $\varphi_A + \varphi_F = 360$，保证了电路的正反馈，满足振荡的相位平衡

条件。对频率 $f \neq f_0$ 的信号，LC 回路的阻抗不是纯阻抗，而是感性或容性阻抗。此时，LC 回路对信号会产生附加相移，造成 $\varphi_F \neq 180°$，那 $\varphi_A + \varphi_F \neq 360°$，不能满足相位平衡条件，电路也不可能产生振荡。由此可见，LC 振荡电路只有在 $f = f_0$ 时，才有可能振荡。

电路的优缺点为：

1）易起振，输出电压较大。由于采用变压器耦合，易满足阻抗匹配的要求。

2）调频方便。一般在 LC 回路中采用接入可变电容器的方法来实现，调频范围较宽，工作频率通常在几兆赫兹左右。

3）输出波形不理想。由于反馈电压取自电感两端，它对高次谐波的阻抗较大，反馈也较强。因此，在输出波形中含有较多高次谐波成分。

二、电感反馈式 LC 振荡电路

如图 2-74 所示是电感反馈式 LC 振荡电路，该电路满足相位平衡条件。反馈电压取自电容 C_2 两端，所以适当地选择 C_1、C_2 的数值，并使放大电路有足够的放大量，电路便可起振。振荡频率为

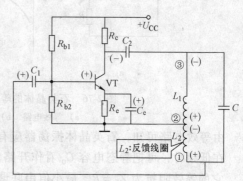

$$f_o = \frac{1}{2\pi \sqrt{LC}}$$

图 2-74　电感反馈式 LC 振荡电路

电路的优缺点为：容易起振，振荡频率高，可达到 100MHz 以上。输出波形较好，这是由于 C_2 对高次谐波的阻抗小，反馈电压中的谐波成分少，故振荡波形较好。但调节频率不方便，因为 C_1、C_2 的大小既与振荡频率 f_o 有关，也与反馈量有关。改变 C_1（或 C_2）时会影响反馈系数，从而影响反馈电压的大小，造成电路工作性能不稳定。

第三节　石英晶体振荡电路

有些电路要求振荡频率的稳定性非常高（如无线电通信的发射机频率）。用前面所提到的电路很难实现这种要求。采用石英晶体振荡器，则可以满足这样高的稳定性。其外形及结构如图 2-75 所示。

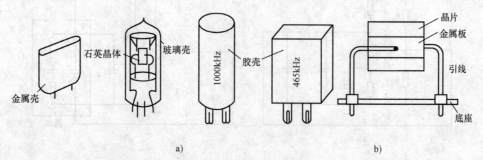

a)　　　　　　　　　　　　b)

图 2-75　石英晶体的外形及结构

a）外形　b）结构

一、石英晶体的特性及等效电路

石英晶体之所以能做成谐振器是基于它的压电效应。若在晶片两面施加机械力，则沿受力方向产生电场，晶片两侧产生异性电荷。若在晶片两边外加交变电场，晶片就会产生机械振动。当外加电场的频率等于晶体的固有频率时，机械振动幅值明显加大，这种现象称为压电效应。由于石英晶体的这种特性，可以把它的内部结构等效成如图 2-76a 所示的等效电路。

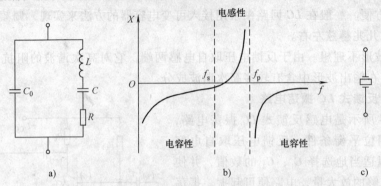

图 2-76　石英晶体的等效电路、频率特性及图形符号

a）等效电路　b）频率特性　c）图形符号

由等效电路可知，石英晶体振荡器应有两个谐振频率。

在低频时，可把静态电容 C_0 看作开路。若 $f = f_s$ 时，L、C、R 串联支路发生揩振，$X_L = X_C$，它的等效阻抗为 $Z_0 = R$，最小值串联谐振频率为

$$f_s = \frac{1}{2\pi\sqrt{LC}}$$

当频率高于 f_s 时，$X_L > X_C$，L、C、R 支路呈感性，C_0 与 LC 构成并联谐振回路，其振荡频率为

$$f_p = \frac{1}{2\pi\sqrt{LC}} = f_s\sqrt{1 + \frac{C}{C_0}}$$

二、石英晶体振荡电路

石英晶体振荡电路可以归结为两类，一类称为并联型，另一类称为串联型。图 2-77 所示为并联型石英晶体振荡电路。

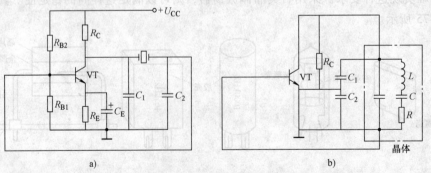

图 2-77　并联型石英晶体振荡电路及其交流等效电路

a）振荡电路　b）交流等效电路

由图 2-77b 所示的交流等效电路可以看出，振荡电路由 C_1、C_2 和晶体组成。晶体在电路中起一个电感作用，即电路的振荡频率在晶体振荡电路的 f_s 与 f_p 之间。石英晶体作为放大器负载，具有选频的特性。当信号频率接近或等于 f_p 时，石英晶体将呈现出极大地阻抗，放大电路对频率 f_p 的信号放大倍数最大，正反馈电压从 C_1 和 C_2 分压后直接送到晶体管基极输入电路中，形成电容三点式振荡电路。由于电容 C_2 和 C_1 比 C_0 大得多，C_0 又比 C 大得多，所以 C_1、C_2 对 f_0 的影响很小，又电路的振荡频率由石英晶体决定，所以电路的振荡频率为

$$f_0 = \frac{1}{2\pi\sqrt{LC}}$$

图 2-78 所示为串联型石英晶体振荡电路。

它利用 VT_1，VT_2 管组成两级共发射级放大器，输出电压 U_o 与 VT_1 管基极输入电压同相。其工作原理是利用石英晶体的串联谐振频率 f_s 进行选频。当信号频率接近或等于 f_s 时，石英晶体将呈现出最小的阻抗。对频率 f_s 的信号可认为无衰减和无相移（反馈量最大，且相移为零），而其他频率的信号则有很大的衰减和移相（晶体呈现较大阻抗，且相移不为零），故 f_s 频率的信号符合振荡条件。其他频率信号则不能产生谐振，所以该电路的振荡频率只能是 $f_0 = f_s$，即

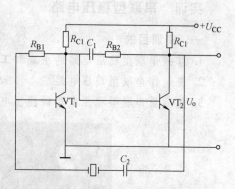

图 2-78 串联型石英晶体振荡电路

$$f_0 = f_s = \frac{1}{2\pi\sqrt{LC}}$$

小　结

1. 正弦波产生电路的组成。
2. 正弦波产生电路中振荡的判断方法和相位条件的判断。
3. RC 振荡电路的起振条件和输出频率的计算。
4. 各种振荡电路的特点。

习　题

1. 放大电路出现自激振荡的条件是_____和_____。
2. 振荡电路一般由_____、_____、_____、_____组成。
3. 在需要较低频率的振荡信号时，常采用_____振荡器。

第六章 直流稳压电源

应知： 1. 掌握直流稳压电源电路的基本组成和工作原理。

2. 会使用三端集成稳压器。

3. 了解开关式稳压电路。

实训 串联型稳压电路

一、实训目的

1. 掌握串联型稳压电路的组成和工作原理。

2. 能制作串联型稳压电路。

3. 能测量串联型稳压电路的输出电压和波形。

a)

b)

图 2-79 串联型稳压电路实物图及原理图

a）实物图 b）原理图

二、实训内容

1. 检查元器件装配无误后，接上交流电源（注意安全）。

2. 制作串联型稳压电路实物图及原理图，如图 2-79 所示。

3. 测量串联型稳压电路的输出电压观察其波形，并记录于表 2-3 中。

表 2-3　数据记录表

当负载不变时	输入整流电压 U_i/V	输出电压 U_o/V	波形
	增大		
	减小		
当输入电压 U_i 不变时	负载变化时	输出电压 U_o/V	波形
	增大		
	减小		

三、思考

1. 改变输入电压，输出电压有变化吗？

2. 在输入电压不变的情况下，改变负载电阻，输出电压有变化吗？

直流电源的作用就是把交流电变成直流电，这一章我们学习下有关直流电源的问题。直流稳压电源一般由变压器、整流电路、滤波电路和稳压电路等四部分组成，其框图如 2-80 所示。

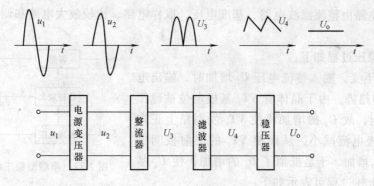

图 2-80　直流稳压电源的组成框图

电源变压器的作用是为用电设备提供所需的交流电压，整流器和滤波器的作用是把交流电变换成平滑的直流电，稳压器的作用是克服电网电压、负载及温度变化所引起的输出电压的变化，提高输出电压的稳定性。

第一节　稳 压 电 路

通过整流滤波电路所获得的直流电源电压是比较稳定的。当电网电压波动或负载电流变化时，输出电压会随之改变。电子设备一般都需要稳定的电源电压，如果电源电压不稳定，将会引起直流放大电路的零点漂移，交流噪声增大或测量仪表的测量精度降低等。因此，必须进行稳压。目前，中、小功率设备中广泛采用的稳压电路有并联型稳压电路、串联型稳压电路、集成稳压电路及开关型稳压电路。

一、硅稳压二极管组成的并联型稳压电路

1. 电路组成及工作原理

硅稳压二极管组成的并联型稳压电路如图 2-81 所示，经整流滤波后得到的直流电压作为稳压电路的输入电压 U_i，限流电阻 R 和稳压二极管 VD 组成了稳压电路，输出电压 $U_o = U_Z$。

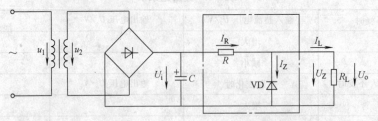

图 2-81　稳压二极管并联型稳压电路

在图 2-81 所示的电路中，不论是电网电压波动还是负载电阻 R_L 的变化，稳压二极管并联型稳压电路都能起到稳压作用。因为 U_Z 基本恒定，而 $U_o = U_Z$。

二、串联型晶体管稳压电路

并联型晶体管稳压电路可以使输出电压稳定，但稳压值不能随意调节，而且输出电流很小，$I_{omax} = (1/3 \sim 2/3)I_{Zmax}$，而 I_{Zmax} 一般只有 20 ~ 40mA。为了加大输出电流，使输出电压可调节，常用串联型晶体管稳压电路，如图 2-79b 所示。串联型稳压电路的框图如图 2-82 所示。串联稳压电路由整流滤波电路、基准电压、取样电路、比较放大电路和调整器件等几个部分组成。

该电路的稳压过程如下：

1. 当负载不变，输入整流电压 U_i 增加时，输出电压 U_o 有增高的趋势，由于晶体管 VT_1 基极电位被稳压二极管 VS 固定，故 U_o 的增加将使 VT_1 发射结上正向偏压降低，基极电流减小，从而使 VT_1 的集射极间的电阻增大，U_{CE1} 增加，于是抵消了 U_i 的增加，使 U_o 基本保持不变。上述过程可表示如下：

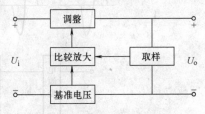

图 2-82　串联型稳压电路的框图

$$U_i \uparrow \rightarrow U_o \uparrow \rightarrow U_{BE1} \downarrow \rightarrow I_{B1} \downarrow \rightarrow I_{C1} \downarrow \rightarrow U_{CE1} \uparrow$$
$$U_o \downarrow \longleftarrow$$

2. 当输入电压 U_i 不变，而负载电流变化时，则输出电压 U_o 基本保持不变。其稳压过程可表示如下：

$$I_o \uparrow \rightarrow U_o \uparrow \rightarrow U_{BE1} \downarrow \rightarrow I_{B1} \downarrow \rightarrow I_{C1} \downarrow \rightarrow U_{CE1} \uparrow$$
$$U_o \downarrow \longleftarrow$$

三、集成稳压器

集成稳压器将取样、基准、比较放大、调整及保护环节集成于一个芯片，按引出端的不同可分为三端固定式、三端可调式和多端可调式等。三端稳压器有输入端、输出端和公共端（接地）三个接线端点。由于需外接元件较少，便于安装调试，工作可靠，因此，它在实际使用中得到广泛的应用。

1. 三端固定式集成稳压器

三端固定式集成稳压器的外形和管脚排列如图 2-83 所示。由于它只有输入、输出和公共地端三个端子，故称为三端稳压器。

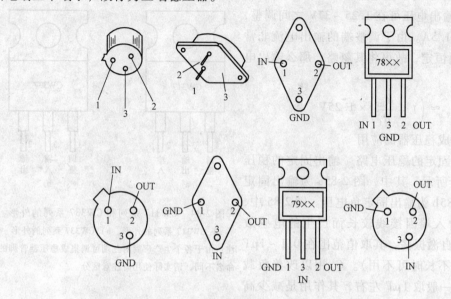

图 2-83　三端固定式集成稳压器外形及管脚排列

三端固定式集成稳压器型号的组成及其意义为：

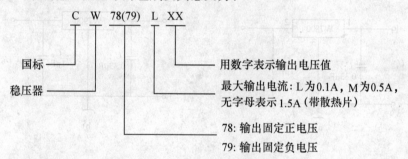

国产的三端固定集成稳压器有 CW78XX 系列（正电压输出）和 CW79XX 系列（负电压输出），其输出电压有 ±5V、±6V、±8V、±9V、±12V、±15V、±18V、±24V，最大输出电流有 0.1A、0.5A、1A、1.5A、2.0A 等。

2. 三端可调集成稳压器

三端可调集成稳压器型号的组成及其意义为：

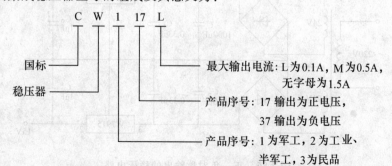

三端可调集成稳压器 CW317 系列和 CW337 系列是一种悬浮式串联调整稳压器。它克服

了三端固定稳压器输出电压不可调的缺点，继承了三端固定式集成稳压器的很多优点。其外形如图 2-84 所示。为了使电路正常工作，一般输出电流应不小于 5mA，输入电压范围可在 2 ~40V 之间，输出电压可在 1.25~37V 之间调整，负载电流可达 1.5A。由于调整端的输出电流非常小（50μA）且恒定，故可将其忽略，那么输出电压可表示为

$$U_\circ \approx \left(1 + \frac{R_{RP}}{R_1}\right) \times 1.25V$$

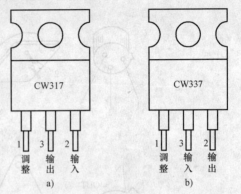

图 2-84 CW317 系列和 CW337 系列的外形
a) CW317 系列的外形 b) CW337 系列的外形
注：由于各个生产厂商对三端可调集成稳压器管脚的命名不同，请实际使用时注意区分。

3. 三端集成稳压器的应用

（1）输出固定的稳压电路 输出固定的稳压电路如图 2-85 所示。其中，图 2-85a 为输出固定正电压，图 2-85b 为输出固定负电压。图 2-85 中，C_i 用以抵消输入端因接线较长而产生的电感效应，为了防止自激振荡，其取值范围在 0.1~1μF 之间（若接线不长时可不用）。$C_\circ$ 用以改善负载的瞬态响应，一般取 1μF 左右，其作用是减少高频噪声。

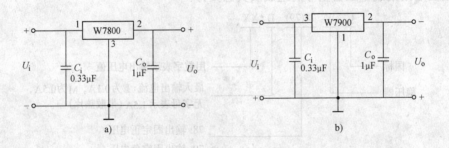

图 2-85 输出固定的稳压电路

（2）正、负对称输出的稳压电路 当需要正、负两组电源输出时，可采用 W7800 系列和 W7900 系列各一块，按图 2-86 所示接线，即可得到正、负对称的两组电源。

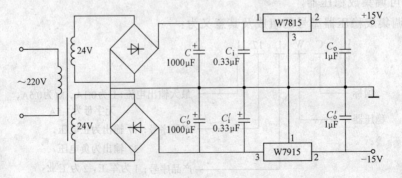

图 2-86 正、负对称输出的稳压电路

第二节 开关式稳压电路

一、开关式稳压电路的组成

串联型稳压电路中的调整管工作在放大区，由于负载电流连续通过调整管，因此，管子功率损耗较大，电源效率较低，一般只有 20%～24%。若用开关型稳压电路，它可使调整管工作在开关状态，管子损耗很小，效率可提高到 60%～80%，甚至可高达 90% 以上。开关稳压电路的结构框图如图 2-87 所示。它由六部分组成。其中，取样电路、比较电路、基准电路，在组成及功能上都与普通的串联型稳压电路相同；不同的是增加了开关控制器、开关调整管和续流滤波等电路。

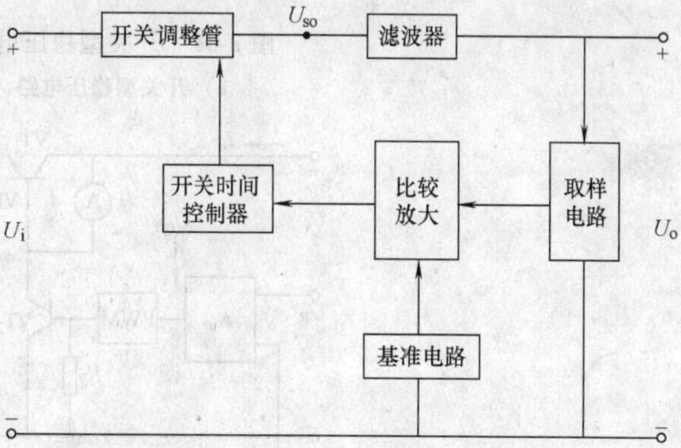

开关型稳压电路就是把串联型稳压电路的调整管，由线性工作状态改成开关工作状态，如图 2-88a 所示。方波发生器为开关信号发生器。当它输出高电平时，VT 管饱合导通；当它输出低电平时，VT 管截止。输出电压的波形如图 2-88b 所示。其中，导通时间 t_{on} 与开关周期 T_n 之比定义为占空比 D，即

$$D = \frac{t_{on}}{t_{on} + t_{off}} = \frac{t_{on}}{T_n}$$

图 2-87 开关稳压电路的结构框图

输出电压平均值为 $U_o \approx DU_i$

式中，t_{on} 为调整管的导通时间，t_{off} 为调整管的截止时间，T_n 为调整管的开关周期，D 为调整管的占空比。对于一定的输入电压 U_i，通过调节占空比，即可调节输出电压 U_o。调节占空比的方法有两种。一种是固定开关的频率来改变脉冲的宽度 t_{on}，称为脉宽调制型开关电源，用 PWM 表示；另一种是固定脉冲宽度而改变开关周期，称为脉冲频率调制型开关电源，用 PFM 表示。

二、开关型稳压电路的应用实例

图 2-89 所示为 PWM 型开关电源电路，该电路用反馈环路来实现自动调节，在取样、比较放大环节后，再加入一个脉宽调制电路（PWM）。它可将比较放大后的输出电压量转换成与固定频率相应脉宽的脉冲序列，而产生一个固定频率的脉冲，其脉冲宽度根据比较放大器的输出电压量而改变。脉宽调制电路产生一串矩形脉冲，当脉冲是低电平时，VT$_2$ 截止，I_i 全部流过 VT 而饱和导通；当脉冲是高电平时，VT$_2$ 饱和导通，使管 VT$_1$ 截止。这样开关电源向负载提供的能量是断续的。为了使负载得到连续的能量供给，开关型稳压电源还必须有一套平波装置。当 VT$_1$ 饱和导通时，续流二极管截止，此时，A 点的电位近似等于输入电压，即 $U_A \approx U_i$，这时电感 L 储能，电容 C 充电，同时给负载提供能量输出。当 VT 截止时，电感释放能量，电容放电。适当选择 C 和 L 值，可在 VT$_1$ 截止期间保证负载电流连续。

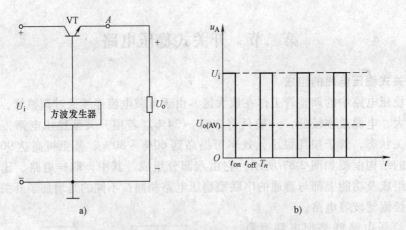

图 2-88　开关型稳压电路及其波形

a）开关型稳压电路　b）波形

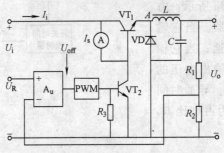

图 2-89　脉宽调制型开关电源电路

小　结

1. 直流电源的组成及其每一部分的作用：整流元件为二极管，滤波元件有电容和电感，滤波电容应与负载并联，滤波电感应与负载串联。滤波后的直流电压仍受到电网波动及负载变化的影响，所以要采取稳压措施。

2. 常用的整流电路及其输出电压与变压器二次电压的关系。

3. 稳压电路的稳压原理。

4. 小功率电源多采用线性调整型稳压电路，其中，三端集成稳压器使用方便，所以应用越来越广泛。大功率电源多采用开关型稳压电路，一般采用脉宽调制实现稳压。

习　题

1. 直流电源包括（　　）。

A. 变压器　　B. 整流电路　　C. 滤波器　　D. 稳压电路　　E. 波形变换电路

2. 一个串联稳压电路由_____、_____、_____、_____和_____等几个部分组成。

模块三　晶闸管及其应用

应知： 1. 熟练掌握晶闸管的导通条件。

2. 熟练掌握晶闸管的单相桥式可控整流（阻性负载和感性负载）。

3. 掌握单结管的工作原理。

4. 了解单结管振荡器的工作原理。

5. 了解晶闸管的逆变和调压原理。

应会： 会用万用表检测晶闸管和正确识别晶闸管。

实训 1　防盗报警器（见图 3-1）

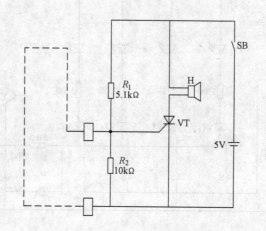

图 3-1　防盗报警器电路原理图

一、实训目的

1. 掌握晶闸管的导通条件。

2. 理解防盗报警器的工作原理。

二、实训内容

1. 清点元器件数目，检测元器件好坏和极性。

2. 按图 3-1 所示的正确安装各个元器件（注意元器件引脚成型）。

3. 检查元器件装配无误后，接上 9V 电源，接通开关 SB，扬声器不发声。

4. 若图 3-1 中虚线处断开，扬声器发声，进行报警。

三、思考

如果接上 1.5V 电源，接通开关 SB，若图 3-1 中虚线处断开，扬声器是否发声，为什么？

实训 2　多路抢答器（见图 3-2）

a)

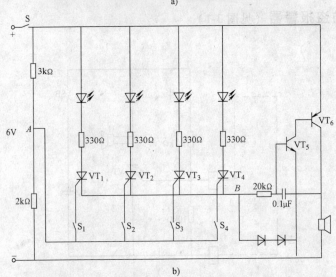

b)

图 3-2　多路抢答器的实物图及原理图

a）实物图　b）原理图

一、实训目的

1. 掌握晶闸管的工作特点。

2. 会用万用表判断小型塑料封装平面型晶闸管的电极。

3. 理解抢答器的工作原理。

4. 调试、排故。

二、实训内容

1. 清点元器件数目，检测元器件好坏和极性。

2. 按图 3-2 所示正确安装各个元器件（注意元件引脚成型）。

3. 检查元器件装配无误后，接上 6V 电源，测得开关 S 处的电流约为 1.25mA。用镊子短路晶闸管阳、阴极，扬声器发声，电流约为 175mA。

4. 接通开关 S，按下对应的门极开关，其中相对应的一个指示灯亮，扬声器发声。此时，在按下其他轻触开关，其他指示灯不会再亮。

5. 断开开关 S，再闭合，观察其他每个指示灯，完成表 3-1 所列各项的测试。

表 3-1　数据记录表

测量点 ＼ 状态	扬声器响	扬声器不响
A 点电压/V		
B 点电压/V		
VT₁ 正端电压/V		
VT₂ 正端电压/V		
VT₃ 正端电压/V		
VT₄ 正端电压/V		
VT₅ 各脚电压/V	$V_E=$　$V_B=$　$V_C=$	$V_E=$　$V_B=$　$V_C=$
VT₆ 各脚电压/V	$V_E=$　$V_B=$　$V_C=$	$V_E=$　$V_B=$　$V_C=$
整机电流/mA		

三、思考

1. 分析 VT_1、VT_2 在电路中的作用？

2. 扬声器不响，一般故障有哪些？

实训 3　家用无级调光台灯（见图 3-3）

一、实训目的

1. 将实训内容与生活联系一起，提高学生对实训的兴趣和热情。

2. 掌握单结晶体管 BT33 的工作特点和管脚排列。

3. 理解由单结晶体管等元器件构成的张弛振荡器的原理。

4. 理解家用无级调光台灯的工作原理。

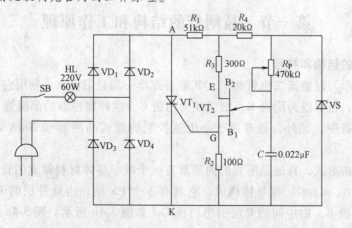

图 3-3　家用无级调光台灯电路的原理图

二、实训内容

1. 清点元件数目，检测元器件好坏和极性。

2. 按图 3-3 所示正确安装各元器件（注意元件引脚成型）。

3. 检查元器件装配无误后，接上交流电源（注意安全），安装好灯泡，进行调试。

4. 顺时针旋转 R_p，观察灯泡变化；逆时针旋转 R_p，观察灯泡变化，并将数据记录于表 3-2 中。

表 3-2 数据记录表

状态	元器件各极电压						断开交流电源，R_p 的阻值
	VT$_1$			VT$_2$			
	U_A	U_K	U_G	U_{B_1}	U_{B_2}	U_E	
灯泡微亮时							
灯泡最亮时							

三、思考

1. 电位器 R_p 至最小位置时，灯泡突然熄灭，分析原因。

2. 电位器顺时针旋转时，灯泡逐渐变暗，分析原因。

硅晶体闸流管简称晶闸管，过去习惯称为可控硅（SCR——Silicon Controlled Rectifier），它是在硅整流二极管的基础上发展起来的新型大功率变流新器件。晶闸管不仅具有硅整流器件的特性，更重要的是工作过程可以控制，它能以小功率信号去控制大功率系统，从而使电子技术从弱电领域进入强电领域。晶闸管是大功率电能变换与控制的理想器件。自 60 年代以来，晶闸管的制造和应用发展的很快，以晶闸管为主的变流技术获得了空前的迅速的发展。

在电工设备里，晶闸管变流技术主要应用在可控整流、变流调压、无触点交流开关、逆变和直流斩波等方面。本章重点介绍晶闸管的基本结构、工作原理、特性曲线、主要参数、各种单相可控整流电路、普通晶闸管及一些特殊晶闸管的其他应用。

第一节　晶闸管的结构和工作原理

一、晶闸管的结构和符号

晶闸管的外形与硅整流二极管相似，其带有螺栓一端是阳极 A，利用它可以和散热器紧密固定。另一端，粗引线为阴极 K，细引线为门极 G。这种螺栓形的晶闸管（见图 3-4a）使用于中小型的设备中。此外，还有用于小电流控制的管式晶闸管和 200A 以上平板式晶闸管。

无论哪种结构形式，普通晶闸管的内部都有一个硅半导体材料做成的管芯，管芯由 4 层（PNPN）三端（A、K、G）半导体构成。它具有 3 个 PN 结，由最外层的 P 层和 N 层分别引出阳极 A 和阴极 K，由中间的 P 层引出门极 G，如图 3-4b 所示。图 3-4c 所示的是其图形符号，其文字符号为 VT。

二、晶闸管的工作原理

为了直观地了解晶闸管工作特点，可利用图 3-5 所示的电路来进行实验。

1）晶闸管阳极接直流电源的正端，阴极经灯泡接电源的负端，此时，晶闸管承受正向电压。门极电路中开关 SB 断开，如图 3-5a 所示。这时灯不亮，说明晶闸管不导通。

2）晶闸管的阳极和阴极间外加正向电压，门极相对于阴极也外加正向电压，图 3-5b 所示的开关 SB 闭合。这时灯泡亮，说明晶闸管导通。

3）在晶闸管导通后，去掉门极上的电压，图 3-5b 所示的开关 SB 断开。这时，灯泡仍然亮，表明晶闸管继续导通。这说明晶闸管一旦导通后，门极就失去了控制作用。

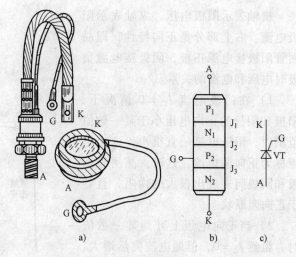

图 3-4　晶闸管
a）晶闸管的外形　b）内部结构　c）图形符号

4）在晶闸管的阳极和阴极外加反向电压，图 3-5c，这时门极加或不加正向电压，灯泡都不亮，说明晶闸管关断。

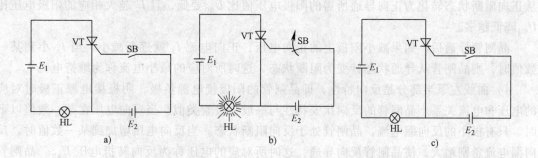

图 3-5　晶闸管导通实验电路
a）晶闸管不导通　b）晶闸管导通　c）晶闸管不导通

如果门极加反向电压，晶闸管阳极回路无论外加正向电压还是反向电压，晶闸管都不导通。

通过上述的实验可以看出，如果要使晶闸管导通必须具备下面两个条件：

1）晶闸管阳极与阴极间外加正向电压，即阳极接电源正极、阴极接电源负极，形成主回路。

2）门极外加适当的正向电压，即门极接电源正极、阴极接电源负极，形成控制回路。在实际工作中，门极接正触发脉冲信号。

三、晶闸管的伏安特性

导通和截止是晶闸管的两种工作状态，它们都随阳极电压、阳极电流及门极电压（电流）等改变而相互转化。在实际应用中常用实验曲线来表示它们之间关系，这就是晶闸管的伏安特性曲线，如图 3-6 所示。

横轴表示阳极电压，纵轴表示阳极电流。右上部分是正向特性，即晶闸管阳极接电源正极，阴极接电源负极时电压和电流的关系。

1）在门极电流 $I_G = 0$ 情况下，阳极和阴极的正向电压小于某一数值范围时，阳极电流一直很小，这个电流称为正向漏电流。这时，晶闸管阳极和阴极间表现出很大的内阻，且处于正向阻断状态。

2）当正向电压上升到某一数值时，虽然 $I_G = 0$，但漏电流突然增大，晶闸管由正向阻断状态突然转化为导通，这时对应的电压称为正向转折电

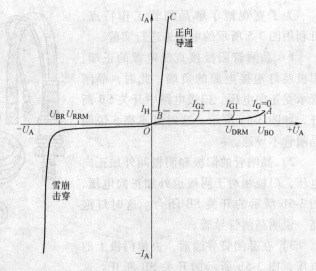

图 3-6　晶闸管的伏安特性曲线

压 U_{BO}。晶闸管导通后，就可以通过很大的电流，但它本身的压降只有 1V，曲线由 A 处跳到 B 处，以后特性曲线靠近纵轴，I_A 沿着 BC 段曲线变化，其特性与二极管正向特性相似。

3）当门极加有正向电压时，即 $I_G > 0$，晶闸管仍有一定的正向阻断能力，但此时使它从正向阻断状态转化为正向导通所需的阳极电压值比 U_{BO} 要低，且 I_G 越大相应的阳极电压比 U_{BO} 降低越多。

晶闸管导通后，如果减小阳极上的正向电压，正向电流 I_A 就逐渐减小。当 I_A 小到某一数值时，则晶闸管从导通状态转变为阻断状态，这时所对应的最小电流称为维持电流 I_H。

4）曲线左下半部分是反向特性，即晶闸管的阳极接电源负极，阴极接电源正极时对应的电压和电流关系。晶闸管的反向伏安特性与一般二极管类似。当反向电压在某一数值以下时，只有很小的反向漏电流，晶闸管处于反向阻断状态。当反向电压增加到某一数值时，反向漏电流急剧增大，使晶闸管反向导通，这时所对应的电压称为反向转折电压 U_{BR}。晶闸管一旦反向击穿就永久损坏，这种情况在实际应用中是不允许的。

以上所述，晶闸管从正向阻断转变为正向导通可以在两种情况下发生：一是门极未加触发电压，但阳极电压超过正向转折电压，晶闸管强制导通，这种导通方法很容易造成晶闸管的不可恢复性击穿而使晶闸管损坏，正常工作下是不允许的；另一种是阳极正向电压虽然低于正向转折电压，但在门极上已加适当的触发电压，使晶闸管触发导通，这就是晶闸管的可控单向导电性。实际规定，当晶闸管的阳极与阴极之间外加上 6V 直流电压时，能使晶闸管导通的门极最小电流或电压称为触发电压或电流。由于制造工艺不同的缘故，同一型号的晶闸管的触发电压和触发电流也是不一定相同的，一般只是规定了在常温下各种规格的晶闸管的触发电压和触发电流的范围。

四、晶闸管的主要参数

为了正确使用晶闸管，必须了解它的主要参数及其意义。晶闸管手册中载入的工作参数较多，电工在生产实践中，最关心的是它在阻断状态下能够承受多大的正向与反向电压，它在导通时能够通过多大的电流，要使它触发导通门极需要加多大的电流（电压），要使它关断时阳极电流减小到多少等。因此，实际应用时需要考虑的晶闸管主要参数有以下几项：

（1）断态重复峰值电压 U_{DRM}　　在额定结温（100A 以上为 115℃，50A 以下为 100℃），门极断路和晶闸管正向阻断的条件下，允许重复加在晶闸管阳极和阴极之间的最大正向峰值电压，一般取比 U_{BO} 低 100V。它反应了阻断状态下晶闸管能够承受的正向电压。

$$U_{DRM} = U_{BO} - 100$$

（2）反向重复峰值电压 U_{RRM}　　在额定结温和门极断路的情况下，允许重复加在晶闸管阳极和阴极之间的反向复峰值电压，一般取比 U_{BR} 低于 100V。它反应了阻断状态下晶闸管能够承受的反向电压。通常 U_{DRM} 和 U_{RRM} 数值大致相等，习惯上称为峰值电压。

$$U_{RRM} = U_{BR} - 100$$

（3）通态平均电流 I_T　　在环境温度不大于 40℃ 和标准散热及全导通的条件下，结温稳定且不超过额定值时，晶闸管在电阻性负载时允许通过的工频正弦半波电流在一个周期内的最大平均值称为通态平均电流，简称正向电流。通常所说多少安培的晶闸管就是指这个电流。

正弦半波工作时，电流的有效值为 $I_M/\sqrt{2}$，电流平均值为 I_M/π（I_M 为峰值），如图 3-7 所示。

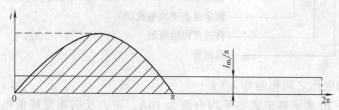

图 3-7　晶闸管的通态平均电流与最大电流之间的关系

$$I_{TAV} = \frac{1}{2\pi} \int_0^\pi I_m \sin\omega t d\ (\omega t) = \frac{I_m}{\pi}$$

电流的有效值与平均值之比为 $\pi/2$，这就是说，对额定平均电流 I_{TAV} 为 10A 的晶闸管，在半波全导通时相当于 15.7A 的有效值电流的发热量。

这里需要指出，由于晶闸管移相控制的关系，所以导通角度总是小于 180°。如果晶闸管导通时间较短，则晶闸管实际允许的平均电流与通态平均电流不同。若要使平均电流与通态平均电流一样，则必须在导通期内使电流峰值增大才行，这样电流的有效值和发热量均随之增加。所以，当晶闸管的导通角变小时，其允许的平均电流值也要减小。

（4）通态平均电压 U_T　　晶闸管正向通过正弦半波额定平均电流，结温稳定时的阳极和阴极的电压平均值，习惯上称为导通时管压降。这个电压当然是越小越好，出厂时规定的上限值即该型号合格产品的最大管压降。它通常由工厂根据合格的型号产品试验自订。

（5）门极触发电流 I_{GT}　　在室温下，晶闸管阳极和阴极外加 6V 正向电压，使晶闸管从关断变为完全导通所需的最小门极直流电流为 I_{GT}，一般为几十到几百毫安。为了保证可靠触发，实际值应大于额定值。

（6）门极触发电压 U_{GT}　　在室温下，晶闸管阳极和阴极外加 6V 正向电压，使晶闸管从关断变为完全导通所需的最小门极直流电压为 U_{GT}，一般为 1～5V。为了保证可靠触发，实际值应大于额定值。

（7）维持电流 I_H　　在室温和门极断路的情况下，晶闸管已触发导通，再从较大的通态电流降至维持通态必须的小电流，称为维持电流。它是由通态到断态的临界电流，要使导通中的晶闸管关断，必须使管子的正向电流低于 I_H。

（8）浪涌电流 I_{TSM}　结温为额定值时，在工频正弦半周内晶闸管能承受的短时最大过载峰值电流。浪涌时，允许门极暂时失控，而反向应能承受 1/2 反向峰值电压。

由前面讨论的阳极伏安特性可知，在门极断路情况下，阳极电压超过转折电压时晶闸管会失控导通，如果电流过大将对晶闸管造成损害，这就是一种浪涌。浪涌是故障状态，浪涌电流是不能重复的。在晶闸管的寿命期内，所能承受浪涌的次数是有一定限制的，一般为20 次，浪涌电流是不重复的额定值，约为 $6\pi I_T$。

五、晶闸管的型号

晶闸管的型号及其含义如下：

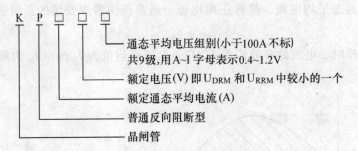

每级通态平均电压之间相差 0.1 V。

例如，KP10—20 表示额定通态平均电流为 10A，正、反向重复峰值电压为 2000V 的普通反向阻断型晶闸管。

又如，KP300—10D 表示额定通态平均电流为 300A，正、反向重复峰值电压为 1000V，D 组通态平均电压是 0.7V 的普通反向阻断型晶闸管。

第二节　晶闸管单相可控整流电路

用晶闸管全部或部分替代在第一章讨论的各类整流电路中的整流二极管，就能够制成输出电压连续可调的可控整流设备。

一般容量在 4kW 以下的可控整流装置多采用单相可控整流，对大功率的负载多采用三相可控整流，而单相半波是单相可控整流电路的基础。下面先分析单相半波可控整流电路的工作情况。

一、单相半波可控整流电路（接电阻性负载）

图 3-8 所示的是单相半波可控整流电路，u_1 和 u_2 是整流变压器 T 的一次和二次的正弦交流电压，负载电阻为 R_L。

1）若门极不加触发电压，无论是 u_2 的正半周或负半周，晶闸管 VT 均不导通，没有电流流过负载 R_L，$U_f = 0V$。

2）若在 u_2 的正半周时，在 t_1 时刻给门极加上触发脉冲 u_G，晶闸管触发导通，同时有电流流过负载 R_L，负载上得到电压。如果忽略管压降，u_2 全部加到 R_L 上，$U_f = U_2$。

3）当交流电压 u_2 下降到接近零值时，晶闸管正向电流小于维持电流而关断，且没有电

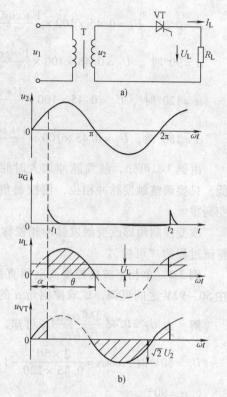

流流过负载 R_L，$U_f = 0V$。

4）当电压 u_2 为负半周时，晶闸管承受反向电压处在反向阻断状态，负载上电压和电流均为零。这时，晶闸管承受的反向电压最大值为 $\sqrt{2}u_2$。

5）在第二个正半周内，再在相应的 t_2 时刻加入触发脉冲，晶闸管再次触发导通。这样触发脉冲周期性地重复加在门极上，负载 R_L 上就可以得到单相脉冲的直流电压。

从波形图 3-8 中显然可以看到，在晶闸管承受正向电压的时间内，若改变门极触发脉冲的输入时刻，负载上得到的电压波形就随着改变，这样就控制了负载上输出电压的大小。

门极触发脉冲电压 u_G 使晶闸管开始导通的电角度称为控制角，控制角用 α 表示。

与晶闸管导通时间对应的电角度称为导通角，导通角用 θ 表示，显然有 $\alpha + \theta = \pi$，并且导通角越大，输出电压越高。

控制角 α 变化的范围称为移相范围，在单相半波可控整流电路中，晶闸管只有在 $0° \sim 180°$ 及 $360° \sim 540°$ 等范围内才可能导通。因此，$0°$、$360°$ 等这些点是单相半波可控整流电路控制角的起点，理论上移相范围是 $180°$。

图 3-8 单相半波可控整流电路及其波形
a）电路 b）波形

从上面的分析可知，可控整流输出电压的大小与控制角 α 的大小有关，经过计算可以得到：

1）整流输出电压的平均值 U_L 为

$$U_L = 0.45\frac{1 + \cos\alpha}{2}U_2$$

式中，U_2 是变压器二次电压有效值。

2）负载上流过的平均电流 I_L 为

$$I_L = \frac{U_L}{R_L}$$

3）晶闸管能够承受的反向电压 U_{RM} 为

$$U_{RM} = \sqrt{2}U_2$$

4）晶闸管里流过的平均电流 I_t 为

$$I_t = I_L$$

例 3-1 在图 3-8 中，变压器二次电压 $U_2 = 100V$，当控制角 α 分别为 $0°$、$90°$、$120°$、$180°$ 时，负载上的平均电压是多少？

解 由 $U_L = 0.45\frac{1 + \cos\alpha}{2}U_2$ 可知，

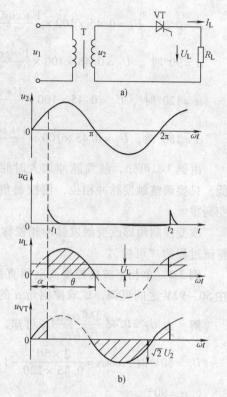

101

$\alpha = 0°$ 时，$U_L = 0.45 \times 100 \times \dfrac{1 + \cos 0°}{2} V = 45V$（晶闸管全导通）

$\alpha = 90°$ 时，$U_L = 0.45 \times 100 \times \dfrac{1 + \cos 90°}{2} V = 22.5V$

$\alpha = 120°$ 时，$U_L = 0.45 \times 100 \times \dfrac{1 + \cos 120°}{2} V = 12.5V$

$\alpha = 180°$ 时，$U_L = 0.45 \times 100 \times \dfrac{1 + \cos 180°}{2} V = 0V$（晶闸管全封闭）

由例 3-1 可知，触发脉冲加入时间越迟，控制角越大，导通角越小，相应输出电压越低。只要调整触发脉冲相位，使控制角从 0° ~ 180°可调，对应的整流输出电压就从最大值变到零。

改变控制角即改变触发脉冲相位称为移相。在晶闸管电路中，正是用移相的办法实现了整流过程的"可控"。

例 3-2 单相半波可控整流电路直接由交流电网 220V 供电，要求输出的直流平均电压在 50 ~ 92V 之间可调，试求控制角 α 的可调范围。

解 由 $U_L = 0.45 \dfrac{1 + \cos \alpha}{2} U_2$ 可知，

$U_L = 50V$ 时，$\cos \alpha = \dfrac{2 \times 50}{0.45 \times 220} - 1 \approx 0$

$\therefore \alpha = 90°$

$U_L = 92V$ 时，$\cos \alpha = \dfrac{2 \times 90}{0.45 \times 220} - 1 \approx 0.85$

$\therefore \alpha \approx 30°$

故 α 的可调范围是（30° ~ 90°）

由上面的分析讨论可以看出，单相半波可控整流电路很简单。

只用一个晶闸管，调整也很方便。但是这种电路的输出电压的脉动大，如果不用电源变压器而直接由交流电网供电，则交流回路中有直流电流流过，引起电网额外的损耗和发热。如果采用变压器，则变压器二次线圈中的直流电流将造成铁心直流磁化，使变压器整流效率降低，为此就要加大变压器的容量。因此，单相半波可控整流电路只适用于要求较低的小容量可控整流设备中。

二、单相桥式全控整流电路

单相半波可控整流电路只能在交流电源 u_2 的半个周期内向负载 R_L 供电，为了使 u_2 的另一半周期也能向负载输出同方向的直流电压，且既减少输出电压的脉动，又提高输出直流电压的平均值，将单相桥式整流电路中的四个二极管换成四个晶闸管，便组成了单相全控桥式整流电路如图 3-9a 所示，其波形如图 3-9b 所示。

下面分析其工作原理。

设在 t_1 时刻加入触发脉冲 u_{G1}，晶闸管 VT_1 和 VT_2 的阴极连接在一起，触发脉冲同时送给两个管的门极，但能被触发导通的只能是阳极承受正向电压高的一个晶闸管；而晶闸管 VT_3 和 VT_4 的阳极连接在一起，触发脉冲同时送给两个管的门极，但能被触发导通的只能是阴极承受反向电压低的一个晶闸管，所以触发电路比较简单。分析其工作过程如下：

1）当电源电压 u_2 在正半周时，VT_1 和 VT_4 管阳极处于正向电压作用下，在控制角为 α 时加入触发脉冲 u_G，VT_1 管触发导通，通电回路是 $a—VT_1—R_L—VT_4—b$。这时，VT_2 和 VT_3 管均承受反向电压而阻断。

2）当 u_2 在负半周时，VT_2 和 VT_3 管处于正向电压作用下，在适当时刻加入触发脉冲 u_G，VT_2 管受正偏导通，通电回路是 $b—VT_2—R_L—VT_3—a$。但比较单相半波可控整流电路，这里晶闸管所承受的反向峰值电压为 $\sqrt{2}U_2$，每个晶闸管导通的平均电流为负载电流的 $1/2$，输出电压是半波可控整流的一倍。

1）整流输出电压的平均值 U_L 为

$$U_L = 0.9U_2\frac{1+\cos\alpha}{2}$$

2）负载上流过的平均电流 I_L 为

$$I_L = \frac{U_L}{R_L}$$

3）每个晶闸管导通的平均电流 I_t 为

$$I_t = 1/2I_L$$

4）晶闸管能够承受的反向电压 U_{RM} 为

$$U_{RM} = \sqrt{2}U_2$$

单相桥式全控整流电路比单相半波可控整流电路输出电压的脉动小，输出电压高，所以这种电路一般只适用于中、小功率的低电压的整流设备中。

三、单相桥式半控整流电路

由于单相全控桥式整流电路需要四个晶闸管，且成本较高。另外，要求在相应桥臂上晶闸管同时被触发导通，触发电路较复杂，所以一般很少使用。如果把单相桥式整流电路中的两个二极管换成晶闸管，就变换成如图 3-10a 所示的单相半控桥式整流电路，其波形如图 3-10b 所示。

电路的工作原理如下。

晶闸管 VT_1 和 VT_2 的阴极连接在一起，触发脉冲同时送给两个管的门极，但能被触发导通的只能是阳极承受正向电压的一个晶闸管，所以触发电路比较简单。分析其工作过程如下：

1）当电源电压 u_2 在正半周时，晶闸管 VT_1 和 VD_2 阳极处于正向电压作用下，在控制角为 α 时加入触发脉冲 u_G，则 VT_1 管触发导通，二极管 VD_2 受正偏导通，通电回路是 $a—$

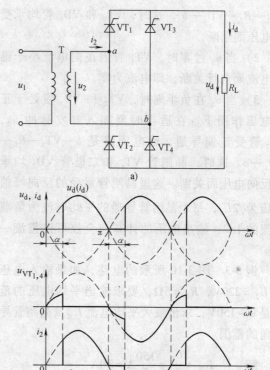

图 3-9　单相桥式全控整流
电路及其波形
a）电路　b）波形

VT_1—R_L—VD_2—b。这时，VT_2 和 VD_1 管均承受反电压而阻断。

2）当 u_2 过零时，VT_1 管因正向电流小于维持电流而自行关断，即电流为零。

3）当 u_2 在负半周时，VT_2 和 VD_1 管处于正向电压作用下，在适当时刻加入触发脉冲 u_G，VT_2 管受正偏导通，通电回路是 b—VT_2—R_L—VD_1—a。这时，晶闸管 VT_1 和二极管 VD_2 均承受反向电压而关断。这里晶闸管承受的反向峰值电压为 $\sqrt{2}U_2$，每个晶闸管导通的平均电流为负载电流的 1/2，输出电压的计算与全控可控整流一样。

例 3-3 图 3-10 所示的电路，如果输入电压是 $U_2 = 220\text{V}$，$R_L = 5\Omega$，要求输出平均电压的范围是 $0 \sim 150\text{V}$，求出最大平均电流 I_{LM} 及晶闸管导通角的范围。

解

$$I_{LM} = \frac{U_L}{R_L} = \frac{150}{5}\text{A} = 30\text{A}$$

$$\cos\alpha = \frac{2 \times 150}{0.9 \times 220} - 1 \approx 0.51$$

$$\therefore \alpha \approx 60° \quad \theta = 180° - 60° = 120°$$

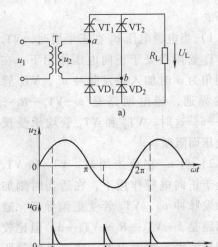

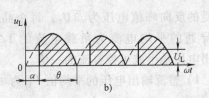

图 3-10　单相半控桥式整流电路及其波形
a）电路　b）波形

图 3-11 所示的是另一种单相桥式可控电路，它实际上是用一个晶闸管直流调压的桥式整流电路。变压器二次电压 u_2 经 $VD_1 \sim VD_4$ 桥式整流后加到晶闸管上，设加到 VT 上的电压为 u，在 VT 管的门极上外加合适的触发脉冲，VT 管便在相应时刻触发导通，负载 R_L 上的电压如图 3-11a 所示，其波形如图 3-11b 所示。

这种电路只用一个晶闸管，且晶闸管不承受反向电压，所以可选用反向耐压较低的晶闸管。但要注意的是，晶闸管在电源电压过零后马上又继续承受正向电压。因此，要选用维持电流 I_H 较大的管，以保证电压过零时导通电流能低于维持电流而可靠关断。同时，还要注意：晶闸管前不能连接滤波电容，否则会导致电源电压过零而晶闸管阳极电压不过零，从而影响晶闸管的关断。

总之，用一个晶闸管的桥式可控整流电路的效果和半控桥式整流电路一样，但成本较低，因此在实际中应用较多。

四、应用实例

图 3-12 所示的是小容量直流电动机调速电路。220V 电源接通后，经 $VD_1 \sim VD_4$ 整流后通过晶闸管 VT 加到直流电动机的电枢上，同时它还向励磁线圈 L 提供励磁电流。只要调节 R_P 值，就能改变晶闸管的导通角，从而改变输出直流电压的大小，实现直流电动机的调速。

单相可控整流电路通常只用在中小容量的设备中。当功率过大时容易造成供电线路的三相负荷不平衡，影响供电质量。因此，中型以上的整流装置都采用三相可控整流电路。

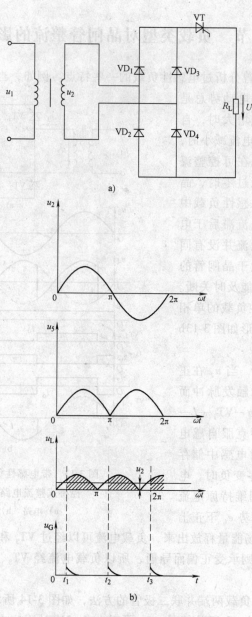

图 3-11　单相桥式可控电路及其波形

a）电路　b）波形

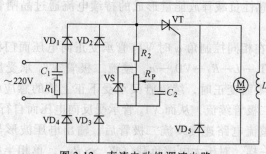

图 3-12　直流电动机调速电路

第三节　负载类型对晶闸管整流的影响

在电工基础理论中，曾分析过电感性负载的一些特点。例如，当电感中电流发生变化时就产生自感电动势，自感电动势总是阻碍电流变化的。当电流增大时，自感电动势阻碍它上升；当电流减小时，自感电动势阻碍它减小。在可控整流电路中，当交流电源电压过零时，晶闸管本应关断，但由于电感性负载中自感电动势的作用，使电流滞后于电压变化，即电压过零时电流并没有同时为零，并且有可能仍大于晶闸管的维持电流，因而晶闸管不能及时关断。图 3-13 所示的是带电感性负载的单相半控桥式整流电路，其波形如图 3-13b 所示。

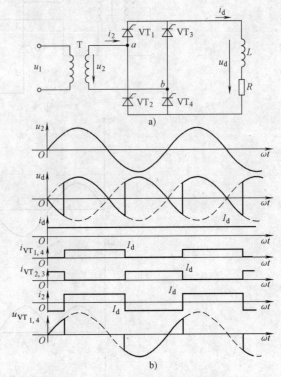

图 3-13　带电感性负载的单相半
控桥式整流电路及其波形
a) 电路　b) 波形

根据以上的分析可知，当 u_2 在正半周时，VT_1 管门极外加触发脉冲而导通，其电流回路是 $a—VT_1—L—R_L—VT_4—b$，此时电流要克服自感电动势的阻碍而增大，同时电感中储存磁场能量。当 u_2 下降过零变负时，电流减小。自感电动势试图维持原电流的大小和方向（自感电动势 e_L 下正上负），这时电感 L 中的磁场能量释放出来，负载电流可以经过 VT_3 和 VT_1 管续流，而 VT_4 管已承受反偏而关断，VT_3 则承受正偏而导通，所以负载电流经 VT_3、VT_1 管续流，但续流效果不好，电路易失控。

因此，我们可采用在负载两端并联二极管的方法，如图 3-14 所示。

当 u_2 在负半周开始时，L 释放能量，e_L 下正上负，这时感应电动势使 VD_R 管导通，L 中的持续电流经 R_L 和 VD_R 管构成回路而迅速消失，VT_1 管就在 u_2 过零时电流为零而自动关断。由于 VD_R 管避免了感性负载释放能量形成的持续电流通过晶闸管，因此，称 VT_R 管为续流二极管。

当 u_2 在负半周时，在相同控制角 α 时 VT_2 管承受正向电压而门极外加触发脉冲触发导通，其电流回路为 $b—VT_2—L—R_L—VD_1—a$，续流二极管 VT_R 承受反向电压而截止。同样道理，当 u_2 在负半周过零而变正时，续流管又承受下正上负的感应电动势而导通，负载中的持续电流又经过续流二极管续流，从而 VT_2 管承受反向电压而自行关断。

电感性负载的可控整流电路连接续流二极管后，输出电压波形与平均值和电阻负载一样，但回路电流波形不一样。对于大电感负载（$W_L \gg R_L$），单相半控桥式整流电路的负载

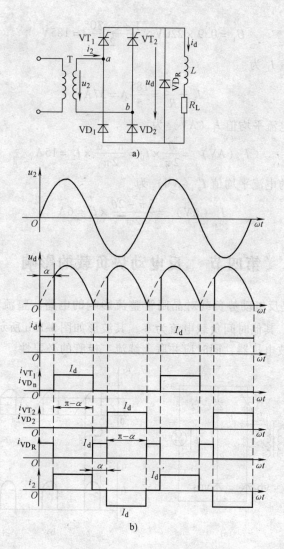

图 3-14 具有续流二极管的单相半
控桥式整流电路及其波形

a) 电路 b) 波形

电流是连续的, 波形近似于直线, 如图 3-14 所示。

如果晶闸管导通角为 θ, 续流二极管的导通角为 $2\pi - 2\theta$, 流过晶闸管和整流二极管的电流平均值 I_t (AV) 为

$$I_t \text{ (AV) } = \theta/2\pi \times I_L$$

流过续流二极管的电流平均值 I'_t (AV) 为

$$I'_t \text{ (AV) } = (2\pi - 2\theta) /2\pi \times I_L$$

例 3-4 有一个直流电阻为 5Ω 的感性负载的单相半控桥式整流电路, 输入电压 U_2 为 220V, 试求控制角 $\alpha = 30°$ 时的输出电压, 晶闸管中的电流平均值和续流二极管的电流平均值。

解 由 $U_L = 0.9 U_2 \dfrac{1 + \cos\alpha}{2}$ 知, $\alpha = 30°$ 时

$$U_L = 0.9 \times 220V \times \frac{1 + \cos 30°}{2} = 185V$$

负载电流的平均值 I_L 为

$$I_L = \frac{U_L}{R_L} = \frac{185}{5}A = 37A$$

流过晶闸管中的电流平均值 I_t（AV）为

$$I_t（AV） = \frac{\theta}{2\pi} \times I_L = \frac{\pi - \alpha}{2\pi} \times I_L = 15A$$

流过续流二极管的电流平均值 I'_t（AV）为

$$I'_t（AV） = \frac{2\pi - 2\theta}{2\pi} \times I_L = 6A$$

第四节　反电动势负载的影响

图 3-15a 所示的是反电动势负载对晶闸管整流影响的电路。整流输出电压 u_L 大于反电动势时才有电流输出，其他时间负载电流为零，其波形如图 3-15b 所示。通过图 3-15 进一步说明了给负载串联滤波电抗器，同时应并联上续流二极管的必要性。

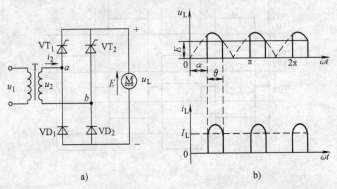

图 3-15　反电动势负载对晶闸管整流的影响的电路及其波形

a）电路　b）波形

由图 3-15 可见，当整流输出电压 u_L 和反电动势相等时，由于晶闸管阳极正向电压趋于零，导通电流小于维持电流，这时虽然电源电压尚未过零，但晶闸管被迫提前关断。这样晶闸管的导通角减小，负载电流的平均值也减小。如果仍要输出和电阻性负载时同样大小的平均电流，则必须让通过晶闸管的电流峰值增大，这样就要选择电流容量更大的晶闸管，而且要求电源的容量需增大，电源变压器导线的横截面积也需增大。因此，在实际应用时，为扩大移相范围，一般采用给反电动势负载串联滤波电抗器，使负载呈电感性，同时应并联上续流二极管，使它的工作情形和电阻性负载一样。

第五节　晶闸管的选用和简单检测

晶闸管的特性参数较多，在实际安装与维修设备时主要考虑的是晶闸管的额定电压和额定电流，即 U_{RRM} 和 I_T。

一、晶闸管电压等级的选择

晶闸管承受的正反向电压与电源电压、控制角 α 及电路的形式有关。一般可按下面经验公式估算，即

$$U_{RRM} > (1.5 \sim 2) U_{RM}$$

公式中，U_{RM} 是晶闸管在工作中可能承受的反向峰值电压。

二、晶闸管电流等级的选择

晶闸管的电流过载能力较差，一般按电路最大工作电流来选择，即

$$I_T > (1.5 \sim 2) I_t$$

公式中，I_t 是电路最大工作电流。

例 3-5 有一个负载为纯电阻的单相半控桥式整流电路，输出直流电压为 $U = 0 \sim 60V$，直流电流为 $0 \sim 10A$，试计算晶闸管反向峰值电压 U_{RRM} 与工作电流 I_T，并选择合适的晶闸管。

解 已知 $U_L = 0.9U_2 \dfrac{1 + \cos\alpha}{2}$

设输出直流电压最大为 60V 时的控制角 $\alpha = 0°$，则

$$U_2 = U_L / 0.9 = 60 / 0.9 V = 67V$$

考虑到整流器件上压降等因素，U_2 取值比计算值高 10%，故取

$$U_2 = 75V$$

晶闸管承受的反向峰值电压 U_{RM} 为

$$U_{RM} = \sqrt{2} U_2 = 105V$$

晶闸管应取的反向峰值电压 U_{RRM} 为

$$U_{RRM} = (1.5 \sim 2) U_{RM}$$
$$= (157.5 \sim 210) \ V$$

通过晶闸管的最大平均电流 I_t 为

$$I_t = 1/2 I_L = 5A$$

晶闸管应取的最大工作电流 I_T 为

$$I_T = (1.5 \sim 2) I_t = (7.5 \sim 10) \ A$$

所以可选用通态平均电流为 10A，额定电压为 200V 的 KP10—2 晶闸管。

例 3-6 有一个带续流二极管的单相半控桥式整流电路，$R_L = 5\Omega$，输入电压 $U_2 = 220V$，晶闸管的控制角 $\alpha = 60°$。试计算：

（1）晶闸管承受的反向峰值电压。

（2）通过晶闸管的实际工作电流，并选择合适的管型。

解 （1）
$$U_L = 0.9U_2 \frac{1 + \cos\alpha}{2} = 149V$$

$$U_{RM} = \sqrt{2} U_2 = 310V$$
$$U_{RRM} = (1.5 \sim 2) U_{RM}$$
$$= (465 - 620) \ V$$

（2）通过晶闸管的实际工作电流 I_T 为

$$I_t = \theta/2\pi \times I_L = (\pi - \alpha) /2\pi \times I_L$$
$$= 120°/360° \times U_L/R_L$$

$$= 120°/360° \times 147/5A = 10A$$

$$I_T = (1.5 \sim 2) \ I_t = (15 \sim 20) \ A$$

所以可选用通态平均电流 $I_T = 20A$，额度电压为 600V 的 KP20—6 晶闸管。

三、晶闸管的简单检测

对于外形是螺栓式、平板式的晶闸管，其极性从外形上便可判断。对一些小电流塑封式晶闸管有必要掌握极性的简单判断方法。

1. 小功率晶闸管的极性判断方法（见图 3-16）

将万用表欧姆挡置于 $R \times 10$ 挡，测量门极与阴极之间的正向和反向电阻，由于门极和阴极之间有一个不完善的 PN 结，其正向和反向电阻的差别较小，所以测试时阻值较小时黑表笔对应的为门极，红表笔对应的为阴极。

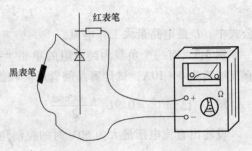

图 3-16 小功率晶闸管的极性判断方法

2. 晶闸管好坏的简单检测方法

一般，按图 3-17 所示的简单方法判断各极之间电阻正常的可以认为该管是好的。

1）将万用表置于 $R \times 1K$ 挡，测量阳极与门极之间的正反向电阻（见图 3-17），其值均应在几百千欧以上。若所测得的电阻很小，则说明该管是坏的。

2）将万用表置于 $R \times 1K$ 挡，测量阳极与阴极之间的正反向电阻（见图 3-18），其值均应在几百千欧以上。若所测得的电阻很小，则说明该管是坏的。

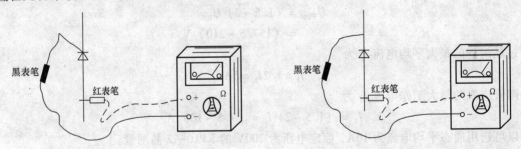

图 3-17 晶闸管好坏的简单检测方法　　　　图 3-18 晶闸管好坏的简单检测方法

3）将万用表置于 $R \times 10$ 挡，在图 3-18 所示的测试中，若正反向电阻没有差异，则说明该管是坏的。

第六节　晶闸管的触发电路

由前面的讨论可知，要使晶闸管导通除在它的阳极和阴极之间外加正向电压外，还必须在它的门极加上适当的触发信号（电压、电流）。这种对晶闸管提供触发信号的电路称为触发电路。

触发电路的种类很多，有分立元件组成的，也有集成电路组成的。对触发信号的要求是：上升沿陡，有足够的功率和一定的宽度、幅度，必须和晶闸管阳极电源电压同步，以及有一定的移相范围。

一、单结晶体管触发电路

1. 单结晶体管的结构、符号和特性

单结晶体管又称为双基极二极管，它有 3 个极，但结构上只有一个 PN 结。它是在一块高阻率的 N 型硅基片上用镀金陶瓷片制作成两个接触电阻很小的极，称为第一基极（B_1）和第二基极（B_2），而在硅基片的另一侧靠近 B_2 处掺入 P 型杂质，形成一个 PN 结，并引出一个铝质电极，称为发射极（E）。如图 3-19a 所示，其图形符号见图 3-19b，等效电路如图 3-19c 所示。

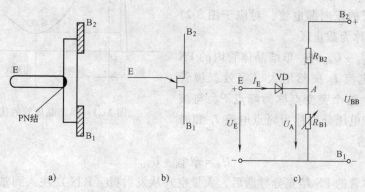

图 3-19　单结晶体管的结构、符号和等效电路

a）结构　b）图形符号　c）等效电路

用一个等效二极管 VD 表示，这样单结管的等效电路就如图 3-19c 所示。两个基极之间的电阻（包括硅基片本身的电阻和基极与硅片之间的电阻）为 $R_{BB} = R_{B1} + R_{B2}$，其阻值范围为 $2 \sim 15k\Omega$ 之间，具有正的温度系数。其中，R_{B1} 随着发射极电流 I_E 的变化而变化，R_{B2} 和 I_E 的变化无关。

2. 单结晶体管的伏安特性

单结晶体管的伏安特性是：在基极电源电压 U_{BB} 一定时，用发射极电流 I_E 和发射极与第一基极 B_1 之间的电压 U_{EB1} 的关系曲线来表示。单结晶体管伏安特性的实验电路如图 3-20a 所示，其等效电路如图 3-20b 所示。

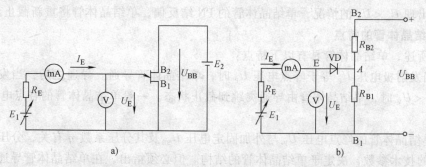

图 3-20　单结晶体管伏安特性的实验电路及其等效电路

a）实验电路　b）等效电路

当发射极 E 电流为零时，在 R_{B1} 和 R_{B2} 之间则按一定的比例分压，A 点和 B_1 之间的电压为

$$U_{AB1} = R_{B1}/R_{B1} + R_{B2}U_{BB} = \eta\, U_{BB}$$

η 称为单结晶体管的分压系数（或称分压比），它与管子的内部结构有关，其值通常在

0.3~0.9 之间。

当发射极电压 U_E 从零开始逐渐增加时，在 $U_E < U_{AB1} + U_{VD}$ 时（U_{VD} 为等效二极管正向压降），发射极 E 和基极 B1 之间不能导通（等效二极管 VD 反偏截止），呈现很大的电阻。当发射极电压 U_E 很小时，只有很小的微安级的反向漏电流。随着 U_E 的增加，这个反向漏电流逐渐变为大约几微安的正向漏电流，对应于图 3-21 所示的 AP 段，称为截止区。

当 $U_E = \eta U_{BB} + U_{VD}$ 时，单结晶体管内的 PN 结导通发射极电流 I_E 突然增大（等效二极管 VD 充分导通）。这个突变点称为峰点 P，与该点对应的电流和电压分别称为峰点电流 I_P 和峰点电压 U_P，显然

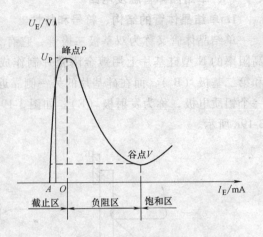

图 3-21　单结晶体管的伏安特性

$$U_P = \eta U_{BB} + U_{VD}$$

在单结晶体管的 PN 结充分导通后，大量空穴从发射极（P 区）注入到基极（N 区）的 R_{B1} 端和自由电子复合，相当于 R_{B1} 的导电能力大大增强，因此电阻 R_{B1} 迅速减小，分压比 η 下降，使 VD 管的正向偏压增加，I_E 进一步增大。I_E 的增大又使 R_{B1} 进一步减小，从而 A 点电位再次下降。这样在管子内部形成了一个强烈的正反馈过程，结果使 U_E 随 I_E 的增大而降低，即动态电阻为负值，因此称为负阻区。这就是单结晶体管所特有的负阻特性。

因为第二基极 B_2 的电位高于发射极 E 的电位，从发射极（P 区）注入到基极（N 区）的空穴不会向 B_2 极方向运动，所以 R_{B2} 基本不变。

当发射极电流 I_E 增大到某一数值时，电压 U_E 下降到最低点，特性曲线上的这一点称为谷点 V，与谷点 V 对应的电流和电压分别为谷点电流 I_V 和谷点电压 U_V。

在谷点以后，单结晶体管又恢复正阻特性，当调节 E_1 使发射极电流继续增加时，即 U_E 随 I_E 增加而缓慢上升，但变化不大，所以谷点右边的部分称为饱和区。

如果出现 $U_E < U_V$ 的情况，单结晶体管的 PN 结反偏，单结晶体管将重新截止。

3. 单结晶体管的特点

综上所述，单结晶体管具有以下特点：

1）当发射极电压 U_E 等于峰点电压 U_P 时，单结晶体管导通。导通之后，当发射极电压减小到 $U_E < U_V$ 时，单结晶体管由导通突跳到截止状态。一般单结晶体管的谷点电压 U_V 在 2~5V。

2）单结晶体管的峰点电压 U_P 与外加固定电压 U_{BB} 及其分压系数 η 有关，分压比 η 是单结晶体管的技术参数，决定于单结晶体管的结构。但必须指出，在单结晶体管导通后，发射极电流变化过程中 η 是变化的。

3）不同单结晶体管的谷点电压 U_V 和谷点电流 I_V 都不一样。即使同一单结晶体管，U_V 也随着外加电压 U_{BB} 的不同而不同。在触发电路中，常选用 η 稍大一些，U_V 稍低一些和 I_V 稍大一些的单结晶体管。

国产单结晶体管的型号有 BT31、BT33 、BT35 等。其中，B 表示半导体，T 表示特种

管，3 表示 3 个电极，第四个数字表示耗散功率为 100、300、500mW。

二、单结晶体管的振荡电路

利用单结晶体管的负阻效应和 R_C 充放电特性可组成频率可变的锯齿波振荡电路，其电路如图 3-22 所示。

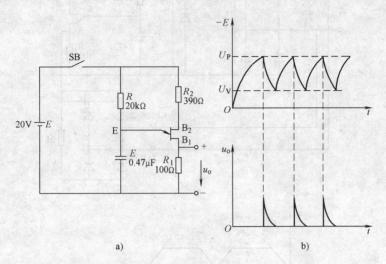

图 3-22　单结晶体管振荡电路及其波形

a）电路　b）波形

当合上开关 SB 后，电源通过 R_2、R_1 外加于单结晶体管的 B_2、B_1 上，同时又通过电阻 R 向电容 C 充电，充电的时间常数为 R_C。随着时间的增加，电容 C 两端的电压 U_C（$U_C = U_E$）按指数曲线逐渐上升，当 $U_E < U_P$ 时，单结晶体管处于截止状态，R_1 两端输出电压 U_o 为零；当 U_c 上升到等于单结晶体管的峰点电压 U_P 时，单结晶体管导通，电阻 R_{B1} 急剧减小，电容上的电压通过 PN 结向 R_{B1} 和 R_1 放电。由于 R_{B1} 和 R_1 都很小，放电很快，放电电流在 R_1 上形成一个脉冲电压 u_o，如图 3-22b 所示。

由于电阻 R 取得较大，当电容电压下降到单结晶体管的谷点电压时，电源经过电阻 R 供给的电流小于单结晶体管的谷点电流，则单结晶体管跳变到截止区，输出电压 u_o 下降到零，完成一次振荡。放电一结束，电容又重新开始充电，并重复上述过程，结果在 R_1 上得到一个周期性尖脉冲输出电压，而在电容上得到的是锯齿波形电压。

三、单结晶体管的触发电路

实际的单结晶体管触发电路如图 3-23 所示。

利用同步变压器 T 实现触发脉冲与主电路同步，T 的一次绕组与主电路连接在同一交流电源上，其二次电压与主电路交流电源的电压频率相同，经桥式整流后，再经稳压二极管削波而得到梯形波电压，此电压可作为单结晶体管的电源电压。当交流电源电压瞬时值为零时，B_1、B_2 之间的电压 U_{BB} 也过零，此时电容 C 两端已充有较大电压 U_c，单结晶体管 E、B_1 之间导通，电容 C 通过 E、B_1 和 R_1 迅速放电，使 $U_c \approx 0$（设 $U_v = 0$），即在主电路的晶闸管开始承受正向电压时，电容 C 从零开始充电。这就保证了触发电路与主电路之间的同步，如图 3-23b 所示的波形。

触发脉冲电压 U_c 从 R_1 两端取走后同时供给两个晶闸管，但只能使其中阳极电压承受正

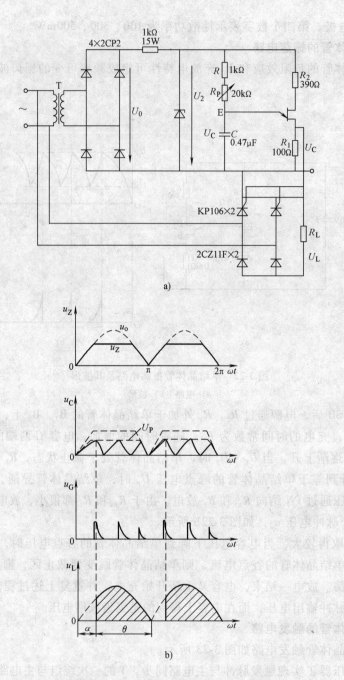

图 3-23 实际的单结晶体管触发电路及其波形

a）电路 b）波形

向电压的那一个晶闸管触发导通。

由于晶闸管的导通时刻只取决于阳极电压在正半周时加入到门极的第一个触发脉冲的时刻，所以电容 C 充电越快（时间常数（$R + R_\mathrm{P}$）C 越小］，第一个脉冲输出的时间就越提前，晶闸管的导通角就越大，整流输出的平均电压就越高。在实际应用中，可利用改变 R_P 来改变电容的充电时间常数，从而达到使触发脉冲移相的目的。

第七节 逆变的概念

前面我们分析和讨论了将交流电变换为直流电的二极管整流、晶闸管的可控整流。而在实际生产或生活中，却需要把直流电变换为交流电。例如，人造卫星、导弹、潜艇等携带蓄电池或太阳能电池，但其中的一些设备要求交流供电。

一、逆变的概念

逆变——把直流电转变成交流电，它是整流的逆过程。把直流电逆变成交流电的电路，称为逆变电路，其可分为两类。

1) 有源逆变电路。它是由直流电→逆变器→交流电→交流电网，它将直流电变成和电网同频率的交流电并反送到交流电网中去。

2) 无源逆变电路。它是由直流电→逆变器→交流电（频率可调）→用电器，它将直流电变成为某一频率或可变频率的交流电并直接供给负载应用。

二、逆变器的工作原理

如图 3-24a 所示，$S_1 \sim S_4$ 是桥式电路的 4 个臂，由 4 个晶闸管 $VT_1 \sim VT_4$ 及辅助电路组成。

1) S_1、S_4 闭合，S_2、S_3 断开时，即当晶闸管 VT_1 和 VT_4 被触发导通时，同时设法使 VT_2 和 VT_3 管承受反向电压而截止，负载电压 u_o 为正。

2) S_1、S_4 断开，S_2、S_3 闭合时，当 VT_2 管和 VT_3 管触发导通，同时设法使 VT_1 和 VT_4 管承受反向电压而截止，负载上电压极性就改变了，即负载电压 u_o 为负，如图 3-24b 所示，从而把直流电变成了交流电。

3) 若能控制两组晶闸管轮流导通，就可将直流电逆变成交流电。

4) 改变两组开关切换频率，即只要能控制晶闸管切换的频率就可改变输出交流电的频率，则实现变频。

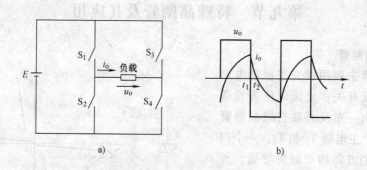

图 3-24 逆变电路及其波形

a) 电路 b) 波形

当电路带有电阻负载时，负载电流 i_o 和 u_o 的波形相同，相位也相同。

逆变器是将直流电变为交流电设备。根据直流电源的性质，逆变器可分为两类：一类是电压型逆变器——直流输出电压具有电压源的特性（内阻小，输出直流电压稳定）；另一类是电流型逆变器——直流输出具有电流源的特性（输出直流电流稳定）。

第八节　单相交流调压电路

单相交流调压电路如图 3-25a 所示。当电源电压 u_1 处在正半周时，在 t_1 时刻（$\omega t_1 = \alpha$）将触发脉冲外加到 VT_1 管的门极，VT_1 管触发导通，此时，VT_2 管阳极承受反向电压而关断。当电源电压 u_1 过零时，VT_1 管自然关断。在 t_2 时刻（$\omega t_2 = \pi + \alpha$）将触发脉冲外加到 VT_2 管的门极，VT_2 管被触发导通，此时 VT_1 管承受反向电压而关断。当电源电压 u_1 过零时，VT_2 管自然关断，此时负载上得到的电压波形如图 3-25b 所示。因此，调节控制角 α 便可实现交流调压。

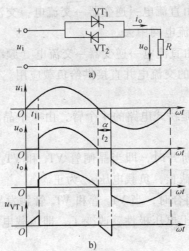

图 3-25　单相交流调压电路及其波形
a）电路　b）波形

第九节　特殊晶闸管及其应用

一、双向晶闸管

双向晶闸管主要用在交流控制电路中，也用于交流开关、交流调压等设备中，可被认为由一对反并联普通晶闸管的集成，有两个主电极 T_1 和 T_2，一个门极 G；正反两个方向均可触发导通，所以双向晶闸管在第 I 和第 III 象限有对称的伏安特性；与一对反并联晶闸管相比是比较经济的，且控制电路简单，在交流调压电路、固态继电器（Solid State Relay——SSR）和交流电机调速等领域应用较多；通常用在交流电路中，因此

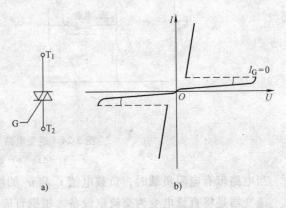

图 3-26　双向晶闸管的图形符号及其伏安特性
a）图形符号　b）伏安特性

不用平均值而用有效值来表示其额定电流值。双向晶闸管的图形符号及其伏安特性如图 3-26 所示。

二、可关断晶闸管

可关断晶闸管主要用在需要高频开关的设备中，如高压直流开关、高压脉冲发生器、过电流保护电路、直流轧波器等设备。

三、逆导晶闸管

逆导晶闸管只有正向阻断能力，只要控制晶闸管的导通与关断时间就可改变其输出电压的大小。它主要用于直流供电、调压调速的设备中。

将晶闸管反并联一个二极管制作在同一管芯上的功率集成器件，具有正向压降小、关断时间短、高温特性好、额定结温高等优点。逆导晶闸管的额定电流有两个，一个是晶闸管电流，另一个是反并联二极管的电流。逆导晶闸管的图形符号及其伏安特性如图 3-27 所示。

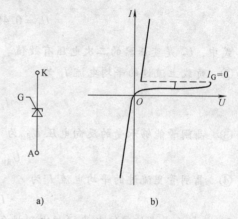

图 3-27　逆导晶闸管的图形符号及其伏安特性
a）图形符号　b）伏安特性

四、光控晶闸管

光控晶闸管又称为光触发晶闸管，是利用一定波长的光照信号触发导通的晶闸管。它的特点是保证了主电路与控制电路之间完全绝缘，使控制电路的结构大为简化。它主要用于电子开关、自动化生产监控等设备中。

小功率光控晶闸管只有阳极和阴极两个端子。大功率光控晶闸管则还带有光缆，光缆上装有作为触发光源的发光二极管或半导体激光器。光控晶闸管的图形符号及其伏安特性如图 3-28 所示。

光控晶闸管保证了主电路与控制电路之间的绝缘，且可避免电磁干扰的影响。因

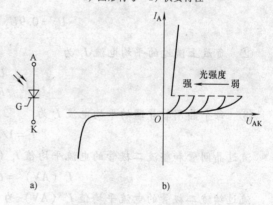

图 3-28　光控晶闸管的图形符号及其伏安特性
a）图形符号　b）伏安特性

此，目前在高压大功率的场合，如高压直流输电或高压核聚变装置中，占据重要的地位。

小　　结

1. 晶闸管的结构及其工作原理。

1）普通晶闸管具有正反向阻断能力。

2）晶闸管的导通条件：①晶闸管阳极与阴极间外加正向电压，即阳极接电源正极、阴极接电源负极，形成主回路。②门极加适当的正向电压，即门极接电源正极、阴极接电源负极，形成控制回路。在实际工作中，门极接正触发脉冲信号。

3）晶闸管一旦导通后，门极就失去了控制作用。

4）要使晶闸管从导通状态转变为阻断状态：①在晶闸管的阳极和阴极外加反向电压；②减小阳极上的正向电压，正向电流 I_A 就逐渐减小，直到 I_A 减小为维持电流 I_H 为至。

2. 用晶闸管可以构成输出电压可调的可控整流电路，通过改变晶闸管控制角 α 的大小来调节直流输出电压。

1）单相半波可控整流电路（接电阻性负载）

① 整流输出电压的平均值 U_L 为

$$U_L = 0.45 \frac{1 + \cos\alpha}{2} U_2$$

式中，U_2 是变压器的二次电压有效值。

② 负载上流过的平均电流 I_L 为

$$I_L = \frac{U_L}{R_L}$$

③ 晶闸管能够承受的反向电压 U_{RM} 为

$$U_{RM} = \sqrt{2} U_2$$

④ 晶闸管里流过的平均电流 I_t 为

$$I_t = I_L$$

2）单相桥式半控整流电路（接电阻性负载）

① 整流输出电压的平均值 U_L 为

$$U_L = 0.9 U_2 \frac{1 + \cos\alpha}{2}$$

② 负载上流过的平均电流 I_L 为

$$I_L = \frac{U_L}{R_L}$$

③ 每个晶闸管导通的平均电流 I_t 为

$$I_t = 1/2 I_L$$

流过晶闸管和整流二极管的电流平均值 I_t（AV）为（接电感性负载）

$$I_t（AV）= \theta/2\pi \times I_L$$

流过续流二极管的电流平均值 I'_t（AV）为

$$I'_t（AV）=（2\pi - 2\theta）/2\pi \times I_L$$

④ 晶闸管能够承受的反向电压 U_{RM} 为

$$U_{RM} = \sqrt{2} U_2$$

3. 在选用晶闸管时，主要是根据负载要求来计算电路中的电流和电压，然后选择好一定的电路形式。一般情况下，晶闸管的额定电压和额定电流，即 U_{RRM} 和 I_T 为

$$U_{RRM} =（1.5 \sim 2）U_{RM}$$

$$I_T =（1.5 \sim 2）I_t$$

U_{RM} 是晶闸管在工作中可能长上承受的反向峰值电压。I_t 是电路的最大工作电流。

4. 晶闸管还可以广泛地运用在逆变和交流调压等领域。

5. 单结晶体管的导通条件：当发射极电压等于峰点电压 U_p 时，单结晶体管导通；导通后，当发射极电压下降到谷点电压时变为截至。

6. 单结晶体管振荡电路是由单结晶体管发射特性中的负阻特性和 R_C 充放电特性组成的，它又称为单结晶体管脉冲发生器。它可为晶闸管门极提供所需的门极脉冲电压信号。

习　题

一、填空题

1. 硅闸流管简称_____，俗称_____。

2. 晶闸管有 3 个电极：_____、_____和_____。

3. 晶闸管是一种大功率半导体器件，它由_____层硅半导体组成，中间形成一个 PN 结。它在电路中的图形符号是_____。

4. 晶体管导通的条件是在_____和_____之间外加正向电压，同时在和_____之间也外加正向电压。晶闸管导通后，_____就失去控制作用，这时晶体管本身的压降为_____ V 左右。

5. 要求晶闸管关断必须_____或_____。

6. 晶闸管整流电路与二极管整流电路的最大区别是晶闸管整流电路的输出能够_____，而二极管整流电路的输出是_____。

7. 在电阻性负载的可控整流电路中，控制角 α 增大时，管子的导通角将_____，输出电压的平均值将_____，其波形的脉动_____。

8. 电阻性负载单相半控桥式整流电路的最大导通角是_____，移相范围是_____，晶闸管阻断时承受的最大正向电压是_____，最大的反向电压是_____，流过每个晶闸管和二极管的平均电流是_____。

9. 单相半波可控整流电路中，变压器二次电压的有效值 $U_2 = 10V$，当控制角 α 分别为 0°、90°和 180°时，负载电阻的 R_L 上所得到的直流平均电压分别为_____ V、_____ V 和_____ V。

10. 电感性负载可控整流的特点是由于电感性负载中_____的作用，交流电压减小过零时，导通晶闸管的_____电流没有同时过零，而且有可能仍大于晶闸管的_____。

11. 单结晶体管的三个极分别是_____、_____、_____，分别用字母_____、_____、_____表示。

12. 当发射极电压等于_____时，单结晶体管导通；导通后，当发射极电压下降到_____时变为截至。

13. 单结晶体管的发射极和第一基极的电阻 R_1 随发射极电流的增大而_____。

14. 逆变电路可以分为_____和_____两大类。

二、判断题（正确的在括号中打√，错误的打×）

1. 晶闸管和晶体管都能用小电流控制大电流。因此，它们都有放大作用。（　　）

2. 晶闸管不仅具有反向阻断能力，而且还具有正向阻断能力。（　　）

3. 晶闸管触发导通后，门极仍然具有控制作用。（　　）

4. 晶闸管门极不加正向触发电压，晶闸管就永远不会导通。（　　）

5. 晶闸管导通后，若阳极电流小于维持电流，晶闸管必然自行关断。（　　）

6. 单相半波可控整流电路中，控制角越大，负载上得到的直流电压值也越大。（　　）

7. 电阻性负载单相半控桥式整流电路中，当 $\alpha > 90°$ 以后，晶闸管承受的反向峰值电压小于 $\sqrt{2}U_2$。（　　　）

8. 在电阻性负载单相半控桥式整流电路中，当 $\alpha = 90°$ 时，输出直流电压的平均值为 $U_L = 0.45U_2$。（　　　）

9. 在电阻性负载单相半控桥式整流电路中，当 $\alpha = 180°$ 时，输出直流电压的平均值为 $U_L = 0.9U_2$。（　　　）

10. 感性负载单相半波可控整流电路中，当晶闸管导通角为180°时，流过续流二极管的平均电流等于晶闸管的平均电流。（　　　）

11. 感性负载可控整流电路，在负载两端并联电容器即可使晶闸管在负半周不导通。（　　　）

三、选择题（将正确的答案序号填入括号中）

1. 晶体管导通后通过晶体管的电路决定于（　　　）。

A. 电路的负载　　　　　　　　　　B. 晶闸管的电流容量

C. 晶闸管阳极和阴极之间的电压

2. 允许重复加在晶闸管阳极和阴极之间的电压为（　　　）。

A. 正反向转折电压的有效值　　　　B. 正反向转折电压的峰值减去100V

C. 正反向转折电压的峰值

3. 在晶闸管标准散热和全导通时允许通过的工频最大阳极电流为（　　　）。

A. 半波电流的峰值　　　　　　　　B. 半波电流的平均值

C. 半波电流的有效值

4. 晶闸管整流电路输出值的改变是通过（　　　）实现的。

A. 调节控制角　　　　B. 调节触发电压大小　　　　C. 调节阳极电压大小

5. 晶闸管单相半波可控整流电路的直流输出电压平均值是交流输入电压有效值的（　　　）倍。

A. 0.9　　　　　　　　B. 0.45　　　　　　　　C. 0 ~ 0.45

6. 在感性负载单相半波可控整流电路中，当晶闸管控制角为30°时，续流二极管的额定电流（　　　）晶闸管的正向额定电流。

A. 等于　　　　　　　　B. 大于　　　　　　　　C. 小于

7. 感性负载可控整流电路中续流二极管接反时，电路（　　　）。

A. 能正常工作　　　　　B. 会造成开路　　　　　C. 会造成短路

8. 单结晶体管的振荡电路是利用单结晶体管发射特性中的（　　　）。

A. 截止区　　　　　　　B. 饱和区　　　　　　　C. 负阻区

四、计算题

1. 在单相半波可控整流电路中（纯电阻负载），变压器二次电压 $U_2 = 240V$。当控制 α 分别为 $0°$、$90°$、$120°$、$180°$ 时，负载上的平均电压是多少？若负载电阻 $R_L = 100\Omega$，则通过负载的平均电流是多少？

2. 如果输入电压 $U_2 = 220V$，$R_L = 50\Omega$，要求输出平均电压的范围是 $0 \sim 150V$，试求输出最大平均电流 I_M 和晶闸管的导通角范围。

3. 电阻负载单相半控桥式直流电路最大输出电压是110V，输出电流为50A，求：（1）

交流电源电压的有效值 U_2。（2）当 $\alpha = 60°$ 时输出电压是多少？

4. 有一个续流二极管的单相半控桥式整流电路，$R_L = 10\Omega$，输入电压 $U_2 = 220V$，晶闸管的控制角 α 在（0～120°）范围内变化，试计算：

（1）输出电压的调节范围。

（2）晶闸管承受的反向峰值电压。

（3）通过晶闸管的实际工作电流，并选择合适的管型。

5. 有一个负载为纯电阻的单相半控桥整流电路，负载电压 $U_2 = 0～60V$，且连续可调，已知变压器二次电压 $U_z = 66.7V$，求移相范围。

6. 有一个晶闸管作单相半波可控整流电路，触发脉冲电压 u_{GT} 的相位如图 3-29 所示，试画出输出电压 u_o 波形，并求出输出电压平均值。

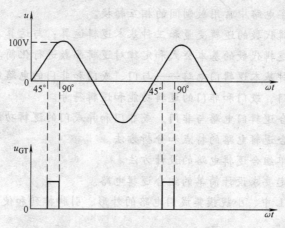

图 3-29　习题 6 图

7. 有一个续流二极管的单相半控桥整流电路，负载为电感性，负载电阻为 10Ω，输入电压 220 V，晶闸管导通角为 120°，求流过晶闸管和续流二极管的电流平均值，并选择晶闸管和续流二极管。

8. 如图 3-14a 所示电路，u_2 为 220V，负载电流 $i_d = 50A$，为了克服反电动势的影响，要在负载上串联电抗器及并联续流二极管。试计算控制角为 90° 时，续流二极管的导通角，平均电流和承受的反向峰值电压。

9. 有一个负载为纯电阻的单相半控桥电路。已知负载额定功率为 0.6kW，额定电压为 60V，试选择管型。如果变压器二次电压为 $U_2 = 88.9V$ 时，试计算晶闸管的导通角是多大？

模块四 数字电子技术基础

第一章 门电路与组合逻辑电路

应知：1. 了解数制的概念。

2. 掌握数字电路中常用数制间的相互转换。

3. 掌握逻辑代数的逻辑变量和三种基本逻辑运算：与运算、或运算、非运算。

4. 掌握用逻辑代数的基本公式和定律对逻辑函数进行化简。

5. 了解三种基本逻辑门电路——与门、或门和非门的电路结构和工作原理。

6. 掌握与门、或门和非门的逻辑功能和逻辑符号。

7. 掌握复合逻辑门电路与非门、或非门和异或门的逻辑功能和逻辑符号。

8. 掌握组合逻辑电路的特点和分析方法。

9. 掌握简单组合逻辑电路的设计方法。

应会：1. 根据给定要求设计简单的组合逻辑电路。

2. 熟悉 TTL 中、小规模集成门电路的外形、引脚排列和使用方法。

电子技术中的电信号可分为模拟信号和数字信号两大类。模拟信号是连续变化的，例如：各种温度及压力检测仪表输出的模拟温度、压力变化的电信号，模拟语音的音频电信号等。数字信号是不连续的脉冲信号，例如：数字显示仪表的显示值，各种门电路的输入输出信号等。

电子电路按其处理信号的不同可分为模拟电路和数字电路。处理模拟信号的电子电路称为模拟电路。前几章所讨论的放大电路、振荡电路等都是模拟电路。处理数字信号的电子电路称为数字电路。电子计算机、数字式仪表和数字控制装置等都是以数字电路为基础的。在一定程度上，数字电路的高度发展标志着现代电子技术的水平。

本章讨论的门电路是组成数字电路的基本单元电路，逻辑代数是分析和设计数字电路的主要工具，组合逻辑电路是数字电路的两大电路类型之一。

第一节 数制及数制间的转换

一、数制

所谓数制就是计数的方法，它体现出多位数中每一位的构成方法，以及从低位到高位的进位规则。在日常生活中最常用的是十进制，而在数字电路中多采用二进制，也常采用八进制和十六进制。下面我们就对这几种进位制逐一加以介绍。

1. 十进制

十进制是用十个不同的数字符号 0、1、2、3、4、5、6、7、8、9 来表示数的，所以计数的基数是 10。它的进位规则是"逢十进一"，即 $9 + 1 = 10$。例如

$$325 = 3 \times 10^2 + 2 \times 10^1 + 5 \times 10^0$$

从这个式子可以看出，同一数字符号所处的位置不同，所代表的数值不同，即权值不同。例如：3 处在百位，代表 300，即 3×100，也可以说 3 的权值是 10^2。这样的式子也称为按权展开式。

因此，任意一个十进制整数 M 可以表示成如下形式

$$(M)_{10} = K_{n-1} \times 10^{n-1} + K_{n-2} \times 10^{n-2} + \cdots + K_1 \times 10^1 + K_0 \times 10^0$$

$$= \sum_{i=0}^{n-1} K_i \times 10^i$$

式中，n 是十进制整数的位数；K_i 表示第 i 位的数字符号，它可以是 0~9 中的任意一个；10^i 为第 i 位的权值。

2. 二进制

在数字电路中，为了与电路的两个状态（开和关、高电平和低电平等）相对应，常采用二进制。它只有 0 和 1 两个数字符号，基数为 2，进位规则是"逢二进一"，即 $1 + 1 = 10$（读作"壹零"，它不是十进制中的"拾"）。

同十进制一样，每个数字符号处在不同的数位代表不同数值。例如，二进制数 11011 可写成为 $(11011)_2 = 1 \times 2^4 + 1 \times 2^3 + 0 \times 2^2 + 1 \times 2^1 + 1 \times 2^0 = (27)_{10}$。

将上面按权展开式中的各项按照十进制规律相加，即得与二进制数 11011 对应的十进制数为 27。

显然任意一个二进制整数 M 可以表示为

$$(M)_2 = K_{n-1} \times 2^{n-1} + K_{n-2} \times 2^{n-2} + \cdots + K_1 \times 2^1 + K_0 \times 2^0$$

$$= \sum_{i=0}^{n-1} K_i \times 2^i$$

式中，n 是二进制整数的位数；K_i 表示第 i 位的数字符号，它只能是 0、1 中的一个；2^i 为第 i 位的权值。

3. 八进制

八进制的基数为 8，即数字符号有八个，分别是 0、1、2、3、4、5、6、7。它的进位规则是"逢八进一"，即 $7 + 1 = 10$。

任意一个八进制整数 M 可以表示为

$$(M)_8 = K_{n-1} \times 8^{n-1} + K_{n-2} \times 8^{n-2} + \cdots + K_1 \times 8^1 + K_0 \times 8^0$$

$$= \sum_{i=0}^{n-1} K_i \times 8^i$$

式中，n 是八进制整数的位数；K_i 表示第 i 位的数字符号，它可以是 0~7 中的任意一个；8^i 为第 i 位的权值。

例如，八进制数 $(62)_8 = 6 \times 8^1 + 2 \times 8^0 = (50)_{10}$。

将上面按权展开式中的各项按照十进制规律相加，即得与八进制数 62 对应的十进制数为 50。

4. 十六进制

十六进制的基数为 16，即数字符号有十六个，分别是 0、1、2、3、4、5、6、7、8、9、A（10）、B（11）、C（12）、D（13）、E（14）、F（15）。它的进位规则是"逢十六进一"，即 F + 1 = 10。任意一个十六进制整数 M 可以表示为

$$(M)_{16} = K_{n-1} \times 16^{n-1} + K_{n-2} \times 16^{n-2} + \cdots + K_1 \times 16^1 + K_0 \times 16^0$$

$$= \sum_{i=0}^{n-1} K_i \times 16^i$$

式中，n 是十六进制整数的位数；K_i 表示第 i 位的数字符号，它可以是 0 ~ F 中的任意一个；16^i 为第 i 位的权值。

例如，十六进制数 $(4E6)_{16} = 4 \times 16^2 + 14 \times 16^1 + 6 \times 16^0 = (1254)_{10}$。

将上面按权展开式中的各项按照十进制规律相加，即得与十六进制数 4E6 对应的十进制数为 125。

表 4-1 为几种进制的对应关系表。

表 4-1　几种进制的对应关系表

十进制	二进制	八进制	十六进制	十进制	二进制	八进制	十六进制
0	0000	0	0	8	1000	10	8
1	0001	1	1	9	1001	11	9
2	0010	2	2	10	1010	12	A
3	0011	3	3	11	1011	13	B
4	0100	4	4	12	1100	14	C
5	0101	5	5	13	1101	15	D
6	0110	6	6	14	1110	16	E
7	0111	7	7	15	1111	17	F

二、数制间的相互转换

1. 二进制数、八进制数、十六进制数转换为十进制数

通过前面数制的学习，总结出将二进制数、八进制数、十六进制数转换为十进制数的具体方法是：把二进制数（或八进制数，或十六进制数）按权展开，然后把所有各项的数值按十进制运算规则相加，即可得到等值的十进制数值。

在此不再举例说明。

2. 十进制数转换为二进制

十进制整数转换为二进制数采用"除 2 取余倒记法"。具体方法是：把十进制数逐次被 2 除，并依次记下余数，一直除到商为 0，每次所得余数从后向前按顺序排列即为转换后的二进制数。

例 4-1　将十进制数 58 转换成二进制。

解

$$2 \underline{)58} \quad \cdots\cdots \quad 余 0(最低位)$$

$$2 \underline{)29} \quad \cdots\cdots \quad 余 1$$

$$2 \underline{)14} \quad \cdots\cdots \quad 余 0$$

$$2 \underline{)7} \quad \cdots\cdots \quad 余 1$$

$$2 \underline{)3} \quad \cdots\cdots \quad 余 1$$

$$2 \underline{)1} \quad \cdots\cdots \quad 余 1(最高位)$$

$$0$$

所以 $(58)_{10} = (111010)_2$

3. 二进制与八进制间的相互转换

（1）二进制整数转换为八进制数 由于三位二进制数从 000 ~ 111 八种组合刚好对应着八进制数的八个数字符号，所以对于二进制整数转换为八进制数，可以用的方法是：把将二进制数从最低位开始向前，每三位为一组，最后不足三位的加 0 补足三位，再按从高位到低位的顺序依次写出各组所对应的八进制数，即可得到转换后的八进制数。

例 4-2 将二进制数 11100101 转换成八进制数。

解 二进制：～ 011 100 101

  ↓ ↓ ↓

八进制： 3 4 5

所以 $(11100101)_2 = (345)_8$

（2）八进制整数转换为二进制数 具体方法是：将八进制数中的每一位分别用对应的三位二进制数代替，再按从高位到低位的顺序依次写出即可。

例 4-3 将八进制数 572 转换成二进制数。

解 八进制： 5 7 2

  ↓ ↓ ↓

二进制： 101 111 010

所以 $(572)_8 = (101111010)_2$

4. 二进制与十六进制间的相互转换

二进制与十六进制之间的转换同二进制与八进制间的转换类似，只不过是四位二进制数对应着一位十六进制数。

例 4-4 将二进制数 10111010110 转换成十六进制数。

解 二进制： 0101 1101 0110

  ↓ ↓ ↓

十六进制： 5 D 6

所以　　　$(10111010110)_2 = (5D6)_8$

例 4-5　将十六进制数 9A7E 转换成二进制数。

解　　　　　十六进制：　　　9　　　A　　　7　　　E

　　　　　　　　　　　　　　　　↓　　　↓　　　↓　　　↓

　　　　　　　二进制：　　　1001　1010　0111　1110

所以　　　$(9A7E)_{16} = (1001101001111110)_2$

显然，用八进制或十六进制比用二进制书写更简短、易读，便于记忆，而且与二进制的转换非常方便。因此，在数字系统和计算机中原始数据经常用八进制或十六进制书写，而在数字系统和计算机内部，数据则是用二进制表示的。

第二节　逻辑代数及逻辑函数的化简

一、逻辑代数及其基本运算

逻辑代数也称为布尔代数，它是分析和设计逻辑电路的数学工具，利用逻辑代数可以判定一个已知逻辑电路的功能或根据需要的逻辑功能去研究和简化一个相应的逻辑电路。

和普通代数一样，逻辑代数也是用字母表示变量的（例如：A、B、C…），称为逻辑变量。所不同的是逻辑变量的取值只有两个：0 和 1，而且这里的 0 和 1 并不是表示数量的大小，而是表示两种对立的逻辑状态，例如，是和非、真和假、高电位和低电位、有和无、开和关等。

像普通代数有其基本的运算法则及运算定律一样，逻辑代数也有自己的基本逻辑运算及运算定律，下面将具体做一介绍。

1. 基本逻辑运算

（1）与运算　在图 4-1 所示的"与"逻辑关系的开关电路中，只有当开关 A 和 B 全部闭合时，灯 F 才亮，否则灯 F 就灭。这表明当决定某一事件的全部条件（开关 A、B 均闭合）都具备时，该事件（灯 F 亮）才会发生，这样的因果关系称为与逻辑关系，简称与逻辑。

如果把开关闭合记为 1，断开记为 0，灯亮记为 1，灯灭记为 0，A 和 B 看成是逻辑变量，F 为逻辑变量 A、B 的运算结果。将 A、B 的全部可能取值及进行运算的全部可能结果列成表，见表 4-2，这样的表称为真值表。

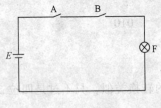

图 4-1　"与"逻辑关系
的开关电路

表 4-2　与运算真值表

A	B	F
0	0	0
0	1	0
1	0	0
1	1	1

从表 4-2 中可以看出，只有当 A 和 B 都为 1 时，F 才为 1。与运算的逻辑表达式为

$$F = A \cdot B$$

式中，"·"读作"与"，从形式上看，其逻辑表达式和普通代数中的乘法相似，所以

与运算又称为逻辑乘。

（2）或运算　在图 4-2 所示的"或"逻辑关系的开关电路中，只要开关 A 或 B 中有一个（或一个以上）闭合时，灯 F 就亮；只有当开关全部断开时，灯 F 才灭。这表明当决定某一事件的全部条件中，只要有一个（或一个以上）具备时，该事件就会发生，这样的因果关系称为"或"逻辑关系，简称或逻辑。

同样，把开关闭合记为 1，断开记为 0，灯亮记为 1，灯灭记为 0，A 和 B 看成是逻辑变量，F 为运算结果。将 A、B 的全部可能取值及进行运算的全部可能结果列成真值表，见表 4-3。

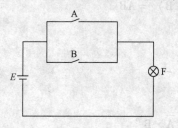

图 4-2　"或"逻辑关系的开关电路

表 4-3　或运算真值表

A	B	F
0	0	0
0	1	1
1	0	1
1	1	1

从表 4-3 中可以看出，只要 A 或 B 中有一个为 1，F 就为 1。或运算的逻辑表达式为

$$F = A + B$$

式中，"+"读作"或"，从形式上看，其逻辑表达式和普通代数中的加法相似，所以或运算又称为逻辑加。

（3）非运算　在图 4-3 所示的"非"逻辑关系的开关电路中，当开关 A 断开时，灯 F 亮；而开关 A 闭合时，灯 F 灭。这表明当决定某一事件的某一条件具备了，事件不会发生；而此条件不具备时，事件反而会发生，即事件的结果和条件总是呈相反状态，这样的因果关系称为"非"逻辑关系，简称非逻辑。

非运算的真值表见表 4-4。

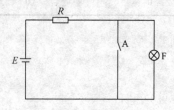

图 4-3　"非"逻辑关系的开关电路

表 4-4　非运算真值表

A	F
0	1
1	0

非运算的逻辑表达式为

$$F = \overline{A}$$

式中，$\overline{A}$ 读作"A 非"或"A 反"。

2. 逻辑代数的基本运算定律

（1）基本定律

$A \cdot 0 = 0$	$A + 0 = A$
$A \cdot 1 = A$	$A + 1 = 1$
$A \cdot A = A$	$A + A = A$
$A \cdot \overline{A} = 0$	$A + \overline{A} = 1$

（2）交换律

$AB = BA$ $\qquad\qquad\qquad$ $A + B = B + A$

（3）结合律

$ABC = （AB）C = A（BC）$ $\qquad$ $A + B + C = （A + B）+ C = A +（B + C）$

（4）分配律

$A（B + C）= AB + AC$ $\qquad\qquad$ $A + BC = （A + B）（A + C）$

（5）吸收律

$A + AB = A$ $\qquad\qquad\qquad$ $A + \overline{A}B = A + B$

$A（A + B）= A$ $\qquad\qquad\qquad$ $A（\overline{A} + B）= AB$

（6）还原律

$\overline{\overline{A}} = A$

（7）包含律

$AB + \overline{A}C + BC = AB + \overline{A}C$

（8）反演律（摩根定律）

$\overline{AB} = \overline{A} + \overline{B}$ $\qquad\qquad\qquad$ $\overline{A + B} = \overline{A} \cdot \overline{B}$

上面每一个定律都可以用真值表的方法给以证明。

例 4-6 证明反演律（摩根定理）$\overline{AB} = \overline{A} + \overline{B}$。

解 列出真值表，见表 4-5。

表 4-5 真值表

A	B	$\overline{A}$	$\overline{B}$	$\overline{AB}$	$\overline{A} + \overline{B}$
0	0	1	1	1	1
0	1	1	0	1	1
1	0	0	1	1	1
1	1	0	0	0	0

由表 4-5 中可见，等式成立。

例 4-7 证明：$AB + \overline{A}C + BC = AB + \overline{A}C$。

解 $\quad AB + \overline{A}C + BC = AB + \overline{A}C + BC（A + \overline{A}）$

$\qquad\qquad\qquad\qquad = AB + \overline{A}C + ABC + \overline{A}BC$

$\qquad\qquad\qquad\qquad = AB（1 + C）+ \overline{A}C（1 + B）$

$\qquad\qquad\qquad\qquad = AB + \overline{A}C$

由例 4-7 的证明，还可以得到等式 $AB + \overline{A}C + BC = AB + \overline{A}C$ 依然成立。

在证明其他逻辑等式或进行逻辑函数的化简时，可以直接利用上面给出的基本运算定律。

二、逻辑函数的化简

在逻辑代数中，输出逻辑变量和输入逻辑变量之间的函数关系称为逻辑函数，可表示为

$$F = f（A、B、C、D\cdots）$$

其中，A、B、C、D…为输入逻辑变量，F 为输出逻辑变量，f 为逻辑运算（与、或、非）的组合。

通过前面的学习可知，下面的等式是成立的。因此，一个逻辑函数可以有很多种不同的表达式形式，主要有与或表达式、或与表达式、与非与非表达式、或非或非表达式、与或非

表达式等，但形式最简洁的是与或表达式，因而也是最常用的。

$$F = AB + \overline{A}C \qquad\qquad \text{与或表达式}$$

$$= (A + C)(\overline{A} + B) \qquad \text{或与表达式}$$

$$= \overline{\overline{AB} \cdot \overline{\overline{A}C}} \qquad\qquad \text{与非与非表达式}$$

$$= \overline{\overline{A + C} + \overline{\overline{A} + B}} \qquad \text{或非或非表达式}$$

$$= \overline{\overline{AC} + A\overline{B}} \qquad\qquad \text{与或非表达式}$$

逻辑函数式越简单，与之对应的逻辑电路（后面的章节具体介绍）越简单，实现逻辑电路所使用的元件就比较少，可节省器材，降低成本。因此，有必要对逻辑函数式进行化简，化简的目的必须使表达式是最简的。以与或表达式为例，所谓最简式是指：表达式中的乘积项的个数最少，每个乘积项中变量的个数最少。

常用的化简方法有公式化简法（代数化简法）和卡诺图化简法，本书只介绍公式化简法。公式化简法是利用逻辑代数的基本公式和定律对逻辑函数进行化简的方法。能否以最快的速度进行化简，从而得到最简表达式，这与经验和对公式掌握及运用的熟练程度有关。下面举例说明利用公式化简时常采用的几种方法。

（1）并项法 利用公式 $A + \overline{A} = 1$ 进行化简，将两项合并为一项，并消去一个变量。

例如，$F = ABC + AB\overline{C} + A\overline{B} = AB(C + \overline{C}) + A\overline{B}$

$$= AB + A\overline{B} = A(B + \overline{B}) = A$$

（2）吸收法 利用公式 $A + AB = A$ 进行化简，消去多余项。

例如，$F = \overline{A}B + \overline{A}BCD = \overline{A}B$

（3）消去法 利用公式 $A + \overline{A}B = A + B$ 进行化简，消去多余的因子。

例如，$F = AB + \overline{A}C + \overline{B}C = AB + (\overline{A} + \overline{B})C$

$$= AB + \overline{AB}C = AB + C$$

（4）配项法 利用 $A + \overline{A} = 1$ 可在函数某一项中乘以 $(A + \overline{A})$，展开后消去更多的项。

例如，$F = AB + \overline{A}\,\overline{C} + B\overline{C}$

$$= AB + \overline{A}\,\overline{C} + B\overline{C}(A + \overline{A})$$

$$= AB + \overline{A}\,\overline{C} + AB\overline{C} + \overline{A}B\overline{C}$$

$$= (AB + AB\overline{C}) + (\overline{A}\,\overline{C} + \overline{A}B\overline{C})$$

$$= AB + \overline{A}\,\overline{C}$$

化简逻辑函数时，往往是上述方法的综合应用。

例 4-8 化简逻辑函数 $F = A\overline{B} + B\overline{C} + \overline{B}C + \overline{A}B$。

解

$$F = A\overline{B} + B\overline{C} + \overline{B}C + \overline{A}B$$

$$= A\overline{B} + B\overline{C} + \overline{B}C(A + \overline{A}) + \overline{A}B(C + \overline{C})$$

$$= A\overline{B} + B\overline{C} + A\overline{B}C + \overline{A}\,\overline{B}C + \overline{A}BC + \overline{A}B\overline{C}$$

$$= (A\overline{B} + A\overline{B}C) + (B\overline{C} + \overline{A}B\overline{C}) + \overline{A}\,\overline{B}C + \overline{A}BC$$

$$= A\overline{B}(1 + C) + B\overline{C}(1 + \overline{A}) + \overline{A}C(\overline{B} + B)$$

$$= A\overline{B} + B\overline{C} + \overline{A}C$$

第三节 基本逻辑门电路

实训 走廊灯控制电路

一、实训目的

1. 掌握复合逻辑门电路的逻辑功能和逻辑符号。

2. 熟悉门电路的外形、引脚排列和使用方法。

二、实训内容

1. 按图 4-4a 所示选择元器件。

2. 按图 4-4b 所示焊接接线，并观察现象，了解工作原理。

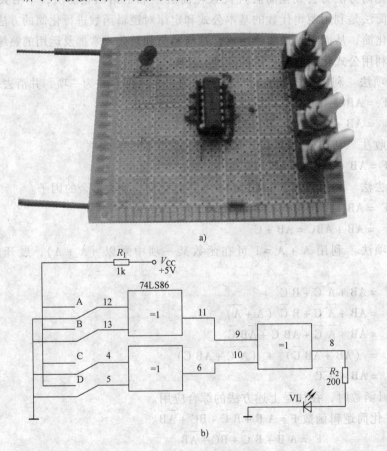

图 4-4 走廊灯控制电路实物图及其原理图

a) 实物图 b) 原理图

三、思考

1. 若灯不亮，说明哪有故障？并排除故障。

2. 若改变电阻 R_2 的大小，对灯的亮度是否有影响？

门电路是指具有一个或多个输入端，但只有一个输出端的开关电路。当输入信号满足某种条件时，门电路开启，有信号输出；反之，门电路关闭，无信号输出。门电路的输入和输出之间存在着一定的因果关系，即逻辑关系，所以又称为逻辑门电路。

在逻辑电路中有两种逻辑体制，一种是用"1"表示高电平（2～5V），用"0"表示低电平（0～0.8V），称为正逻辑；另一种是用"1"表示低电平，用"0"表示高电平，称为负逻辑。本书均采用正逻辑。

门电路是数字电路中最基本的单元电路，可以用二极管、晶体管等分立器件组成，也可以用集成电路实现，称为数字集成门电路。在集成技术迅速发展和广泛运用的今天，分立器件门电路已经很少使用了，但不管功能多么强，结构多么复杂的集成门电路，都是以分立器件门电路为基础，经过改造演变过来的。了解分立器件门电路的工作原理，有助于学习和掌握集成门电路。因此，首先应从分立器件构成的逻辑门电路开始介绍。

一、"与"门电路

能实现"与"逻辑功能的电路称为"与"门电路，简称"与"门。图4-5a所示为具有两个输入端的二极管"与"门电路，A、B为输入端，F为输出端，图4-5b所示为"与"门电路的逻辑符号。设输入只有高电平3V和低电平0V。

下面分析该电路的工作原理。

1) $U_A = U_B = 0V$ 时，二极管 VD_1、VD_2 均导通，输出 $U_F = 0.7V$。

2) $U_A = 0V$，$U_B = 3V$ 时，VD_1 管两端正向电压较高而优先导通，$U_F = 0.7V$，VD_2 管反偏截止。

3) $U_A = 3V$，$U_B = 0V$ 时，VD_2 管优先导通，$U_F = 0.7V$，VD_1 管反偏截止。

4) $U_A = U_B = 3V$ 时，VD_1、VD_2 两个管均导通，输出 $U_F = 3.7V$。

由以上分析可知，只有当输入端A、B同时为高电平时，输出才是高电平；A、B中只要有一个是低电平，输出即为低电平。可见，F和A、B之间是"与"逻辑关系，即 F = A·B。将分析结果列成表格，可得"与"门电路的真值表，见表4-6。

表 4-6　"与"门真值表

A	B	F
0	0	0
0	1	0
1	0	0
1	1	1

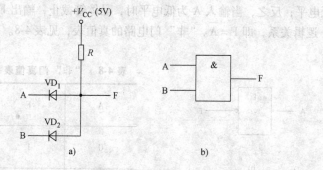

图 4-5　二极管"与"门电路及其逻辑符号
a) 电路　b) 逻辑符号

"与"门的逻辑功能是："有0出0，全1出1"。其输入端可以不止两个，但逻辑关系是一致的。

二、"或"门电路

能实现"或"逻辑功能的电路称为"或"门电路，简称"或"门。图4-6a所示为具有两个输入端的二极管"或"门电路。图4-6b所示为"或"门电路的逻辑符号。

下面分析该电路的工作原理，分析时仍假定输入高电平为3V，输入低电平为0V。

1) $U_A = U_B = 0V$ 时，VD_1、VD_2 两个管均反偏截止，输出 $U_F = 0V$。

2) $U_A = 0V$，$U_B = 3V$ 时，VD_1 管反偏截止，VD_2 管导通，$U_F = 2.3V$。

3) $U_A = 3V$，$U_B = 0V$ 时，VD_1 管导通，VD_2 管反偏截止，$U_F = 2.3V$。

4) $U_A = U_B = 3V$ 时，VD_1、VD_2 两个管均导通，输出 $U_F = 2.3V$。

由以上分析可知，只要输入端 A、B 中有一个为高电平，输出即为高电平；只有当输入均为低电平时，输出才是低电平。可见，F 和 A、B 之间是"或"逻辑关系，即 $F = A + B$。将分析结果列成表格，可得"或"门电路的真值表，见表 4-7。

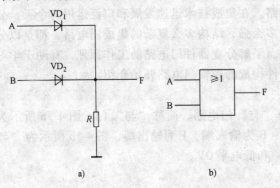

表 4-7　"或"门真值表

A	B	F
0	0	0
0	1	1
1	0	1
1	1	1

图 4-6　二极管"或"门电路及其逻辑符号

a) 电路　b) 逻辑符号

"或"门的逻辑功能是："有 1 出 1，全 0 出 0"。其输入端可以不止两个，但逻辑关系是一致的。

三、"非"门电路

能实现"非"逻辑功能的电路称为"非"门电路，简称"非"门。"非"门也称为反相器。由晶体管构成的"非"门电路如图 4-7a 所示。图 4-7b 所示为"非"门电路的逻辑符号。

通过设计合理的参数，使图 4-7a 中的晶体管只工作在饱和区和截止区。当输入 A 为高电平时，晶体管饱和导通，输出 F 为低电平；反之，当输入 A 为低电平时，晶体管截止，输出 F 为高电平。可见，F 和 A 之间是"非"逻辑关系，即 $F = \overline{A}$。"非"门电路的真值表，见表 4-8。

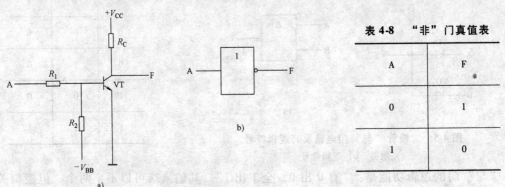

表 4-8　"非"门真值表

A	F
0	1
1	0

图 4-7　晶体管"非"门电路及其逻辑符号

a) 电路　b) 逻辑符号

"非"门的输入端只有一个，其逻辑功能是："有 0 出 1，有 1 出 0"。

上述三种门电路是最基本的逻辑门，将这些门电路适当组合还能构成复合逻辑门。

四、复合逻辑门

1. "与非"门

在"与"门的输出端再接一个"非"门，就构成了"与非"门，其逻辑结构及其逻辑符号如图4-8所示。

"与非"门的逻辑表达式为

$$F = \overline{AB}$$

从前面对"与"门和"非"门的分析，可以得出"与非"门的真值表，见表4-9所示。

"与非"门的逻辑功能是："有0出1，全1出0"。其输入端可以不止两个，但逻辑关系是一致的。

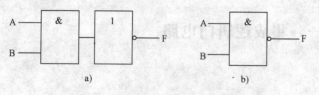

表4-9 "与非"门真值表

A	B	F
0	0	1
0	1	1
1	0	1
1	1	0

图4-8 "与非"门逻辑结构及其逻辑符号

a）逻辑结构　b）逻辑符号

2. "或非"门

在"或"门的输出端再接一个"非"门，就构成了"或非"门，其逻辑结构及其逻辑符号如图4-9所示。

"或非"门的逻辑表达式为

$$F = \overline{A + B}$$

从前面对"或"门和"非"门的分析，可以得出"或非"门的真值表，见表4-10。

"或非"门的逻辑功能是："有1出0，全0出1"。其输入端可以不止两个，但逻辑关系是一致的。

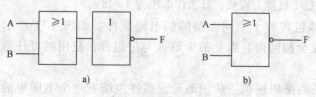

表4-10 "或非"门真值表

A	B	F
0	0	1
0	1	0
1	0	0
1	1	0

图4-9 "或非"门逻辑结构及其逻辑符号

a）逻辑结构　b）逻辑符号

3. "异或"门

图4-10所示为"异或"门的逻辑结构及其逻辑符号。

"异或"门的逻辑表达式为

$$F = A\overline{B} + \overline{A}B = A \oplus B$$

式中，"$\oplus$"读作"异或"。"异或"门的真值表见表4-11。

由真值表4-11可看出，"异或"门的逻辑功能是："输入相同，输出为0；输入不同，输出为1"，即"相同出0，不同出1"。

"异或"门是判断两个输入信号是否相同的门电路，也是一种常用的门电路。由于该电路输出为"1"时，必须是输入端异号相加的结果，故叫做"异或"门。"异或"门只有两个输入端。

134

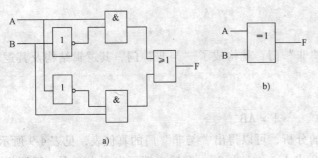

表 4-11　"异或" 门真值表

A	B	F
0	0	1
0	1	0
1	0	0
1	1	0

图 4-10　"异或" 门逻辑结构及其逻辑符号

a) 逻辑结构　b) 逻辑符号

实验一　集成逻辑门电路

一、实验目的

1. 熟悉门电路的逻辑功能。

2. 熟悉 TTL 中、小规模集成门电路的外形、引脚排列和使用方法。

二、实验器材

1. 四二输入与门 74LS08。

2. 四二输入或门 74LS32。

3. 六反相器 74LS04。

4. 数字电路实验系统。

三、基本知识

集成逻辑门电路是构成数字电路的基本单元电路，其型号、种类很多，常用的有 TTL 电路和 CMOS 电路。TTL 电路速度较高、输出幅度较大、带负载能力较强，其工作电压为（5±5%）V。CMOS 电路功耗较小、电源范围较大、抗干扰能力较强，其工作电压为 3~18V。

一般，一个集成逻辑门封装内部包含若干个同类型的门电路组件。如图 4-11 所示为 74LS08 引脚排列图，它包含了 4 个完全相同而且独立的 2 输入与门组件，使用时可任意选择其中某个组件。

注意，集成逻辑门电路引线端子的排列规律：从正面看，器件左端有一个半圆形的缺口，左下角第一个引脚号为 1，引脚号按逆时针方向增加，即 1、2、3…n。一般情况下，右下角管脚连接电源地端（GND），左上角管脚连接电源正极（U_{CC}）。

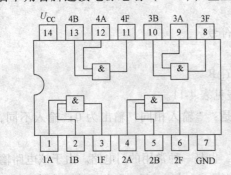

图 4-11　74LS08 引脚排列图

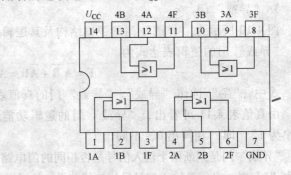

图 4-12　74LS32 引脚排列图

图 4-12 和图 4-13 所示分别是四二输入或门 74LS32 与六反相器 74LS04 的引脚排列图。

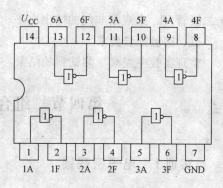

图 4-13　74LS04 引脚排列图

四、实验内容

1. 与门 74LS08 的功能测试

测试电路原理图如图 4-14 所示，将开关 S_1、S_2 分别接入 74LS08 中某个与门的两个输入端 A、B。当 S_1（S_2）闭合，与门相应输入端为低电平 0，发光二极管 VL_1（VL_2）熄灭。当 S_1（S_2）断开，与门相应输入端为高电平 1，发光二极管 VL_1（VL_2）亮。按表 4-12 变化输入端 A、B 的电平，通过连接在与门输出端上的发光二极管 VL_3 来观察与门的输出电平，并将测试的结果填入表 4-12 中。

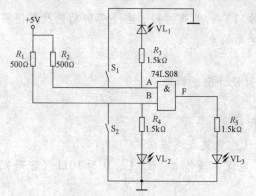

图 4-14　与门 74LS08 的功能测试电路原理图

表 4-12　74LS08 的功能测试表

输	入	输	出
A	B		F
0	0		
0	1		
1	0		
1	1		

2. 或门 74LS32 的功能测试

利用图 4-14 所示的测试电路，将图 4-14 中的与门换成 74LS32 中的某个或门，即可完成对或门 74LS32 的功能测试。

3. 非门（反相器）74LS04 的功能测试

测试电路原理图如图 4-15 所示，开关 S 连接 74LS04 中某个非门的输入端 A。当 S 闭合，非门相应输入端为低电平 0，发光二极管 VL_1 熄灭。当 S 断开，非门相应输入端为高电平 1，发光二极管 VL_1 亮。按表 4-13 来变化输入端 A 的电平，通过连接在非门输出端上的发

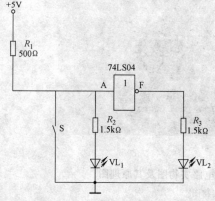

图 4-15　非门 74LS04 的功能测试电路原理图

表 4-13　74LS04 的功能测试表

输	入	输	出
	A		F
	0		
	1		

光二极管 VL_2 来观察非门的输出电平，并将测试的结果填入表 4-13 中。

五、实验报告要求

整理实验中观察、测试到的结果。

第四节　组合逻辑电路的分析与设计

实训 1　电子密码锁

一、实训目的

1. 掌握基本门电路的应用。

2. 熟悉三态门 74LS125 的结构。

3. 掌握 74LS08（与门）、74LS04（非门）的管脚排列、各个管脚功能及其使用方法。

4. 掌握组合逻辑电路的设计方法及电路特点。

二、实训内容

1. 根据电路（见图 4-16）要求，自行设计出逻辑图。

2. 进一步设计电路，并完成布局图。

3. 清点元件数目，检测元器件好坏和极性。

4. 按图 4-16 所示正确安装各元器件（注意集成块方向）。

5. 检查元器件装配无误后，接上 6V 电源，操作 A、B、C、D 为 1011（密码），按确认开关 E，此时绿灯亮，红灯不亮。

6. 输入其他密码，观察指示灯的情况。

三、思考

1. 若将密码改为 1100，应该怎样修改电路。

2. 总结组合逻辑电路的设计步骤。

a)

图 4-16　电子密码锁电路实物图及其原理图

a) 实物图

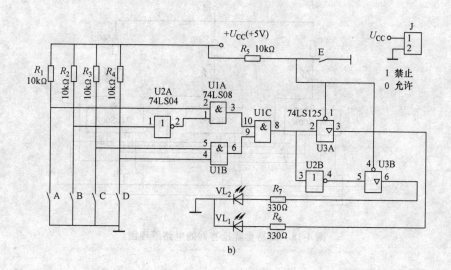

图 4-16 （续）

b）原理图

实训 2 简易竞赛抢答器

一、实训目的

1. 学会根据给定要求设计组合逻辑电路。

2. 会按设计图在电路板上连接电路，并排除故障，测试性能。

二、实训内容

1. 按图 4-17 所示接线，A 端接 100kHz 连续脉冲，B 端接逻辑开关 S 依次置"1"、置"0"，用示波器观察并记录输入、输出端的波形。

2. 按图 4-18 所示连接简易竞赛抢答器电路，检查电路无误后接通电源，并完成竞赛抢答器电路调试。

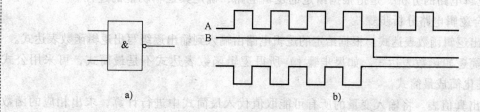

图 4-17 与非门电路对信号控制作用的原理图

图 4-18 中，S_1、S_2、S_3 分别为三组抢答开关，S_0 为主持人开关。

138

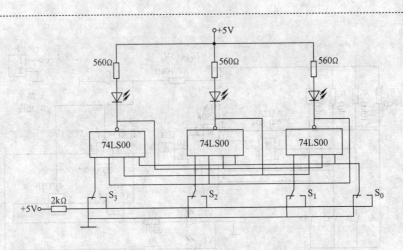

图 4-18 简易竞赛抢答器的电路原理图

三、实训器材

1. 示波器   1 台
2. 四二输入与非门 74LS00   1 片
3. 双四输入与非门 74LS20   1 片
4. LED、电阻、开关、导线   若干

四、思考

如果 S_1 抢答开关已接通，发光二极管并没有发光，是否有故障？

数字电路按其逻辑功能和特点的不同可分为组合逻辑电路和时序逻辑电路两大类。

组合逻辑电路的特点是：该电路在任一时刻的输出状态只取决于该时刻电路的输入信号，而与信号作用之前电路的状态无关。时序逻辑电路的特点是：该电路在某一时刻的输出状态不仅与该时刻的输入信号有关，还和电路在此输入信号作用前的状态有关。

常见的组合逻辑电路有全加器、编码器、译码器、数码比较器等。下面将对组合逻辑电路的分析与设计方法进行简单介绍。

一、组合逻辑电路的分析

组合逻辑电路的分析，是指根据给定的逻辑电路，确定其逻辑功能的过程。

1. 组合逻辑电路分析步骤

1）写出逻辑函数表达式。根据给定的逻辑电路由输入到输出逐级写出逻辑函数表达式。

2）化简逻辑函数表达式。如果步骤 1）所得逻辑函数表达式不是最简式，可采用公式化简法将其化简成最简式。

3）列出真值表。将输入变量的所有可能取值代入最简式中进行计算，求出相应的函数值，并将输入变量值与函数值一一对应地列成表格形式，即得真值表。

4）根据真值表，确定逻辑电路的逻辑功能。

2. 举例说明组合逻辑电路的分析方法

例 4-9 试分析图 4-19 所示电路的逻辑功能。

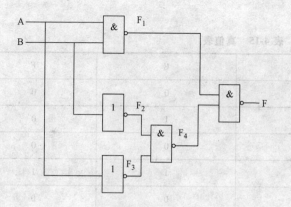

图 4-19 例 4-9 图

表 4-14 真值表

A	B	F
0	0	1
0	1	0
1	0	0
1	1	1

解 为了分析方便，在图中标注中间变量，即 F_1、F_2、F_3 和 F_4。

1）写出逻辑函数表达式

$$F = \overline{\overline{AB} \cdot \overline{\overline{A} \, \overline{B}}}$$

2）化简逻辑函数表达式

$$F = \overline{\overline{AB} \cdot \overline{\overline{A} \, \overline{B}}} = AB + \overline{A} \, \overline{B}$$

3）列写真值表见表 4-14。

4）逻辑功能说明。由表 4-14 可知，该电路的逻辑功能为：当输入 A、B 取值相同时，输出 F 为 1；当输入 A、B 取值相异时，输出 F 为 0，这种电路称为"同或"电路。

二、组合逻辑电路的设计

与分析过程相反，组合逻辑电路的设计是指根据给定的实际逻辑问题，求出实现其逻辑功能的最简单的逻辑电路。

1. 组合逻辑电路的设计步骤

1）根据设计要求，设置输入、输出变量并赋予逻辑值。

2）列出真值表（实际逻辑问题中输入变量与输出变量之间的逻辑关系）。

3）根据真值表，写出逻辑函数表达式。

由真值表写逻辑函数式的方法为：在真值表中，将每个使函数值为 1 的输入变量组合写成一个乘积项，变量取值为 1 写成原变量，为 0 则写成反变量，最后将这些乘积项相加，就可得到函数表达式。

4）根据需要对逻辑函数式进行化简和变换。

5）画逻辑电路。

2. 举例说明组合逻辑电路的设计方法

例 4-10 一火灾报警系统，设有烟感、温感和紫外光感三种类型的火灾探测器。为了防止误报警，只有当其中有两种或两种以上类型的探测器同时发出火灾检测信号时，报警系统才产生报警信号，否则不发出报警信号。设计一个产生报警控制信号的电路。

解 （1）根据设计要求，设输入、输出变量并赋予逻辑值如下：

输入变量：烟感 A 、温感 B，紫外光感 C。

输出变量：报警控制信号 F。

逻辑赋值：用 1 表示有信号，用 0 表示无信号。

（2）列真值表，见表4-15。

表4-15　真值表

A	B	C	F
0	0	0	0
0	0	1	0
0	1	0	0
0	1	1	1
1	0	0	0
1	0	1	1
1	1	0	1
1	1	1	1

（3）由真值表写出逻辑函数表达式为

$$F = \overline{A}BC + A\overline{B}C + AB\overline{C} + ABC$$

（4）化简逻辑函数表达式为

$$F = \overline{A}BC + A\overline{B}C + AB\overline{C} + ABC + ABC + ABC$$
$$= AB(C + \overline{C}) + BC(A + \overline{A}) + AC(B + \overline{B})$$
$$= AB + BC + AC$$

（5）根据化简后的逻辑表达式，可画出产生报警控制信号的逻辑电路，如图4-20所示。

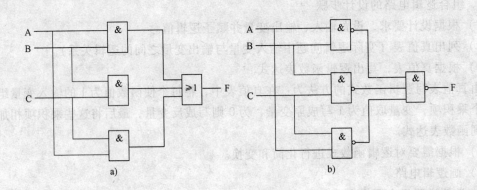

图4-20　例4-10图

因为逻辑函数化简后的最简式通常为与或形式，所以逻辑电路是由三个"与"门和一个"或"门构成的。若将上述化简后的与或表达式 F = AB + BC + AC 转换为与非表达式 F = $\overline{\overline{AB} \cdot \overline{BC} \cdot \overline{AC}}$，则可得到用四个"与非"门构成的逻辑电路，如图4-20b所示。可见，由于逻辑函数表达式的不唯一性，实现同一逻辑功能的逻辑电路也可以是多样的。图4-20b相对于图4-20a来说，门的个数一样多，但类型单一，只有"与非"门，符合组合逻辑电路设计中门的种类越少越好的原则，故设计结果较常采用图4-20b。

小　结

1. 二进制只有两个数码"1"和"0"，便于用来表示两种不同的电路状态，所以在数字电路中得到广泛应用。

2. 逻辑代数是研究数字逻辑电路的重要工具。逻辑变量的取值只有两个：0 和 1，但是这里的 0 和 1 并不表示数量的大小，而是表示两种对立的逻辑状态。在逻辑代数中，输出逻辑变量和输入逻辑变量之间的函数关系称为逻辑函数。利用逻辑代数的基本公式和运算法则，可以将一个复杂的逻辑函数进行化简，从而设计出简单合理的逻辑电路。

3. 三种基本逻辑运算（与、或、非）的逻辑表达式和真值表。

4. 逻辑代数的基本运算定律。

5. 利用逻辑代数的基本公式和定律对逻辑函数进行化简的方法——公式化简法。

化简的结果通常为最简的与或表达式，即表达式中的乘积项的个数最少；每个乘积项中变量的个数最少。

6. 用不同进制计数时应注意每一位的构成方法（所使用的数字符号），以及从低位到高位的进位规则。

7. 用十进制、二进制、八进制和十六进制表示的数字之间的相互转换方法。

8. 组合逻辑电路分析：已知逻辑电路，求逻辑功能。

步骤：逻辑电路→逻辑函数表达式 → 化简逻辑函数表达式→列出真值表→确定电路的逻辑功能。

9. 组合逻辑电路的设计：已知逻辑功能，求逻辑电路。

步骤：设计要求（逻辑功能）→设置输入、输出变量→列出真值→写出逻辑函数表达式→根据需要对逻辑函数式进行化简和变换→画逻辑电路。

10. 逻辑门电路是构成数字电路的基本单元，最简单的门电路有"与"门、"或"门和"非"门，由基本逻辑门可组合成复合门，如"与非"门、"或非"门和"异或"门等。

11. 门电路的输入和输出只有"高电平"和"低电平"两种状态，可用"1"和"0"两个符号来表示。

12. 逻辑门电路的逻辑关系可用逻辑符号、真值表和逻辑表达式等来表示。

13. 组合逻辑电路的特点是在任一时刻电路的输出状态只取决于该时刻电路的输入信号，而与信号作用之前电路的状态无关。它是数字电路的两大类型电路之一。最常用的组合逻辑电路是编码器和译码器。

习　题

1. 将下列十进制数转换成二进制数。

(1) $(61)_{10}$　　　　(2) $(98)_{10}$　　　　(3) $(127)_{10}$

2. 将下列二进制数转换成十进制、八进制和十六进制数。

(1) $(1100)_2$　　　　(2) $(101111)_2$　　　　(3) $(10101101)_2$

3. 完成下列数制转换。

（1） $(375)_8 = ($ 　　$)_2 = ($ 　　$)_{16}$

（2） $(48A)_{16} = ($ 　　$)_2 = ($ 　　$)_8$

4．利用逻辑代数的基本公式和定律证明下列等式。

（1） $A\overline{BC} + A\overline{B}\,\overline{C} + A\,\overline{B} = \overline{B}$

（2） $AB\overline{D} + A\overline{B}\,\overline{D} + AB = A\,\overline{D} + AB$

（3） $AB\overline{D} + A\overline{BD} + AB = A$

（4） $AB + \overline{A}C + \overline{B}C = AB + C$

5．用公式法化简下列逻辑函数。

（1） $F = A\overline{B} + B + BCD$

（2） $F = A\overline{BC} + \overline{A} + B + \overline{C}$

（3） $F = ABC + AC\overline{D} + A\overline{C} + CD$

（4） $F = A(\overline{AC} + BD) + B(C + DE) + B\overline{C}$

6．输入 A、B 的波形如图 4-21 所示，试分别画出与门、或门、与非门、或非门和异或门的输出波形。

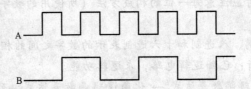

图 4-21　习题 6 图

7．三输入端与非门和或非门的逻辑符号和输入波形如图 4-22 所示，试分别画出相应的输出波形。

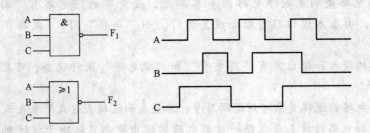

图 4-22　习题 7 图

8．写出如图 4-23 所示各逻辑图的逻辑函数表达式。

9．分别用与非门实现如下逻辑表达式，要求电路尽量简单，与非门输入端的数目不限。

（1） $F = (B + D)(\overline{A} + \overline{C}) + AD$

（2） $F = \overline{A} + B\overline{C} + BC\overline{D}$

10．设计一个 A、B、C 三人表决电路。当表决某个提案时，多数人同意提案通过，同时 A 具有否决权。要求用与非门实现。

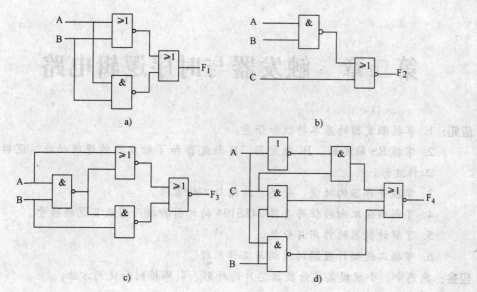

图 4-23 习题 8 图

第二章 触发器与时序逻辑电路

应知： 1. 掌握触发器的基本特性和分类。

2. 掌握 RS 触发器、JK 触发器、D 触发器和 T 触发器的逻辑功能、逻辑符号和工作波形。

3. 掌握寄存器的功能、分类、结构与工作原理。

4. 了解四位双向移位寄存器 74LS194 的外引脚排列图及其逻辑符号。

5. 了解计数器的作用与分类。

6. 掌握二进制计数器的结构与工作原理。

应会： 熟悉中、小规模集成计数器芯片的外形、引脚排列和使用方法。

前面介绍的各种逻辑门及由它们组成的组合逻辑电路都有一个共同的特点，即某时刻电路的输出状态完全由当时输入状态的组合来决定，而与原来的状态无关，即不具有"记忆"功能。

在数字系统中，为了能实现按一定程序进行运算，需要"记忆"功能，而本章所介绍的触发器就是一种具有记忆功能，可以存储数字信息的基本单元电路，由其构成的时序逻辑电路有寄存器、计数器等。

第一节 触 发 器

实训 1 基本 RS 触发器的功能测试

一、实训目的

1. 通过实训熟悉基本 RS 触发器的逻辑功能和特点。

2. 通过实训掌握基本 RS 触发器的测试方法。

3. 通过实训熟悉异步输入信号 R_D、$\overline{S}_D$、$\overline{R}_D$、S_D 的作用。

4. 通过实训掌握基本 RS 触发器的典型应用。

二、实训内容

1. 两个 TTL 与非门首尾相接构成的基本 RS 触发器如图 4-24 所示。为了便于接线检查，在图 4-24 中要注明芯片编号及各个引脚对应的编号。74LS00 二输入四与非门 1 片、双踪示波器一只。

2. 按表 4-16 中的顺序改变在 $\overline{S}_D$、$\overline{R}_D$ 两端的信号，观察并记录 RS 触发器 Q 端的状态，并将结果填入表 4-16 中。

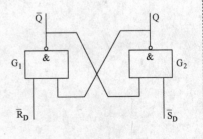

图 4-24 基本 RS 触发器

表 4-16　数据记录表

$\overline{S}_D$	$\overline{R}_D$	Q	Q^{n+1}	逻辑功能
0	0	0		
0	0	1		
0	1	0		
0	1	1		
1	0	0		
1	0	1		
1	1	0		
1	1	1		

3. $\overline{S}_D$ 端接低电平，$\overline{R}_D$ 端加脉冲。

4. $\overline{S}_D$ 端接高电平，$\overline{R}_D$ 端加脉冲。

5. 令 $\overline{S}_D = \overline{R}_D$，在 $\overline{S}_D$ 端加脉冲。

6. 记录并观察在 2、3、4 三种情况下，Q、Q^{n+1} 端的状态，并总结基本 RS 触发器的 Q 端的状态改变和输入端的关系。

三、思考

1. 试根据基本 RS 触发器给定的输入信号波形，画出与之对应的输出端的波形。

2. 试写出基本 RS 触发器的约束方程，并说明哪个是复位端、哪个是置位端？

实训 2　触发器逻辑的功能测试

一、实训目的

1. 了解 D 触发器、JK 触发器的工作原理。

2. 学习 D 触发器、JK 触发器的测试方法和典型应用。

3. 学习用功能表、特性方程和状态图来表示触发器的逻辑功能。

二、实训内容

维持-阻塞型 D 触发器的功能测试。

双 D 正边沿维持-阻塞型触发器 74LS74（1 片）的逻辑符号如图 4-25 所示，试按下面步骤完成实训。

1. 分别在 PRE、CLR 端加低电平，观察并记录 Q、$\overline{Q}$ 端的状态。

2. 令 PRE、CLR 端为高电平，D 端分别接高、低电平，用点动脉冲作为 CP，观察并记录当 CP 为 0、上升沿和 CP 为 1、下降沿时 Q 端的变化。

3. 令 PRE、CLR 端为高电平，将 D 端和 Q 端相连，CP 加连续脉冲，用双踪示波器观察并记录 Q 相对于 CP 的波形。

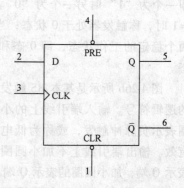

图 4-25　维持-阻塞型 D 触发器

4. 按表 4-17 的变化，用双踪示波器观察并记录 Q 相对于 CP 的波形。

表 4-17　数据记录表

PRE	CLR	CP	D	Q^n	Q^{n+1}
0	1	×	×	0	
				1	
1	0	×	×	0	
				1	
1	1		0	0	
				1	
1	1		1	0	
				1	

三、思考

1. 触发器功能转换。

2. 将 D 触发器、JK 触发器转换成 T 触发器。

3. 74LS112　双 JK 触发器　1 片，　　74LS00　二输入端四与非门　1 片。

1）要求列出表达式、画出实训电路。

2）输入连续脉冲，观察各触发器 CP 及 Q 端波形。

触发器的种类很多，根据逻辑功能不同可分为 RS 触发器、JK 触发器、D 触发器和 T 触发器等。它们都具备以下三个基本特性。

1）有两个稳定状态，用来表示逻辑状态 0 和 1，或二进制数的 0 和 1。

2）当输入某种触发信号时，触发器可以从一种稳定状态翻转到另一种稳定状态。

3）无信号触发时，可保持原稳定状态。

一、RS 触发器

1. 基本 RS 触发器

基本 RS 触发器的逻辑电路如图 4-26a 所示。它由两个"与非"门交叉耦合组成，$\overline{R}_D$ 和 $\overline{S}_D$ 是两个输入端，Q 和 $\overline{Q}$ 是两个互补输出端，两者的逻辑状态在正常情况下总是相反的，即一个为"1"时另一个为"0"。通常以输出端 Q 的状态作为触发器的状态，即当 $Q = 0$，$\overline{Q} = 1$ 时，称触发器处于 0 状态；当 $Q = 1$，$\overline{Q} = 0$ 时，称触发器处于 1 状态。可见，触发器有两个稳定的工作状态，即 0 态和 1 态。

图 4-26b 所示是基本 RS 触发器的逻辑符号。输入端引线上的小圆圈表示负脉冲触发，或称为低电平有效。输出端引线上不加小圆圈的表示 Q 端，加小圆圈的表示 $\overline{Q}$ 端。

下面分四种情况来分析基本 RS 触发器输出与输入的逻辑关系。

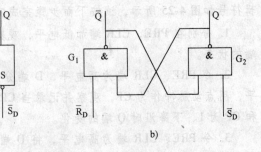

图 4-26　基本 RS 触发器

a）逻辑电路　b）逻辑符号

（1）$\overline{R_D}=0$，$\overline{S_D}=1$　所谓 $\overline{S_D}=1$，就是将 $\overline{S_D}$ 端保持高电位；而 $\overline{R_D}=0$，就是在 $\overline{R_D}$ 端加一负脉冲（低电平）。设触发器的初始状态为 1，即 $Q=1$，$\overline{Q}=0$。由于"与非"门 G_1 的一个输入端为 0，则其输出端 $\overline{Q}=1$；而 G_2 门的两个输入端全为 1，则其输出端 $Q=0$。因此，在 $\overline{R_D}$ 端加负脉冲后，触发器就由 1 状态翻转为 0 状态。如果它的初始状态为 0，触发器将仍保持 0 状态不变。

由此可见，不论触发器原来为何种状态，当 $\overline{R_D}=0$，$\overline{S_D}=1$ 时都变成 0 状态，这种情况称将触发器置 0 或复位。由于是在 $\overline{R_D}$ 端加负脉冲将触发器置 0，所以把 $\overline{R_D}$ 端称为触发器的置 0 端或复位端。

（2）$\overline{R_D}=1$，$\overline{S_D}=0$　设触发器的初始状态为 0，即 $Q=0$，$\overline{Q}=1$。由于"与非"门 G_2 有一个输入端为 0，则其输出端 $Q=1$；而 G_1 门的两个输入端全为 1，则其输出端 $\overline{Q}=0$。因此，在 $\overline{S_D}$ 端加负脉冲后，触发器就由 0 状态翻转为 1 状态。如果它的初始状态为 1，触发器仍保持 1 状态不变。

由此可见，不论触发器原来为何种状态，当 $\overline{R_D}=1$，$\overline{S_D}=0$ 时都变成 1 状态，这种情况称将触发器置 1 或置位。由于是在 $\overline{S_D}$ 端加负脉冲将触发器置 1，所以把 $\overline{S_D}$ 端称为触发器的置 1 端或置位端。

（3）$\overline{R_D}=1$，$\overline{S_D}=1$　设触发器的初始状态为 0，即 $Q=0$，$\overline{Q}=1$。$Q=0$ 反馈到 G_1 门，$\overline{Q}=1$ 反馈到 G_2 门。由于"与非"门 G_1 的一个输入端为 0，则其输出端 $\overline{Q}=1$；而 G_2 门的两个输入端全为 1，则其输出端 $Q=0$。因此，触发器维持 0 态不变。同理，当触发器的初始状态为 1 时，它将维持 1 状态不变。

可见，不论触发器原来为何种状态，当 $\overline{R_D}=1$，$\overline{S_D}=1$ 时，总是保持原状态不变，这就是它所具有的存储或记忆的功能。

（4）$\overline{R_D}=0$，$\overline{S_D}=0$　这时 $Q=\overline{Q}=1$，触发器既不是 0 状态，也不是 1 状态，从而破坏了 Q 和 $\overline{Q}$ 的互补关系。在两个输入端的负脉冲同时撤除后，将不能确定触发器是处于 0 状态还是 1 状态，但触发器不允许出现这种情况。

根据以上分析，可列出基本 RS 触发器的真值表，见表 4-18。表 4-19 是其简化真值表。表 4-19 中 Q^n 表示触发器原来所处的状态，称为现态；Q^{n+1} 表示在输入信号 $\overline{R_D}$、$\overline{S_D}$ 作用下触发器的新状态，称为次态。

表 4-18　基本 RS 触发器真值表

$\overline{R_D}$	$\overline{S_D}$	Q^n	Q^{n+1}	功能说明
0	1	0	0	置 0
0	1	1	0	
1	0	0	1	置 1
1	0	1	1	
1	1	0	0	保持
1	1	1	1	
0	0	0	×	不定
0	0	1	×	

表 4-19 基本 RS 触发器的简化真值表

$\overline{R}_D$	$\overline{S}_D$	Q^{n+1}	功能说明
0	1	0	置0
1	0	1	置1
1	1	Q^n	保持
0	0	×	不定

图 4-27 所示是基本 RS 触发器的工作波形（设初始状态 $Q = 0$）。

综上所述，基本 RS 触发器具有置 0、置 1 和保持原状态不变的逻辑功能，它是其他多功能触发器的基本组成部分。

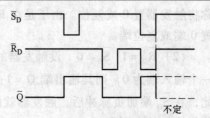

图 4-27 基本 RS 触发器的工作波形

2. 同步 RS 触发器

在数字系统中，为了使多个相关的触发器同时工作，必须引入同步信号或称为时钟脉冲信号，用 CP 表示。这种受时钟控制的触发器称为同步触发器，或称为时钟触发器。

图 4-28a 所示为同步 RS 触发器的逻辑电路，其中，G_1、G_2 门构成基本 RS 触发器，G_3、G_4 门组成控制电路，CP 为时钟脉冲，R 为置 0 端，S 为置 1 端。图 4-28b 是同步 RS 触发器的逻辑符号，图 4-28b 中 R、S、CP 各个输入端引线靠近方框处均无小圆圈，表示正脉冲触发，或称为高电平有效。$\overline{R}_D$、$\overline{S}_D$ 分别是直接置 0 端和直接置 1 端，它们可以不受时钟脉冲 CP 的控制，直接对触发器的输出端置 0 或置 1，也称为异步置 0 端和异步置 1 端。

$\overline{R}_D$ 和 $\overline{S}_D$ 主要用于在时钟脉冲工作之前，预先使触发器处于某一给定状态，而在时钟脉冲工作过程中是不用的，这时可将它们接高电平或悬空。

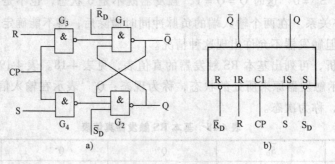

图 4-28 同步 RS 触发器

a）逻辑电路 b）逻辑符号

下面分析同步 RS 触发器的工作原理。

当时钟脉冲来到之前，即 CP = 0 时，门 G_3、G_4 被封锁。此时，无论输入端 R 和 S 的状态如何变化，门 G_3、G_4 的输出均为 1，触发器保持原状态不变。

当时钟脉冲来到之后，即 CP = 1 时，门 G_3、G_4 被打开。此时，输入端 R、S 就可以通过控制门 G_3、G_4 作用于上面的基本 RS 触发器，来决定触发器的输出状态。

1）如果 R = 0，S = 1，则 G_3 门的输出为 1，G_4 门的输出为 0，此时触发器不论原来为何种状态都将变为 1 状态。

2）如果 R = 1，S = 0，则 G_3 门的输出为 0，G_4 门的输出为 1，此时触发器不论原来为何种状态都将变为 0 状态。

3）如果 R = 0，S = 0，则 G_3 门和 G_4 门的输出均为 1，触发器将保持原来的状态不变。

4）如果 R = 1，S = 1，则 G_3 门和 G_4 门的输出均为 0，致使 $Q = \overline{Q} = 1$，触发器既不是 0 态，也不是 1 态，从而破坏了 Q 和 $\overline{Q}$ 的互补关系。在两个输入端的正脉冲同时撤除后，将不能确定触发器是处于 0 状态还是 1 状态，但触发器不允许出现这种情况。

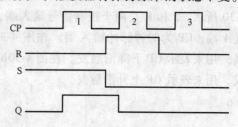

图 4-29　同步 RS 触发器的工作波形

根据以上分析，可列出同步 RS 触发器在 CP = 1 时的真值表，见表 4-20。表 4-21 是其简化真值表。图 4-29 是同步 RS 触发器的工作波形（设初始状态 Q = 0）。

表 4-20　同步 RS 触发器在 CP = 1 时的真值表

R	S	Q^n	Q^{n+1}	功能说明
0	1	0	1	置 1
0	1	1	1	
1	0	0	0	置 0
1	0	1	0	
0	0	0	0	保持
0	0	1	1	
1	1	0	×	不定
1	1	1	×	

表 4-21　同步 RS 触发器的简化真值表

R	S	Q^{n+1}	功能说明
0	1	1	置 1
1	0	0	置 0
0	0	Q^n	保持
1	1	×	不定

综上所述，同步 RS 触发器在 CP 的控制下，根据输入信号 R、S 的不同，具有置 0、置 1 和保持原状态不变的逻辑功能。虽然它有 CP 控制端，解决了定时控制的问题，但仍然存在两个严重的缺点：一是会出现不确定状态，二是可能出现空翻现象，即在同一个 CP 脉冲作用期间（即 CP = 1 期间），若输入端 R、S 的状态发生变化时，可能会引起触发器多次翻转。空翻现象所带来的问题是造成触发器逻辑上的混乱，导致电路工作失控。因此，目前电路中大多采用性能优良的边沿触发器。边沿触发器的特点是：只有当 CP 处于某个边沿（上升沿或下降沿）的瞬间，触发器的状态才取决于此时刻的输入信号状态，而其他时刻触发器均保持原状态不变，这就避免了其他时间干扰信号对它的影响，因此可靠性和抗干扰能力较强。

下面讨论的触发器都是边沿触发器，由于在实际使用时无需了解其内部结构，所以只对

150

其逻辑符号、真值表和逻辑功能作一介绍。

二、JK 触发器

JK 触发器根据触发方式的不同可分为上升沿触发和下降沿触发两种，其逻辑符号如图 4-30 所示。J 和 K 是两个控制信号输入端，高电平有效；$\overline{R}_D$ 和 $\overline{S}_D$ 分别是直接置 0 端和直接置 1 端；CP 为时钟脉冲输入端。在图 4-30a 中 CP 输入端引线靠近方框处有一小圆圈和折线，用来表示 CP 下降沿触发。在图 4-30b 中 CP 输入端引线靠近方框处没有小圆圈而只有折线，用来表示 CP 上升沿触发。

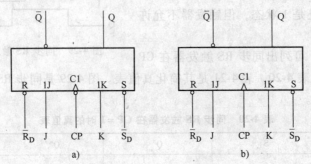

图 4-30　JK 触发器的逻辑符号

a) 下降沿触发　b) 上升沿触发

下面以实际中使用较多的 CP 下降沿触发的 JK 触发器为例，来学习它的逻辑功能。

表 4-22 为下降沿触发的 JK 触发器的真值表。

表 4-22　JK 触发器的真值表

CP	J	K	Q^{n+1}	功能说明
0 1 ↑	× 	× 	Q^n	保持
↓	0	0	Q^n	保持
↓	0	1	0	置 0
↓	1	0	1	置 1
↓	1	1	$\overline{Q^n}$	翻转

注：↓表示下降沿，↑表示上升沿。

由真值表可知：

当 CP 下降沿来到之前，即 CP 为低电平 0、高电平 1 或上升沿时，无论输入端 J、K 是何种状态，触发器均保持原状态不变。

当 CP 为下降沿时刻，触发器的输出状态由输入端 J、K 来决定。即

1）当 J = 0，K = 0 时，触发器保持原状态不变。

2）当 J = 0，K = 1 时，无论原来是 0 状态还是 1 状态，触发器都被置 0。

3）当 J = 1，K = 0 时，无论原来是 0 状态还是 1 状态，触发器都被置 1。

4）当 J = 1，K = 1 时，触发器翻转，每来一个 CP 脉冲，触发器的状态都要改变一次。这表明在这种情况下，触发器具有计数功能。

综上所述，JK 触发器在 CP 下降沿的控制下，根据输入信号 J、K 的不同，具有置 0、

置 1、保持和翻转的逻辑功能。

反映触发器次态 Q^{n+1} 与现态 Q^n 及输入信号之间关系的逻辑表达式，称为特性方程。由 JK 触发器的真值表可得 JK 触发器的特性方程为

$$Q^{n+1} = J\overline{Q^n} + \overline{K}Q^n \ （CP\downarrow 有效）$$

图 4-31 是下降沿触发的 JK 触发器的工作波形（设初始状态 $Q^n = 0$）。

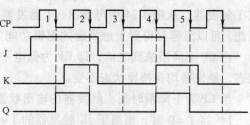

图 4-31　JK 触发器的工作波形

三、D 触发器

在数字电路中，凡在 CP 时钟脉冲控制下，根据输入信号 D 情况的不同，具有置 0、置 1 功能的电路，都称为 D 触发器。

D 触发器的逻辑符号如图 4-32 所示。CP 是时钟脉冲输入端，上升沿有效；D 是信号输入端；$\overline{R}_D$ 和 $\overline{S}_D$ 分别是直接置 0 端和直接置 1 端。表 4-23 为上升沿触发的 D 触发器的真值表。

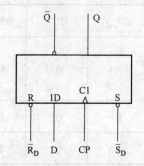

图 4-32　D 触发器的逻辑符号

表 4-23　D 触发器的真值表

CP	D	Q^{n+1}	功能说明
01↓	×	Q^n	保持
↑	0	0	置 0
↑	1	1	置 1

由真值表可知：

当 CP 上升沿来到之前，即 CP 为低电平 0、高电平 1 或下降沿时，无论输入端 D 是何种状态，触发器均保持原状态不变。

当 CP 为上升沿时刻，触发器的输出状态由输入端 D 来决定。即当 D = 0 时，触发器置 0；当 D = 1 时，触发器置 1。

D 触发器的特性方程为

$$Q^{n+1} = D \ （CP\uparrow 有效）$$

图 4-33 所示是上升沿触发的 D 触发器的工作波形（设初始状态 Q = 0）。

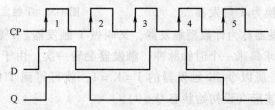

图 4-33　D 触发器的工作波形

四、触发器逻辑功能的转换

数字电路中使用的触发器，除了前面介绍的 RS 触发器、JK 触发器和 D 触发器外，还有

其他一些具有不同逻辑功能的触发器。根据实际需要，可将某种逻辑功能的触发器经过改接或附加一些门电路后，转换为另一种逻辑功能的触发器。

1. 将 JK 触发器转换为 T 触发器

如图 4-34 所示，将 JK 触发器的两个输入端 J、K 连接在一起，作为一个输入端，就构成 T 触发器。从图 4-34 中可看出，T 触发器是 JK 触发器在 J = K 条件下的特殊情况的电路。因此，可以很容易得到 T 触发器的逻辑功能如下：

当 CP 下降沿到来之前，即 CP 为低电平 0、高电平 1 或上升沿时，无论输入端 T 是何种状态，触发器均保持原状态不变。

当 CP 为下降沿时刻，触发器的输出状态由输入端 T 来决定。即

1）当 T = 0 时，相当于 JK 触发器的 J = K = 0，触发器保持原状态不变。

2）当 T = 1 时，相当于 JK 触发器的 J = K = 1，触发器翻转，具有计数功能。

根据以上分析，可得出 T 触发器的真值表，见表 4-24。

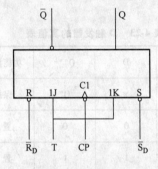

图 4-34 T 触发器的逻辑图

表 4-24 T 触发器的真值表

CP	T	Q^{n+1}	功能说明
0 1 ↑	×	Q^n	保持
↓	0	Q^n	保持
↓	1	$\overline{Q^n}$	翻转

T 触发器的特性方程为

$$Q^{n+1} = T\overline{Q^n} + \overline{T}Q^n \text{（CP↓有效）}$$
$$= T \oplus Q^n$$

图 4-35 所示是 T 触发器的工作波形（设初始状态 $Q = 0$）

综上可知，T 触发器具有保持和计数（翻转）两种功能，受 T 端输入信号控制，T = 0，不计数；T = 1，计数。因此，T 触发器是一种可控制的计数触发器。

2. 将 JK 触发器转换为 T′ 触发器

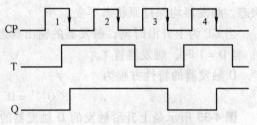

图 4-35 T 触发器的工作波形

把 T = 1 时的 T 触发器称为计数型触发器，又叫做 T′触发器。T′触发器是一种仅具有计数功能的触发器，即要求每来一个时钟脉冲，触发器翻转一次。由于 T 触发器是 JK 触发器在 J = K 条件下的电路，所以令 JK 触发器的 J = K = 1，就可得到 T′触发器，如图 4-36a 所示。图 4-36b 是其工作波形（设初始状态 $Q = 0$）。

T′触发器的特性方程为

$$Q^{n+1} = \overline{Q^n} \text{（CP↓有效）}$$

3. 将 JK 触发器转换为 D 触发器

已知 JK 触发器的特性方程为 $Q^{n+1} = J\overline{Q^n} + \overline{K}Q^n$，D 触发器的特性方程为 $Q^{n+1} = D$。为了

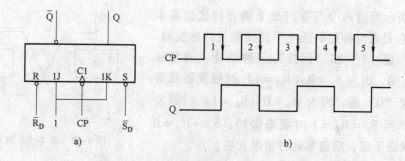

图 4-36 T′触发器的逻辑图及其工作波形

a）逻辑图　b）工作波形

将 JK 用 D 来表示，需要将 D 触发器的特性方程稍作变换，即

$$Q^{n+1} = D\,(\overline{Q^n} + Q^n)\,) = D\,\overline{Q^n} + DQ^n$$

将上式与 JK 触发器的特性方程对比后可知，若令 $J = D$，$K = \overline{D}$，便能得到 D 触发器，转换电路如图 4-37 所示。

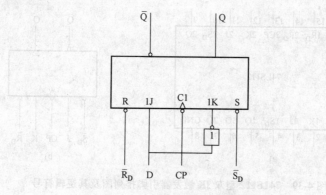

图 4-37　JK 触发器转成 D 的转换电路

实验二　触　发　器

一、实验目的

1. 掌握 RS、JK 和 D 触发器的逻辑功能。

2. 学会正确使用 RS、JK 和 D 触发器。

二、实验器材

1. 双 JK 触发器 74LS112 × 1。

2. 双 D 触发器 74LS74 × 1。

3. 四二输入与非门 74LS00 × 1。

4. 数字电路实验系统。

三、基本知识

触发器具有两个稳定状态，用以表示逻辑状态"1"和"0"，在一定的外界信号作用下，可以从一个稳定状态翻转到另一个稳定状态，它是一个具有记忆功能的二进制信息存贮器件，是构成各种时序电路的基本单元。

1. 基本 RS 触发器

154

图 4-38 所示为由两个与非门交叉耦合构成的基本 RS 触发器，它是无时钟控制低电平直接触发的触发器，具有置"0"、置"1"和"保持"三种功能。通常称 $\overline{S}_D$ 为置"1"端，因为 $\overline{S}_D = 0$（$\overline{R}_D = 1$）时触发器被置"1"；$\overline{R}_D$ 为置"0"端，因为 $\overline{R}_D = 0$（$\overline{S}_D = 1$）时触发器被置"0"，当 $\overline{S}_D = \overline{R}_D = 1$ 时状态保持；$\overline{S}_D = \overline{R}_D = 0$ 时，触发器状态不定，应避免此种情况发生。

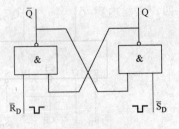

图 4-38　基本 RS 触发器

2. JK 触发器

在输入信号为双端的情况下，JK 触发器是功能完善、使用灵活和通用性较强的一种触发器，其特性方程为 $Q^{n+1} = J\overline{Q}^n + \overline{K}Q^n$。JK 触发器常被用作缓冲存储器，移位寄存器和计数器。常用的 JK 触发器型号有 74LS107、74LS112、74LS109 等。

本实验采用的是 74LS112 双 JK 触发器，它在 CP 下降沿的控制下，根据输入信号 J、K 的不同，具有置0、置1、保持和翻转的逻辑功能，其引脚排列图及其逻辑符号如图 4-39 所示。

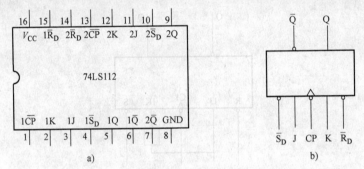

图 4-39　74LS112 型双 JK 触发器引脚排列图及其逻辑符号

a）引脚排列图　b）逻辑符号

3. D 触发器

在输入信号为单端的情况下，D 触发器用起来最为方便，其特性方程为 $Q^{n+1} = D$，其输出状态的更新发生在 CP 脉冲的上升沿，故又称为上升沿触发的边沿触发器，触发器的状态只取决于时钟到来前 D 端的状态。D 触发器的应用很广，可用作数字信号的寄存、移位寄存、分频等。D 触发器有很多种型号可供各种用途的需要而选用，如双 D74LS74、四 D74LS175、六 D74LS174 等。图 4-40 为双 D74LS74 的引脚排列图及其逻辑符号。

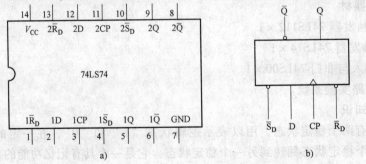

图 4-40　74LS74 引脚排列图及逻辑符号

a）引脚排列图　b）逻辑符号

四、实验内容

1. 测试基本 RS 触发器的逻辑功能

1）选用 74LS00 中的两个与非门，按图 4-38 所示接成基本 RS 触发器，输入端 $\overline{R}_D$、$\overline{S}_D$ 接电平开关，输出端 Q、$\overline{Q}$ 接电平指示灯。按表 4-25 要求测试逻辑功能并记录数据。

表 4-25 基本 RS 触发器的逻辑功能测试表

$\overline{R}_D$	$\overline{S}_D$	Q	$\overline{Q}$
1	$1 \rightarrow 0$		
	$0 \rightarrow 1$		
$1 \rightarrow 0$	1		
$0 \rightarrow 1$			
0	0		

2）验证触发器的"不定状态"，使输入端 $\overline{R}_D$ 和 $\overline{S}_D$ 同时置 0 或置 1，重复多次。注意观察可以发现，当 $\overline{R}_D = 0$，$\overline{S}_D = 0$ 时，电平指示灯都亮，即 $Q = \overline{Q} = 1$，但当 $\overline{R}_D$ 和 $\overline{S}_D$ 都由 0 变为 1 时，哪一个指示灯亮，哪一个指示灯不亮，其出现的情况是随机不可预测的。

2. 测试双 JK 触发器 74LS112 逻辑功能

1）测试异步复位端 $\overline{R}_D$ 和异步置位端 $\overline{S}_D$ 的功能。任取一只 JK 触发器，将 $\overline{R}_D$、$\overline{S}_D$、J 和 K 端分别接电平开关，CP 端接单次脉冲源，输出端 Q 接电平指示。依次使 $\overline{R}_D$、$\overline{S}_D$ 为低电平，并在 $\overline{R}_D = 0$（$\overline{S}_D = 1$）或 $\overline{S}_D = 0$（$\overline{R}_D = 1$）作用期间任意改变 J、K 及 CP 的状态，观察并记录 Q 的状态于表 4-26 中。

表 4-26 复位、置位的逻辑功能测试表

$\overline{R}_D$	$\overline{S}_D$	J	K	CP	Q
0	1	×	×	×	
1	0	×	×	×	

2）测试 JK 触发器的逻辑功能。置 $\overline{R}_D$ 和 $\overline{S}_D$ 引脚为高电平。按表 4-27 要求，改变 J、K、CP 端的状态，观察并记录 Q 的状态变化。

表 4-27 JK 触发器的逻辑功能测试表

J	K	CP	Q^n	Q^{n+1}
0	0	↑	0	
		↓	0	
		↑	1	
		↓	1	
0	1	↑	0	
		↓	0	
		↑	1	
		↓	1	

（续）

J	K	CP	Q^n	Q^{n+1}
1	0	↑	0	
		↓	0	
		↑	1	
		↓	1	
1	1	↑	0	
		↓	0	
		↑	1	
		↓	1	

3. 测试双 D 触发器 74LS74 的逻辑功能

1）测试异步复位端 $\overline{R}_D$ 和异步置位端 $\overline{S}_D$ 的功能。任取一只 D 触发器，将 $\overline{R}_D$、$\overline{S}_D$ 和 D 端分别接电平开关，CP 端接单次脉冲源，输出端 Q 接电平指示灯。按表 4-28 要求，在 $\overline{R}_D$、$\overline{S}_D$ 作用期间任意改变 D 和 CP 的状态，观察并记录 Q 的状态变化。

表 4-28 复位、置位的逻辑功能测试表

$\overline{R}_D$	$\overline{S}_D$	D	CP	Q
0	1	×	×	
1	0	×	×	

2）测试 D 触发器的逻辑功能。置 $\overline{R}_D$ 和 $\overline{S}_D$ 引脚为高电平。按表 4-29 要求，改变 D、CP 端的状态，观察并记录 Q 的状态变化。

表 4-29 D 触发器的逻辑功能测试表

D	CP	Q^n	Q^{n+1}
0	↑	0	
	↓	0	
	↑	1	
	↓	1	
1	↑	0	
	↓	0	
	↑	1	
	↓	1	

五、实验报告要求

1. 整理实验中观察、测试到的结果。

2. 比较各种不同类型触发器的触发方式有什么不同？

六、思考

若初态 Q^n 的值与表中列写的值不符，应如何设置？

第二节 寄 存 器

寄存器是一种用来暂时存放二进制数码的数字逻辑部件，是典型的时序逻辑电路。它主要由若干个具有存储功能的触发器构成，一个触发器可以存储 1 位二进制数码，存放 n 位二进制数码的寄存器，就需用 n 个触发器来构成。

寄存器存放数码的方式有并行输入和串行输入两种。并行方式是指数码各位从各对应位输入端同时输入到寄存器中，串行方式是指数码从一个输入端逐位输入到寄存器中。

从寄存器取出数码的方式也有并行输出和串行输出两种。在并行方式中，被取出的数码各位在对应于各位的输出端上同时出现；在串行方式中，被取出的数码在一个输出端上逐位出现。

寄存器分为数码寄存器和移位寄存器两种，其区别在于有无移位的功能。

一、数码寄存器

数码寄存器具有接收、存储、输出和清除数码的功能。图 4-41 所示是由 D 触发器构成的四位数码寄存器的逻辑图。四个触发器的时钟脉冲输入端连接在一起，作为接收数码的控制端。各触发器的复位端连接在一起，作为寄存器的总清零端 $\overline{R}_D$，低电平有效。四个与门上各取一个输入端，并连接在一起，作为输出数码的控制端。$D_0 \sim D_3$ 是数码输入端，$Q_0 \sim Q_3$ 是数码输出端。工作原理如下：

1. 清除数码

当 $\overline{R}_D = 0$ 时，寄存器清除原有数码，$Q_0 \sim Q_3$ 均为 0 态，即 $Q_0Q_1Q_2Q_3 = 0000$。清零后，应将 $\overline{R}_D$ 接高电平，以不妨碍数码的寄存。

2. 接收数码（并行输入方式）

在 $\overline{R}_D = 1$ 的前提下，将所要存入的四位数码加到对应的数码输入端，在 CP 脉冲上升沿的作用下，数码将被并行存入。

3. 存储数码

在 $\overline{R}_D = 1$，CP 无上升沿（通常接低电平）时，各触发器保持原来状态不变，寄存器处于记忆保持状态。

4. 输出数码（并行输出方式）

数码输出控制端使寄存器中数码的输出受到了外界信号的控制。该控制端接低电平时，无论触发器的输出处于何种状态，寄存器的输出 $Q_0 \sim Q_3$ 恒为 0，即寄存器中无数码输出。若要从寄存器中取出数码，数码输出控制端上应接高电平，数码以并行方式输出。

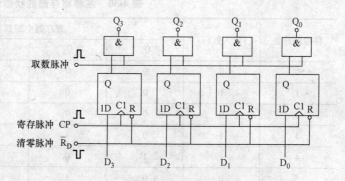

图 4-41 四位数码寄存器的逻辑图

二、移位寄存器

移位寄存器除了具有存储数码的功能外，还具有移位的功能，即在移位脉冲的作用下，所存储的数码能逐位左移或右移。移位寄存器按其移位方式，可分为单向移位寄存器和双向移位寄存器。

158

1. 单向移位寄存器

在移位脉冲作用下，所存数码只能向某一方向移动的寄存器称为单向移位寄存器。单向移位寄存器有左移寄存器和右移寄存器两种。下面以单向左移寄存器为例来说明移位寄存器的工作原理。

图 4-42 所示是用 D 触发器组成的四位左移寄存器的逻辑图。其中，最低位触发器 FF_0 的输入端 D_1 为数码输入端，每个低位触发器的输出端 Q 与高一位触发器的输入端 D 相连，各个触发器的 CP 端连接在一起作为移位脉冲的控制端，各个触发器的复位端连接在一起作为寄存器的总清零端 $\overline{R}_D$，寄存器在工作前要先清零。

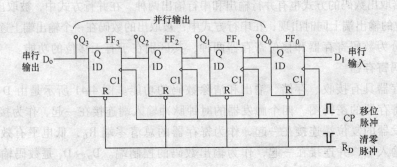

图 4-42　四位左移寄存器的逻辑图

设寄存的数码为 1011，按移位脉冲的工作节拍从高位到低位逐位送到输入端 D_1。当第一个移位脉冲 CP 的上升沿到来后，第一位数码 1 移入 FF_0，$Q_0 = 1$，其他仍保持 "0" 状态，即寄存器的状态为 $Q_3Q_2Q_1Q_0 = 0001$；第二个移位脉冲 CP 的上升沿到来后，第二位数码 0 移入 FF_0，$Q_0 = 0$，同时原 FF_0 中的数码 1 移入 FF_1 中，$Q_1 = 1$，Q_2 和 Q_3 仍为 "0"，即寄存器的状态为 $Q_3Q_2Q_1Q_0 = 0010$。依次类推，经过 4 个移位脉冲后，串行输入的四位数码全部移入了寄存器中。这时，可以从四个触发器的输出端 $Q_3 \sim Q_0$ 同时输出数码，即并行输出。如果再经过四个移位脉冲，则所寄存的 1011 逐位从 D_0 端输出，称为串行输出。

上述分析可以用表 4-30 列出的状态表和图 4-43 所示的波形表示。

表 4-30　左移寄存器的状态表

移位脉冲数	输入数码	寄存器中的数码				移位过程
		Q_3	Q_2	Q_1	Q_0	
0	0	0	0	0	0	清零
1	1	0	0	0	1	左移一位
2	0	0	0	1	0	左移二位
3	1	0	1	0	1	左移三位
4	1	1	0	1	1	左移四位
5	0	0	1	1	0	串行输出
6	0	1	1	0	0	
7	0	1	0	0	0	
8	0	0	0	0	0	

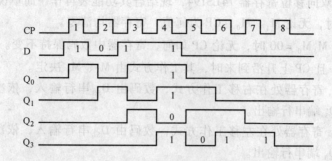

图 4-43 左移寄存器的工作波形

2. 集成双向移位寄存器

在计算机运算系统中，要求寄存器中的数码既能左移，又能右移，这就需要用到双向移位寄存器。图 4-44 所示为四位双向移位寄存器 74LS194 的外引脚排列图及其逻辑符号。

图 4-44 中的 $\overline{CR}$ 是低电平有效的清零端，D_{SR} 和 D_{SL} 分别是右移和左移的数码串行输入端，Q_0 和 Q_3 分别是左移和右移的数码串行输出端，$D_0 \sim D_3$ 是数码的并行输入端，$Q_0 \sim Q_3$ 是数码的并行输出端，CP 是移位脉冲输入端，M_1、M_0 为工作方式控制端。M_1、M_0 的四种取值（00、01、10、11）决定了寄存器具有保持、右移、左移和并行置数四种工作模式。表 4-31 所示为 74LS194 的逻辑功能表。

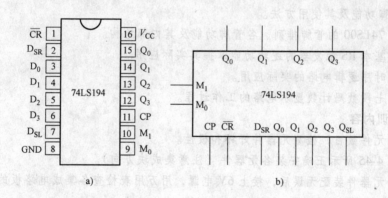

图 4-44 双向移位寄存器 74LS194 的外引脚排列图及其逻辑符号

a）外引脚排列图　b）逻辑符号

表 4-31　74LS194 的逻辑功能表

$\overline{CR}$	M_1	M_0	CP	功能
0	×	×	×	清零
1	0	0	×	保持
1	0	1	↑	右移
1	1	0	↑	左移
1	1	1	↑	并行输入

为了正确使用双向移位寄存器 74LS194，现结合其功能表再作一简单说明。

1）当 $\overline{CR}$ =0 时，无论 M_1、M_0、CP 为何值，寄存器均清零。

2）当 $\overline{CR}$ =1，M_1M_0 =00 时，无论 CP 如何，寄存器中数码保持不变。

3）当 $\overline{CR}$ =1，且 CP 上升沿到来时，其工作方式由 M_1、M_0 决定。

若 M_1M_0 =01，寄存器处在右移工作方式，数码由 D_{SR} 串行输入，依次向 Q_0、Q_1、Q_2、Q_3 方向移动，从 Q_3 端串行输出。

若 M_1M_0 =10，寄存器处在左移工作方式，数码由 D_{SL} 串行输入，依次向 Q_3、Q_2、Q_1、Q_0 方向移动，从 Q_0 端串行输出。

若 M_1M_0 =11，寄存器处在并行输入工作方式，数码由 $D_0 \sim D_3$ 并行输入，从 $Q_0 \sim Q_3$ 并行输出。

第三节　计　数　器

实训 1　七段数码管计数器

一、实训目的

1. 掌握共阳极 LED 的管脚排列、各管脚功能及其使用方法。

2. 掌握二进制-五进制计数器 74LS90、七段译码驱动器 74LS47（驱动共阳）的管脚排列、各管脚功能及其使用方法。

3. 掌握 74LS00 的管脚排列、各管脚功能及其内部结构。

4. 复习基本 RS 触发器的逻辑功能掌握其实际应用。

5. 掌握时序逻辑电路的实际应用。

6. 理解七段数码计数显示电路的工作过程。

二、实训内容

1. 清点元件数目，检测元器件好坏和极性。

2. 按图 4-45 所示正确安装各元器件（注意集成块方向）。

3. 检查元器件装配无误后，接上 6V 电源，用万用表检查各集成电路板的输入电压是否正常。

4. 拨动钮子开关，观察 LED 的显示情况，并作记录。

三、思考

1. 在显示中若拨动钮子开关并不计数，分析其原因。

2. 在显示中段码有闪烁现象，分析其原因。

3. 如何用最方便的方法检测共阳极 LED 的极性。

a)

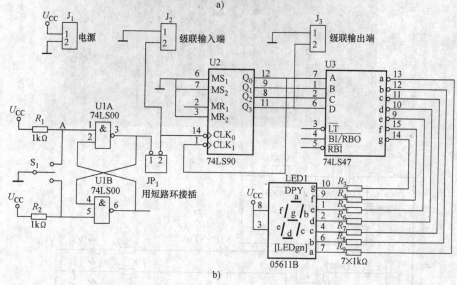

b)

图 4-45　七段数码管计数器实物图及其电路原理图

a) 实物图　b) 原理图

实训 2　循环彩灯

一、实训目的

1. 掌握十进制计数/脉冲分配器 CD4017 的管脚排列、各管脚功能及其使用方法。

2. 掌握反相器 CD4069 的管脚排列、各管脚功能及其使用方法。

3. 掌握时序逻辑电路的实际应用。

4. 理解循环彩灯控制电路的工作过程。

二、实训内容

1. 清点元件数目，检测元器件好坏和极性。

2. 按图 4-46 所示正确安装各元器件（注意集成块方向）。

3. 检查元器件装配无误后，接上 6V 电源，用万用表检查各集成电路板的输入电压是否正常。

4. 调节电位器使输出脉冲的周期合适。

5. 拨动开关至"单向"位置时，发光二极管反复地依次从上到下轮流点亮。

6. 拨动开关至"双向"位置时，发光二极管反复来回地依次从上到下轮流点亮。

a)

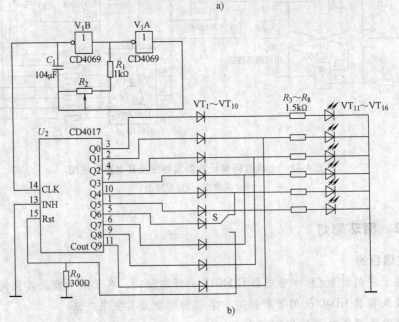

b)

图 4-46　循环彩灯实物图及其电路原理图

计数器是用于累计并寄存输入脉冲个数的一种典型时序逻辑电路。它广泛应用于电子计算机和数字逻辑系统中,不仅用来计数,还可用作分频、定时和执行数字运算等。

计数器的类型很多,它们都是由具有记忆功能的触发器作基本计数单元,又由于各个触发器的连接方式等的不同,就构成了各种不同类型的计数器。

计数器按计数的进制不同,可分为二进制计数器、十进制计数器和 N 进制(任意进制)计数器;按计数过程中数字的增减趋势,可分为加法计数器、减法计数器和既能作加法计数,又能作减法计数的可逆计数器;按计数器中各个触发器翻转的次序,可分为同步计数器和异步计数器。

在数字电路中,任何进制都是以二进制为基础的。因此,二进制计数器是各种进制计数器的基础。

一、异步二进制计数器

1. 异步二进制加法计数器

(1)电路组成 二进制的两个数码 0 和 1,可以用触发器的两个稳态来表示。也就是说,一个触发器可以表示一位二进制数。

图 4-47 所示是由三个 JK 触发器组成的三位异步二进制加法计数器。图 4-47 中,每个触发器的 J、K 端均悬空(相当于 $J = K = 1$),都处于计数状态,即每来一个时钟脉冲 CP 的下降沿时,触发器就翻转一次。计数脉冲 CP 加在最低位触发器 FF_0 的 CP 端,低位触发器的 Q 端接至高位触发器的 CP 端。由

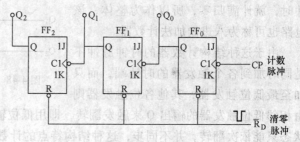

图 4-47 三位异步二进制加法计数器

于二进制加法的计数规则是"逢二进一",所以低位触发器翻转两次后就产生一个下降沿的进位脉冲,使高位触发器翻转。

(2)工作原理 计数器工作前应先清零。令 $\overline{R}_D = 0$,则 $Q_2Q_1Q_0 = 000$。

第一个计数脉冲 CP 的下降沿到来时,FF_0 翻转,Q_0 由 0 变 1。Q_0 产生的正跳变加至 FF_1 的 CP 端,不能触发 FF_1,故 Q_1 不变。FF_2 的 CP 端无触发信号,Q_2 也不变。于是第一个计数脉冲 CP 过后,计数器的状态为 $Q_2Q_1Q_0 = 001$。

第二个计数脉冲 CP 的下降沿到来时,FF_0 又翻转,Q_0 由 1 变 0。Q_0 产生的负跳变加至 FF_1 的 CP 端,使 FF_1 翻转,Q_1 由 0 变 1。而 Q_1 产生的正跳变加至 FF_2 的 CP 端,不能触发 FF_2,故 Q_2 不变。于是第二个计数脉冲 CP 过后,计数器的状态为 $Q_2Q_1Q_0 = 010$。

下面的分析可依此类推,当第七个计数脉冲 CP 过后,计数器的状态为 $Q_2Q_1Q_0 = 111$。第八个计数脉冲 CP 输入后,FF_0 翻转,Q_0 由 1 变 0。在 Q_0 的负跳变作用下,FF_1 翻转,Q_1 由 1 变 0;在 Q_1 的负跳变作用下,又使 FF_2 翻转,Q_2 由 1 变 0。于是,三个触发器又全部重新复位到 000 状态。此后,计数脉冲 CP 输入后,计数器又开始新的计数周期,进入下一个

164

循环。

上述分析可用表 4-32 列出的状态表和图 4-48 所示的工作波形来表示。

表 4-32　三位异步二进制加法计数器的状态表

CP 顺序	触发器状态		
	Q_2	Q_1	Q_0
0	0	0	0
1	0	0	1
2	0	1	0
3	0	1	1
4	1	0	0
5	1	0	1
6	1	1	0
7	1	1	1
8	0	0	0

　　从状态表或工作波形可以看出，从状态 000 开始，每来一个计数脉冲，计数器中的数值便加 1，输入 8 个计数脉冲时，就计满归零，所以作为整体，该电路也可称为八进制加法计数器。

　　由于这种结构计数器的时钟脉冲不是同时加到各个触发器的时钟端，而只加至最低位触发器，其他各位触发器则

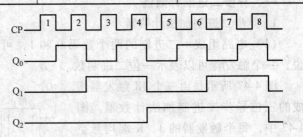

图 4-48　三位异步二进制加法计数器的工作波形

由相邻低位触发器的输出 Q 来触发翻转，即用低位输出推动相邻高位触发器，3 个触发器的状态只能依次翻转，并不同步，这种结构特点的计数器称为异步计数器。

　　如果计数脉冲 CP 的频率为 f_0，那么 Q_0 输出波形的频率为 $1/2f_0$，Q_1 输出波形的频率为 $1/4f_0$，Q_2 输出波形的频率为 $1/8f_0$。这说明计数器除具有计数功能外，还具有分频的功能。

　　2. 异步二进制减法计数器

　　（1）电路组成　将图 4-47 所示的低位触发器的 Q 端接至高位触发器的 CP 端，改接为低位的 $\overline{Q}$ 端与高位的 CP 端相连，就得到了三位异步二进制减法计数器，如图 4-49 所示。

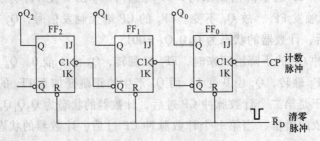

图 4-49　三位异步二进制减法计数器

　　（2）工作原理　计数之前先清零。令 $\overline{R}_D = 0$，则 $Q_2Q_1Q_0 = 000$。

第一个计数脉冲 CP 的下降沿到来时，FF$_0$ 翻转，Q$_0$ 由 0 变 1，则 $\overline{Q}_0$ 由 1 变 0。$\overline{Q}_0$ 产生的负跳变使 FF$_1$ 翻转，Q$_1$ 由 0 变 1，则 $\overline{Q}_1$ 由 1 变 0。$\overline{Q}_1$ 产生的负跳变又使 FF$_2$ 翻转，Q$_2$ 由 0 变 1。于是第一个计数脉冲 CP 过后，计数器的状态为 Q$_2$Q$_1$Q$_0$ = 111。

第二个计数脉冲 CP 的下降沿到来时，FF$_0$ 又翻转，Q$_0$ 由 1 变 0，$\overline{Q}_0$ 由 0 变 1。$\overline{Q}_0$ 产生的正跳变不能触发 FF$_1$，故 Q$_1$ 和 $\overline{Q}_1$ 均不变。FF$_2$ 因无触发信号，Q$_2$ 也不变。于是第二个计数脉冲 CP 过后，计数器的状态为 Q$_2$Q$_1$Q$_0$ = 110。

依此类推，每输入一个计数脉冲 CP，都使计数器减 1，实现了二进制减法计数。三位二进制减法计数器的状态表如表 4-33 所列。图 4-50 是它的工作波形。

表 4-33 三位二进制减法计数器的状态表

CP 顺序	触发器状态		
	Q$_2$	Q$_1$	Q$_0$
0	0	0	0
1	1	1	1
2	1	1	0
3	1	0	1
4	1	0	0
5	0	1	1
6	0	1	0
7	0	0	1
8	0	0	0

二、同步计数器

异步计数器的进位信号是逐级传递的，所以计数速度受到了限制。为了提高计数速度，可将计数脉冲 CP 同时送到每个触发器的 CP 端，使每个触发器的状态变化与计数脉冲同步，这种计数器称为同步计数器。

下面通过结构简单的同步二进制加法计数器来说明同步计数器的工作原理。

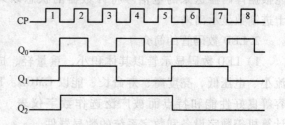

图 4-50 三位异步二进制减法计数器的工作波形

图 4-51 所示是由三个 JK 触发器组成的三位同步二进制加法计数器。图 4-51 中，计数脉冲 CP 同时加到三个触发器的 CP 端，各个触发器的状态翻转与计数脉冲 CP 同步。工作原理如下：

计数之前先清零，使计数器的初始状态为 Q$_2$Q$_1$Q$_0$ = 000。此时，J$_0$ = K$_0$ = 1，J$_1$ = K$_1$ = Q$_0$ = 0，J$_2$ = K$_2$ = Q$_0$Q$_1$ = 0。

第一个计数脉冲 CP 到来后，FF$_0$ 的状态由 0 变 1，FF$_1$、FF$_2$ 保持 0 状态不变，计数器的状态 Q$_2$Q$_1$Q$_0$ = 001。此时，J$_0$ = K$_0$ = 1，J$_1$ = K$_1$ = Q$_0$ = 1，J$_2$ = K$_2$ = Q$_0$Q$_1$ = 0。

第二个计数脉冲 CP 到来后，FF$_0$ 由 1 变 0，FF$_1$ 由 0 变 1，FF$_2$ 保持 0 状态不变，计数器的状态 Q$_2$Q$_1$Q$_0$ = 010。此时，J$_0$ = K$_0$ = 1，J$_1$ = K$_1$ = Q$_0$ = 0，J$_2$ = K$_2$ = Q$_0$Q$_1$ = 0。

第三个计数脉冲 CP 到来后，FF$_0$ 由 0 变 1，FF$_1$、FF$_2$ 均保持原态不变，计数器的状态

$Q_2Q_1Q_0 = 011$。此时，$J_0 = K_0 = 1$，$J_1 = K_1 = Q_0 = 1$，$J_2 = K_2 = Q_0Q_1 = 1$。

第四个计数脉冲 CP 到来后，三个触发器同时翻转，计数器的状态 $Q_2Q_1Q_0 = 100$。此时，$J_0 = K_0 = 1$，$J_1 = K_1 = Q_0 = 0$，$J_2 = K_2 = Q_0Q_1 = 0$。

以此类推，当第七个计数脉冲到来后，计数器的状态为 111。若再来一个脉冲，计数器恢复到初始状态 000。

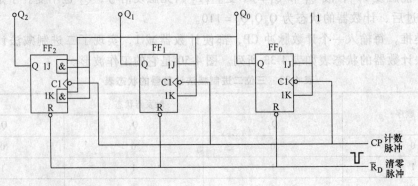

图 4-51　三位同步二进制加法计数器

1. 计数译码显示系统的组成

典型的计数译码显示系统由十进制计数器、BCD 四线-七段译码器及 LED 七段数码管构成。其电路原理框图如图 4-52 所示。它能将计数器输出的 8421BCD 码译成七段数码管显示十进制数所需的电信号。七段数码管 LED 显示器能根据译码器送来的电信号将计数器的状态以人们习惯的十进制数显示出来。

2. LED 数码管的简介

1）LED 数码显示管以其体积小、重量轻、成本低、电流小、电压低、亮度高、寿命长、能以 CMOS、TTL 电路兼容等良好性能和特点而被广泛选作数字仪表、数控装置、计算机等数字设备和数字系统的数显器件。

2）LED 数码显示器有共阴极和共阳极两大类，使用时要求配用相应的译码/驱动器。

3）LED 数码管的内部电路结构和管脚排列如图 4-52 所示。

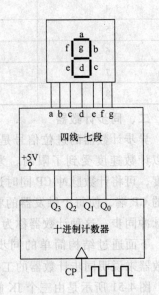

图 4-52　LED 数码显示管的内部
电路结构和管脚排列

4）使用 LED 数码显示管时，工作电流一般为 10mA/段，既保证亮度适中，又不会损坏器件，故使用中必须在数码管每段各接一个适当电阻。

3. 译码驱动器简介

LED 数码显示管（见图 4-53）是在译码驱动电路的驱动下工作的，使用时要求配用相应的译码驱动器，常用的译码驱动器有 74LS47（配共阳极）、74LS48（配共阴极）、CD4511（配共阴极）等。译码驱动器 74LS48 的接线如图 4-54 所示。

1）74LS48 简介。74LS48 是 BCD 输入，输出带有内部上拉电阻的四线-七段译码驱动器。其逻辑符号和管脚排列如图 4-55 所示，其功能表见表 4-34。

2）引出端符号说明。

$A_3 \sim A_0$：BCD 码的输入端。

$Y_a \sim Y_g$：译码器的七段输出（高电平有效）。可驱动共阴极 LED 数码管。

$\overline{BI}/\overline{RBO}$：消隐输入端（低电平有效）/脉冲消隐输出端（低电平有效）。

$\overline{LT}$：灯测试输入端（低电平有效）。

$\overline{RBI}$：脉冲消隐输入端（低电平有效）。

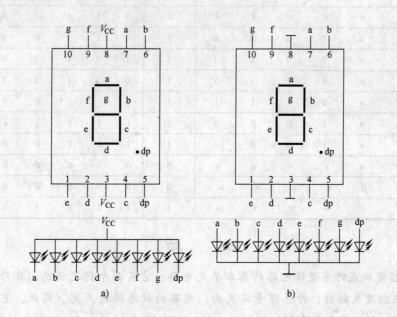

图 4-53　LED 数码管的内部电路结构和管脚排列

a）内部电路结构　b）管脚排列

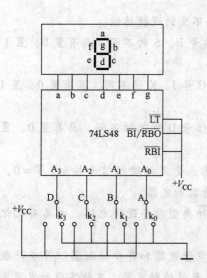

图 4-54　译码驱动器 74LS48 的接线

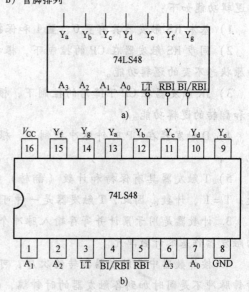

图 4-55　74LS48 逻辑符号和管脚排列

a）逻辑符号　b）管脚排列

表 4-34　74LS48 的功能表

十进制数或功能	输入						$\overline{BI}/RBO$	输出						
	$\overline{LT}$	$\overline{RBI}$	A_3	A_2	A_1	A_0		Y_a	Y_b	Y_c	Y_d	Y_e	Y_f	Y_g
0	1	1	0	0	0	0	1	1	1	1	1	1	1	0
1	1	×	0	0	0	1	1	0	1	1	0	0	0	0
2	1	×	0	0	1	0	1	1	1	0	1	1	0	1
3	1	×	0	0	1	1	1	1	1	1	1	0	0	1
4	1	×	0	1	0	0	1	0	1	1	0	0	1	1
5	1	×	0	1	0	1	1	1	0	1	1	0	1	1
6	1	×	0	1	1	0	1	0	0	1	1	1	1	1
7	1	×	0	1	1	1	1	1	1	1	0	0	0	0
8	1	×	1	0	0	0	1	1	1	1	1	1	1	1
9	1	×	1	0	0	1	1	1	1	1	0	0	1	1
消隐	×	×	×	×	×	×	0	0	0	0	0	0	0	0
脉冲消隐	1	0	×	×	×	×	0	0	0	0	0	0	0	0
灯测试	0	×	×	×	×	×	1	1	1	1	1	1	1	1

小　结

1. 触发器是构成时序逻辑电路的基本单元电路，它有两个稳定状态。在外界信号作用下，电路的状态发生翻转；外界信号消失后，电路的状态保持不变。因此，它具有记忆功能、可以存储一位二进制信息。

2. 根据逻辑功能不同，触发器可分为 RS 触发器、JK 触发器、D 触发器和 T 触发器等。其逻辑功能如下：

1）基本 RS 触发器具有置 0、置 1 和保持原状态不变的逻辑功能。

2）同步 RS 触发器在 CP 的控制下，根据输入信号 R、S 的不同，具有置 0、置 1 和保持原状态不变的逻辑功能。

3）JK 触发器在 CP 下降沿的控制下，根据输入信号 J、K 的不同，具有置 0、置 1、保持和翻转的逻辑功能。

4）D 触发器在 CP 时钟脉冲控制下，根据输入信号 D 情况的不同，具有置 0、置 1 功能。

5）T 触发器具有保持和计数（翻转）两种功能，受 T 端输入信号控制，T = 0，不计数；T = 1，计数。因此，T 触发器是一种可控制的计数触发器。

3. 计数器是用于累计并寄存输入脉冲个数的一种典型时序逻辑电路，由具有记忆功能的触发器作基本计数单元。

4. 按计数器中各触发器翻转的次序，可分为同步计数器和异步计数器。异步计数器的时钟脉冲不是同时加到各触发器的时钟端，而只加至最低位触发器，其他各位触发器则由相邻低位触发器的输出 Q 来触发翻转。为了提高计数速度，可将计数脉冲 CP 同时送到每个触发器的 CP 端，使每个触发器的状态变化与计数脉冲同步，这种计数器称为同步计数器。

5. 寄存器由若干个具有存储功能的触发器构成，分为数码寄存器和移位寄存器两种。数码寄存器具有接收、存储、输出和清除数码的功能。移位寄存器除了具有存储数码的功能外，还具有移位的功能。

6. 在计算机运算系统中，需要用到双向移位寄存器。74LS194 为四位双向移位寄存器，具有保持、右移、左移和并行置数四种工作模式。

习　　题

1. 根据图 4-56 所示波形，画出基本 RS 触发器的输出端 Q 的波形。设初始状态 Q = 0。

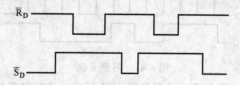

图 4-56　习题 1 图

2. 有一个同步 RS 触发器，若其初始状态为 0，试根据图 4-57 所示 CP、R、S 端的波形，画出输出端 Q 的波形。

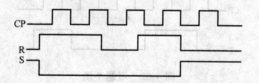

图 4-57　习题 2 图

3. 有一个同步 RS 触发器的 CP、R、S 端的波形如图 4-58 所示，试画出输出端 Q 的波形。设初始状态 Q = 1。

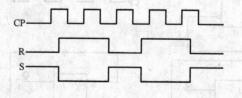

图 4-58　习题 3 图

4. 某 JK 触发器的初始状态为 0，CP 的下降沿触发，试根据图 4-59 所示 CP、J、K 波形，画出触发器 Q 端的波形。

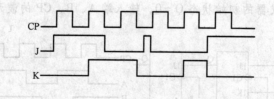

图 4-59　习题 4 图

5. 某 JK 触发器的初始状态为 1，CP 的上升沿触发，试根据图 4-60 所示 CP、J、K 波形，画出触发器 Q 端的波形。

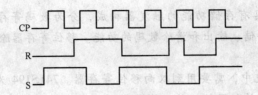

图 4-60 习题 5 图

6. 已知 CP 上升沿触发的 D 触发器的 CP、D 信号的波形如图 4-61 所示，设触发器的初始状态为 0，试画出输出 Q 端的波形。

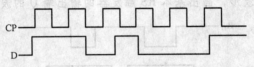

图 4-61 习题 6 图

7. 已知 T 触发器的 CP、T 信号的波形如图 4-62 所示，设触发器的初始状态为 0，试画出：

（1）CP 上升沿触发的 T 触发器输出端 Q_1 的波形。

（2）CP 下降沿触发的 T 触发器输出端 Q_2 的波形。

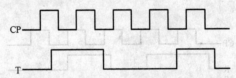

图 4-62 习题 7 图

8. 画出图 4-63 中各触发器在时钟信号 CP 作用下输出端 Q 的波形（设所有触发器的初始状态为 0）

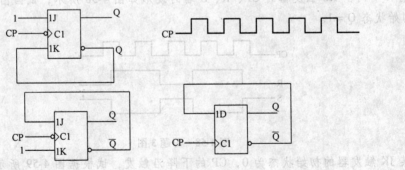

图 4-63 习题 8 图

9. 图 4-64a 中各触发器的初始状态 Q = 0，输入端 A、B、CP 的波形如图 4-64b 所示，试画出 Q_1、Q_2 端的波形。

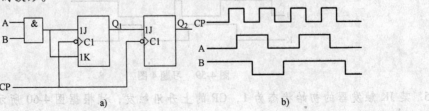

a)   b)

图 4-64 习题 9 图

10. 寄存器是一种用来暂时存放_____数码的数字逻辑部件，它主要由_____构成。

11. 寄存器存放数码的方式有_____和_____两种，从寄存器取出数码的方式有_____和_____两种。

12. 数码寄存器的逻辑功能为_____、_____、_____和_____数码。

13. 移位寄存器按其移位方式，可分为_____和_____。

14. 计数器的基本计数单元是_____。

15. 计数器除了用于计数外，还可用作_____、_____和_____等。

16. 计数器按计数过程中数字的增减趋势，可分为_____、_____和_____。

参 考 文 献

[1]　国家机械工业委员会 . 电子技术基础［M］. 北京：机械工业出版社，2003.

[2]　覃斌 . 电工与电子技术基础［M］. 北京：机械工业出版社，2004.

[3]　于平 . 电子技术基础［M］. 北京：机械工业出版社，2004.

读者信息反馈表

感谢您购买《电子技术》一书。为了更好地为您服务，有针对性地为您提供图书信息，方便您选购合适图书，我们希望了解您的需求和对我们教材的意见和建议，愿这小小的表格为我们架起一座沟通的桥梁。

姓名		所在单位名称	
性别		所从事工作(或专业)	
通信地址		邮编	
办公电话		移动电话	
E-mail			

1. 您选择图书时主要考虑的因素:(在相应项前面画√)

( )出版社 ( )内容 ( )价格 ( )封面设计 ( )其他

2. 您选择我们图书的途径(在相应项前面画√)

( )书目 ( )书店 ( )网站 ( )朋友推介 ( )其他

希望我们与您经常保持联系的方式:

☐电子邮件信息 ☐定期邮寄书目

☐通过编辑联络 ☐定期电话咨询

您关注(或需要)哪些类图书和教材:

您对我社图书出版有哪些意见和建议(可从内容、质量、设计、需求等方面谈):

您今后是否准备出版相应的教材、图书或专著(请写出出版的专业方向、准备出版的时间、出版社的选择等):

非常感谢您能抽出宝贵的时间完成这张调查表的填写并回寄给我们,您的意见和建议一经采纳,我们将有礼品回赠。我们愿以真诚的服务回报您对机械工业出版社技能教育分社的关心和支持。

请联系我们——

地　　址　北京市西城区百万庄大街22号　机械工业出版社技能教育分社

邮　　编　100037

社长电话　(010)88379080　88379083　68329397(带传真)

E-mail　jnfs@ mail. machineinfo. gov. cn